I0588224

AU SECOURS DE ALEXIS

AU SECOURS DE ALEXIS (ACE SÉCURITÉ,
TOME 2)

SUSAN STOKER

DU MÊME AUTEUR

<u>Autres livres de Susan Stoker</u>

Ace Sécurité

Au Secours de Grace

Au Secours de Alexis

Au Secours de Bailey

Au Secours de Felicity

Au Secours de Sarah

Mercenaires Rebelles

Un Défenseur pour Allye

Un Défenseur pour Chloé

Un Défenseur pour Morgan

Un Défenseur pour Harlow

Un Défenseur pour Everly

Un Défenseur pour Zara

Un Défenseur pour Raven

Forces Très Spéciales Series

Un Protecteur Pour Caroline

Un Protecteur Pour Alabama

Un Protecteur Pour Fiona

Un Mari Pour Caroline

Un Protecteur Pour Summer

Un Protecteur Pour Cheyenne

Un Protecteur Pour Jessyka

Un Protecteur Pour Julie

Un Protecteur Pour Melody

Un Protecteur Pour the Future

Un Protecteur Pour Kiera

Un Protecteur Pour Les Enfants de Alabama

Un Protecteur Pour Dakota

Delta Force Heroes Series

Un héros pour Rayne

Un héros pour Emily

Un héros pour Harley

Un mari pour Emily

Un héros pour Kassie

Un héros pour Bryn

Un héros pour Casey

Un héros pour Wendy

Un héros pour Mary

Un héros pour Macie

Un héros pour Sadie

CHAPITRE 1

— Alors, c'est quoi le souci ?

Alexis Grant fixa droit devant elle l'obscurité percée par les seuls phares de la Mustang noire. Blake et elle fonçaient sur l'autoroute en direction de Colorado Springs. Ils se rendaient au tribunal du comté d'El Paso pour protéger une femme qui vivait un sale divorce et qui craignait ce que son mari pouvait lui faire. Elle porta à son visage sa tasse de café qui fumait encore et inhala cette douce ambroisie, puis elle la sirota ; elle cherchait à gagner du temps avant de répondre à la question.

— Ce que je veux dire, c'est que ça fait près de trois mois que tu travailles pour *Ace Sécurité* et je n'arrive toujours pas à te cerner.

— Qu'est-ce qu'il y a à cerner ? marmonna-t-elle en fermant les yeux avant de s'adosser à son siège.

— Je peux être franc ?

Elle ouvrit les paupières et se tourna vers Blake Anderson, l'un des triplés dirigeant *Ace Sécurité*. Elle avait fait sa connaissance un peu plus tôt cette année-là quand Bradford, son propre frère, s'était retrouvé malgré lui embarqué dans une sombre histoire d'extorsion impliquant deux personnes éminentes de la communauté, Walter et Margaret Mason, et des membres d'un gang. Par chance, le chantage avait échoué et les Mason étaient derrière les barreaux. Grace leur fille avait épousé Logan, l'aîné des Anderson, et attendait désormais des jumeaux.

Logan, Blake et Nathan étaient revenus à Castle Rock pour monter une agence spécialisée dans l'assistance aux victimes de violences. Alexis s'était portée volontaire pour travailler à leurs côtés afin de les aider à trouver des informations permettant de faire rater l'extorsion des Mason et de garder sa famille en sécurité.

Elle n'aurait jamais cru qu'un seul regard sur un homme lui aurait suffi pour en tomber immédiatement folle amoureuse, pourtant, c'était exactement ce qui s'était passé la première fois qu'elle avait posé les yeux sur Blake. Il ressemblait énormément à ses frères, mais d'après elle il les surpassait.

Il avait le teint hâlé et des veines joliment dessinées. Elles ne ressortaient pas comme si elles allaient lui déchirer la peau, cependant, elles mettaient en valeur ses muscles et tendons bien définis. Ses bras en mouvement étaient le plus beau spectacle auquel elle ait eu l'occasion d'assister. Un jour, il avait aidé Grace à se lever de sa chaise, et Alexis avait failli tourner de l'œil rien qu'à voir les muscles de ses bras se contracter. Il aurait pu avoir un ventre à bière et des fesses titanesques qu'elle n'en aurait rien eu à cirer... Ses bras rattrapaient toutes les imperfections qu'il aurait pu avoir. Néanmoins, jusqu'à présent, elle n'avait remarqué aucun défaut rédhibitoire.

Il mesurait plus d'un mètre quatre-vingt, et était doté de cheveux châtain clair coupés courts et d'une mâchoire ciselée. Ses larges épaules s'amincissaient jusqu'à sa taille fine, puis ses cuisses puissantes, rendant son corps aussi racé et sexy que celui d'un nageur olympique. Alexis espérait que les rumeurs parlant des pieds d'un homme étaient vraies, car Blake avait une grande... taille de pied.

Elle avait tenté de se convaincre qu'il était impossible qu'elle soit amoureuse de lui, mais cela avait été peine perdue. Plus elle passait de temps avec lui, plus elle s'entichait de lui. Non seulement parce qu'il était un type séduisant, mais aussi parce qu'il était un bon frère, faisait preuve de compassion envers les victimes qu'ils aidaient, et qu'il était si excité à la pensée d'être oncle que les ovaires d'Alexis manquaient d'exploser chaque fois qu'elle l'imaginait avec un enfant contre l'épaule. Elle était vraiment mal barrée.

Son attirance et son amour pour Blake Anderson étaient totalement inappropriés, irrationnels et insensés, étant donné ses histoires avec les hommes, mais il en était ainsi.

Et il n'en avait pas la moindre idée. Même pas le plus vague petit soupçon, et ça la tuait.

Ça la tuait.

Blake se racla la gorge.

— Lex ?

Bon Dieu. Elle adorait ce surnom qu'il lui avait donné. Jamais elle n'en avait eu un auparavant... à part « la nana friquée », ce qui n'était pas du tout la même chose, alors cela ne comptait pas.

— Oui ? marmonna-t-elle, toujours distraite par ses rêveries au sujet des bras de Blake se fléchissant tandis qu'il tiendrait un bébé, et quelle allure auraient ses muscles s'il se redressait sur un coude à ses côtés dans un lit.

Il sourit, et ses dents luisirent, éclairées par la lumière du tableau de bord.

— Tu n'es pas du matin.

Elle essaya de ne pas montrer qu'elle bavait sur lui.

— Il est 4 h 30, Blake. Aucune personne normale n'est réveillée à cette heure-là. D'autant que tu ne m'as laissée que dix minutes de silence avant de me brailler dessus.

Son sourire s'élargit, et il lui donna une petite tape amicale sur l'épaule, le genre de geste qui clamait « tu es un bon pote » et qui lui donnait envie de pleurer.

— Si tu es sérieuse quand tu dis que tu veux faire ce métier, alors tu ferais bien de t'habituer aux réveils matinaux et aux couchers tardifs, répondit Blake, joyeux comme si elle venait de lui raconter une histoire drôle et non énoncer une évidence pour une grande partie de la population.

— Peu importe.

Elle plongea à nouveau le visage dans la tasse de voyage, humant les arômes de vanille. Blake avait gentiment acheté la boisson avant d'aller la chercher ce matin-là. C'était une autre chose qui la tuait à petit feu : parmi toutes les personnes qui peuplaient sa vie, il était le seul, mis à part le barista du troquet en bas de sa rue, à savoir préparer son café exactement comme elle l'aimait.

— Alors, est-ce que je peux ?

— Peux quoi ? répliqua-t-elle, perdue.

— Être franc.

Oh, c'est vrai. Il lui avait demandé ça.

— Bien sûr. Vas-y.

Elle devrait se préparer à la suite, mais elle n'avait pas consommé assez de caféine et était toujours à moitié endormie.

— Quel âge as-tu... vingt-quatre ans ?

— Vingt-cinq.

— Exact. Tu as vingt-cinq ans, et d'après ce que tu m'as raconté, tu as exercé au moins six boulots depuis ton diplôme. Tu travailles dur. Depuis que tu bosses pour *Ace Sécurité*, je n'ai jamais eu besoin de te répéter les choses pour que tu les fasses. Tu ne te plains pas du travail, même quand il est ennuyeux, et tu as émis de très bonnes idées de publicité que Grace a déjà commencé à implémenter dans le site Internet. Tu as l'âge d'avoir trouvé quel métier t'intéresse et d'arrêter de passer d'un job à un autre. Ne te méprends pas. Je suis heureux que tu sois chez *Ace Sécurité*. Mais j'ai peur que tu décides un jour que tu ne veux pas continuer ici non plus, et que tu partes.

Aïe. Elle ignorait totalement ce qu'elle souhaitait faire du reste de sa vie. La plupart des gens qu'elle connaissait possédaient la réponse dès la sortie de l'université. Mais pas elle. Elle ressentait une déception presque paralysante. Savoir que Blake pensait qu'elle ne faisait que vagabonder d'un endroit à un autre au lieu de démarrer sa carrière comme la plupart des personnes de son âge, qu'elle tuait simplement le temps dans son entreprise était aussi douloureux à entendre que s'il lui avait dit qu'elle était affreusement laide ou une ratée.

Alexis inspira profondément et cligna des paupières pour refouler les larmes qui lui brûlaient les yeux. Contente qu'il fasse nuit, elle tourna la tête pour fixer la vitre. Malheureusement, elle ne pouvait voir que son reflet, car il faisait trop sombre pour distinguer le paysage.

Elle se racla la gorge avant de parler, pour être certaine que sa voix ne trahirait pas sa détresse.

— Merci pour la première partie. Pour ce qui est des différents boulots...

Elle haussa les épaules.

— Jusqu'à présent, rien ne m'a intéressée plus de six

mois. Mais je te promets de ne pas partir sans prévenir. Je te donnerai un long préavis, si jamais je voulais m'en aller.

— Quelle était ta matière principale ?

— Études générales.

Comme il reniflait avec dérision, elle se tourna vers lui, maintenant qu'elle avait maîtrisé ses larmes stupides.

— Quoi ?

— Études générales ? C'est quel genre de diplôme, ça ?

Maintenant, elle était énervée.

— C'est le genre que j'ai mis cinq ans et demi à obtenir parce que je n'arrêtais pas de changer de matière principale. Je n'arrivais pas à déterminer ce que je souhaitais faire, et un conseiller d'orientation m'a proposé de faire des études générales si je ne voulais pas rester encore deux ans à la fac.

Elle sirota un peu son café et se cacha dedans pour marmonner la suite.

— Ça n'a pas d'importance, de toute façon. Tous les jobs que j'ai eus exigeaient d'avoir un diplôme et se fichaient de la matière principale. Et toi, qu'as-tu étudié ? lui demanda-t-elle en se tournant vers lui.

— J'ai un diplôme de premier cycle en informatique. Je me suis servi de l'aide octroyée par l'armée, tant que j'étais engagé.

— Tu n'as jamais voulu avoir ta maîtrise ?

Blake haussa les sourcils puis secoua la tête, les yeux toujours rivés sur la route.

— Pas vraiment. J'ai acquis les rudiments en programmation, en logiciel, en système, en base de données et en intelligence artificielle à l'université communautaire. Tout ce dont j'ai eu besoin en plus de ça, je l'ai appris grâce à YouTube et d'autres sources infâmes sur Internet.

— Des sources infâmes ? demanda Alexis, excitée, en se penchant vers lui.

Elle était impatiente d'en savoir plus. Il pouffa de son enthousiasme.

— Oui. Et non, je ne vais pas t'en dire davantage. Les boulots que tu as eus, ils étaient ennuyeux ? C'est pour ça que ça n'a pas collé ?

Alexis reposa sa tasse de voyage sur le porte-gobelet.

— Mon premier travail, commença-t-elle en comptant sur ses doigts pendant ses explications, c'était secrétaire à l'entreprise de mes parents. Ça s'est très vite avéré barbant. Même si je ne leur disais rien, ils savaient tout ce que je faisais. Je les adore, mais pas au point de passer autant de temps avec eux. De là, je suis devenue serveuse pour une chaîne de restaurants. Je n'avais pas réalisé avant ça le nombre de connards qui sortaient au restaurant.

Elle poursuivit en ignorant le bref rire choqué de Blake.

— Rester debout toute la journée ne me gênait pas. J'étais amicale et rapide, mais la plupart du temps, je ne récoltais que dix pour cent de pourboire. C'était ridicule. Le jour où j'ai démissionné, ils m'avaient confié une table de vingt personnes. Il nous manquait une serveuse ce jour-là, et le connard responsable de la réservation a demandé à voir le manager et s'est plaint du pourboire imposé de vingt pour cent qui avait été ajouté à la note. Le manager, avec lequel j'ai refusé de coucher pour info, s'est énervé contre moi, a retiré le pourboire du total et a laissé à l'autre enfoiré le soin de me verser ce qu'il voulait. Tu sais combien il m'a filé ? Sachant qu'il y avait trois enfants dans le groupe, qu'ils sont restés près de trois heures et que leur note s'élevait à plus de deux cents dollars.

— Euh...

Sans lui donner le temps de répondre, elle poursuivit son histoire.

— Dix malheureux dollars. *Dix*. C'est tout. Oh, et il a eu

le culot en plus de me laisser son numéro de portable sur l'addition et de griffonner « Appelle-moi, bébé » à côté. Sachant qu'il était venu avec sa femme et ses trois enfants. J'en ai eu ma claque, j'ai démissionné.

— On ne peut pas t'en vouloir, fit remarquer sèchement Blake. Ce type donne une toute nouvelle définition au mot « connard ».

— Tu vois ? Enfin bref, après ça, j'ai essayé de travailler à l'usine. Ce n'était pas pour moi. Alors, j'ai tenté la vente. Je suis devenue représentante en produits pharmaceutiques. Les docteurs que je devais convaincre étaient presque aussi pénibles que mon patron au restaurant... ils me draguaient, me tapotaient la tête et déclaraient ni plus ni moins qu'ils achèteraient mes médicaments si je sortais avec eux. Dégoûtant.

— Bon sang, Lex, commenta Blake, les dents serrées.

Ce fut dit sur un tel ton qu'un frisson lui remonta l'échine. Elle aimait un peu trop la sympathie qu'il lui témoignait. Il avait presque l'air protecteur et énervé pour elle. Elle s'empressa de terminer la triste histoire de ses emplois.

— Puis, au moment où je vous ai rencontrés, je bossais au bureau de poste à côté de chez moi.

— Travailler pour le gouvernement, c'est bien. Je le sais bien. On a des avantages, et l'emploi est stable. La plupart des gens l'exercent jusqu'à la retraite.

Alexis récupéra son café et en avala une longue gorgée.

— Oui. Mais c'était ennuyeux.

— C'était ennuyeux, répéta Blake sur un ton qu'Alexis fut incapable d'interpréter.

— Oui, Blake. Ennuyeux. Peut-être que ça aurait été mieux si j'avais pu livrer le courrier. J'aurais été à l'extérieur, j'aurais pu voir des gens. Mais là, je devais rester assise au fond du bâtiment, dans une zone sans fenêtre, et surveiller les machines de tri. Puis je devais mettre les lettres dans des boîtes. C'était horrible. Franchement. Je me suis ennuyée à mourir. Hors de question que je fasse ça jusqu'à la fin de ma vie.

— Je vois en quoi ce n'était pas le travail le plus passionnant du monde, j'imagine. Mais c'était un travail, Lex. C'est bien plus que ce qu'ont la plupart des gens. Cela dit, ta famille ne manque pas vraiment d'argent. Tu peux te permettre d'essayer différentes choses le temps de trouver ce que tu veux faire.

— Ne me juge pas, répliqua-t-elle d'une voix dure en lui lançant un regard cinglant.

Elle s'attendait à moitié à ce qu'il aborde ce sujet depuis qu'elle avait commencé à travailler à ses côtés.

— Et ne me jette plus jamais l'argent de ma famille au visage. Tu n'as aucun droit de me juger. Aucun. Oui, je conduis une Mercedes et je possède un appartement qui déchire, mais tu n'as aucune idée de ce que l'on ressent à être vue davantage comme un symbole de dollars sur pattes plutôt qu'en tant que personne avec des sentiments, des buts et des envies. Dès l'instant où mon père et ma mère ont conclu leur premier contrat à plusieurs millions, les gens se sont mis à me regarder et à me traiter différemment. Je déteste ça. Je suis la même qu'avant qu'ils ne gagnent autant, mais tout le monde a l'air de ne pas le remarquer ou de s'en foutre. En plus, ce n'est pas *mon* argent, c'est celui de mes parents.

— Tu as raison, je suis désolé, s'excusa Blake immédiatement.

Il lui posa une main sur la cuisse ; elle était lourde et agréable.

— J'ai dépassé les bornes. Je ne voulais pas t'énerver.

— Ça va, marmonna Alexis, les yeux baissés vers cette grande main sur sa jambe.

Sa peau la picotait sous cette paume calleuse. Elle aurait aimé porter un short au lieu d'un jean ; elle avait presque aussi envie de sentir sa chair nue sur la sienne que besoin d'un café le matin.

Son regard remonta vers son avant-bras. Celui-là même contre lequel elle rêvait de se blottir la nuit, quand il l'aurait passé entre ses seins pour l'enlacer par-derrière. Sans réflé-chir, Alexis écarta les cuisses, comme pour lui laisser l'op-portunité de se glisser entre elles. Dès l'instant où elle esquissa un geste, il retira sa main pour la reposer sur le volant. Mentalement, elle se fustigea. Son attirance pour lui était sans espoir. Il la considérerait toujours que comme son employée. Elle était pathétique, à attendre quelque chose qu'elle n'aurait jamais.

Parfois, elle se sentait comme une enfant de huit ans qui voulait à tout prix l'amour de toutes les personnes qui l'en-touraient. Leur amitié. Cependant, elle avait appris à enfouir cette facette au fond d'elle. À se montrer forte et fonceuse dans tout ce qu'elle faisait. La plupart des gens de toute façon ne semblaient pas désireux de creuser au-delà de la surface pour découvrir la femme qu'elle était réellement, et non pas celle qu'elle affichait aux yeux du monde.

Elle voulait en finir avec cette conversation.

— Pour la première fois de ma vie, j'aime ce que je fais. Aucune journée chez *Ace Sécurité* ne se ressemble, et j'ai le sentiment de faire vraiment la différence.

— Tu fais du bon boulot, Lex, confirma Blake, sur un ton approbateur immanquable.

— Merci de m'avoir laissé ma chance.

Elle était plus que reconnaissante à Blake et ses frères. Ils n'étaient pas obligés de lui donner un emploi. Elle s'était donc démenée pour leur être utile, et elle en était finalement arrivée à un point où elle avait véritablement l'impression de faire sa part. Beaucoup d'aspects techniques du travail lui passaient au-dessus de la tête, mais elle était douée pour creuser sur les réseaux sociaux et trouver des informations sur leurs clients. Les empreintes laissées sur le web étaient bien plus importantes que ne le croyaient la plupart des gens.

— Et sinon... aucun copain ? demanda Blake, sur le même ton que s'il avait passé commande au drive d'un fast-food.

Comme s'il ne se souciait pas le moins du monde de la réponse.

Alexis eut le sentiment que son café allait remonter. Depuis que Blake l'avait touchée dans la voiture, elle pensait qu'elle l'attendrissait un peu. Qu'elle aurait peut-être enfin une chance d'attirer son regard ! Elle était stupide, manifestement.

— Zéro, répliqua-t-elle, accentuant le mot pour essayer de faire de l'humour. Pas en ce moment. J'en ai eu quelques-uns, mais personne ne m'a plu depuis longtemps.

C'était un petit mensonge inoffensif. Elle n'avait pas eu tant de copains que cela, mais Blake n'avait pas besoin de le savoir.

— Hummm, commenta-t-il, regardant droit devant lui.

Ça voulait dire quoi, ça ? Elle n'en avait aucune idée. Était-il surpris, parce qu'il la trouvait séduisante ? Croyait-il qu'elle n'était pas assez intéressante pour qu'un type ait des vues sur elle à long terme ? Elle l'ignorait. Alors qu'elle était à deux doigts de devenir folle à essayer de déterminer à quoi il pensait, ou de fondre en larmes, il se remit à parler.

— Tu es en train de prendre le pied marin.

Euh... quoi ?

— Quoi ? Le pied marin ?

— Oui. Tu es comme un jeune matelot en train de s'habituer à marcher sur un bateau en pleine mer. Au début, c'est difficile de se déplacer normalement, mais à force, c'est de plus en plus facile. Quand tu seras plus à l'aise dans le travail, quand tu seras sûre d'avoir trouvé un boulot dans lequel tu te plais, tu seras plus à même de t'ouvrir pour des rencards.

Il lui adressa un sourire, dans la faible lumière matinale qui commençait à éclairer le monde, y compris l'intérieur de leur voiture.

— Ne pas se précipiter dans une relation dès la sortie de l'université est une bonne chose. Heureusement que tu n'es pas tombée amoureuse au premier regard du premier type à s'intéresser à toi. Le moment venu, tu trouveras la personne parfaite pour toi.

Elle se mordit la lèvre et se détourna vers la vitre pour masquer les larmes qu'elle ne pouvait pas retenir. S'il savait. Elle déglutit, avalant la boule qu'elle avait dans la gorge, et marmonna.

— J'en suis certaine.

Et c'était le cas. Elle avait déjà trouvé Blake. Cela avait bien été l'amour au premier regard, mais ce n'était qu'à sens unique, manifestement. Blake ne la considérait que comme une diplômée inconstante, incapable de décider de la direction à donner à sa vie. Impossible pour elle de rester chez *Ace Sécurité* si elle n'était pas avec Blake Anderson. Elle avait beau être vierge, elle savait au fond d'elle que cet homme était fait pour elle.

Cependant, il lui serait impensable de le voir sortir, embrasser voire épouser une autre femme sous son nez. Son cœur ne pourrait pas le supporter. Elle allait finir le travail commencé au moment de l'enlèvement de son frère, mais une fois qu'elle aurait rassemblé assez d'informations sur les Inca Boyz et qu'elle les aurait transmises à la brigade antigang de Denver, elle comptait bien oublier tout ce qui concernait *Ace Sécurité* et Blake Anderson, et démarrer une nouvelle vie.

CHAPITRE 2

— Euh... tu voudrais t'arrêter manger quelque part ? demanda Blake à Alexis en repartant du tribunal en voiture.

Il était 11 h 30, et le boulot s'était déroulé sans accroc. Il n'en attendait aucun, de toute façon. L'ex-mari de leur cliente ne s'était pas présenté pour embêter cette dernière. La mission d'Alexis consistait à surveiller l'entrée et à informer Blake, via un émetteur, si l'homme se montrait. Cela n'avait pas été le cas, et ils avaient pu quitter Colorado Springs avant midi.

Blake n'aurait jamais cru qu'engager Alexis serait une réussite. En fait, au début, il avait été extrêmement réticent à l'idée de travailler avec elle. Il avait presque honte de l'admettre, mais le fait qu'elle soit riche avait joué un grand rôle dans ses réserves. Après avoir vu comment se comportaient les parents très fortunés de Grace, et après ses propres expériences avec des femmes ayant de l'argent, il ne voulait rien avoir à faire avec une fille de riches pourrie gâtée et habituée à obtenir tout ce qu'elle souhaitait. Cependant, Alexis l'avait surpris. Elle était pragmatique et agréable. La plupart du temps, il oubliait que sa famille et elle possédaient un compte en banque plus fourni que le sien.

En outre, elle était une excellente employée. Acceptait de faire tout ce qu'ils lui demandaient et sans se plaindre. En plus, cerise sur le gâteau, leurs clientes étaient souvent plus à l'aise avec elle qu'avec n'importe lequel des trois Anderson. Lex était amicale et avait un don pour que les femmes se détendent, bien plus qu'avec Blake ou ses frères. C'était en partie dû au fait que la majorité de leurs clientes avaient été agressées par des hommes, mais cela revenait surtout en grande partie à Lex simplement.

Lorsqu'elle avait commencé à travailler avec eux, Blake s'était dit qu'elle se lasserait en moins d'une semaine. Il connaissait son historique en matière d'emploi, et bosser pour une agence de sécurité n'était pas franchement glamour. Cela requérait surtout beaucoup d'observation, de recherches, d'attente et de méfiance, pour éviter les ennuis. Cependant, Alexis s'y sentait visiblement comme un poisson dans l'eau.

Jamais Blake n'avait passé autant de temps avec une femme qu'avec Alexis Grant. En règle générale, elle était silencieuse, au point qu'il oubliait certains jours qu'elle travaillait juste à côté de lui. Elle ne râlait pas et ne se plaignait pas quand les choses ne se déroulaient pas comme elle le voulait. Elle ne lui jetait jamais son argent au visage ni ne l'exhibait.

En plus de tout le reste, elle était drôle. Elle avait la repartie incisive et n'hésitait jamais à prendre la défense des autres ou la sienne propre. Elle essayait de se donner l'image d'une femme expérimentée qui avait tout vu et tout entendu, mais parfois, ce portrait ne collait pas entièrement... et c'était ces instants qui fascinaient et intriguaient le plus Blake. Qui lui donnaient envie de l'asticoter un peu plus pour découvrir ce qu'elle cachait sous le bouclier qui la dissimulait au monde entier. Alexis Grant était un mystère total, de bien des manières, et il se retrouvait de plus en plus attiré par elle.

Leur conversation matinale n'avait fait qu'attiser son intérêt. Elle avait tenté de masquer son trouble quand il l'avait grosso modo accusée de n'être rien de plus qu'une riche garce écervelée, cependant, dans le reflet de la vitre, il avait surpris quelque chose de différent, sur son visage extrêmement expressif. Il n'avait pas voulu dire ça ainsi, mais sa réaction prouvait qu'elle n'était pas qu'une fille friquée papillonnant d'un travail à l'autre ; elle était plutôt une jeune femme cherchant encore quelque chose capable de nourrir cette passion qui bouillonnait en elle.

Lorsqu'il repensait à ses précédents patrons et clients qui l'avaient draguée, il sentait son sang s'échauffer. D'accord, elle avait exercé au moins cinq métiers différents depuis son diplôme, cependant, il admirait le fait qu'elle ne tolère pas n'importe quoi. Alexis Grant ne serait jamais le paillasson de personne.

— Je ne sais pas, hésita-t-elle. Ça pourrait nous prendre un moment.

— Allez, tu dois avoir faim. On est réveillés depuis des heures, et tu n'as avalé que le café que je t'ai apporté.

— Ce n'est pas vraiment comme si j'avais *besoin* de manger, je ne vais pas maigrir à vue d'œil. Mais d'accord. Si c'est moi qui paie.

Blake ignora cette remarque sur le poids de Lex, qui trahissait sa perception de son corps pulpeux. Il le trouvait parfait, pour sa part, cependant il était conscient que rien de ce qu'il pourrait dire n'influencerait son opinion. Comme la plupart des femmes, sa vision d'elle-même était biaisée par les représentations médiatiques de spécimens de « beauté », et il faudrait bien plus que des mots pour... Non, il n'allait pas s'engager dans cette voie. Pas tout de suite, du moins. Il savait qu'il devait y aller lentement en présence d'Alexis, qui était constamment sur ses gardes. Il ignorait si elle avait beaucoup d'expérience, mais il avait le sentiment que non, malgré ce qu'elle essayait de faire croire.

— Ce n'est pas toi qui paies, répliqua-t-il d'un ton ferme. On en a déjà parlé. Cela concerne le travail.

Il crut la voir tressaillir, mais elle effaça très vite toute émotion de son visage et haussa les épaules.

— Le travail. Très bien. Nous pouvons manger où tu veux, ça me va.

Blake détestait lorsqu'elle adoptait un ton plat. Comme si rien de ce qu'il pouvait dire ou faire n'avait d'importance pour elle. Ils s'étaient disputés à de nombreuses reprises pour déterminer qui paierait, et il avait découvert que les seules fois où elle cédait, c'était quand il usait de l'argument du « travail ». Le fait qu'elle croie un instant que ce n'était que pour le travail qu'il lui demandait de sortir ne lui faisait pas du tout plaisir, cependant, il essayait d'y aller lentement avec elle... pour son propre bien et celui d'Alexis.

— Un nouveau restaurant de fruits de mer vient d'ouvrir. Il paraît qu'il est bon, indiqua-t-il avec nonchalance.

— Tu es sérieux ? s'exclama-t-elle en haussant un sourcil.

Il le lui confirma avec un sourire suffisant.

— Tu sais que je déteste les fruits de mer, bougonna-t-elle. Mais si c'est ce que tu as envie de manger, je trouverais bien quelque chose.

— Oui, je suis au courant, Lex, et je préférerais que tu sois honnête avec moi plutôt que de chercher à te montrer accommodante. Alors, où aimerais-tu aller ?

Elle le fusilla du regard.

— Peu importe. Je m'en fous.

— Tu ne t'en fous pas, non, insista Blake. Ça ne me dérange pas que tu me dises ce qui te passe par la tête. En règle générale, tu n'hésites pas à expliquer, à moi ou à toute personne qui t'énerve, ta façon de penser. Alors, où voudrais-tu manger ?

Choisir un restaurant n'était pas vraiment une question de vie ou de mort, mais il souhaitait l'emmener dans un endroit qui lui ferait plaisir, pas où elle ne ferait que subir.

Il *adorait* quand Lex lui tenait tête. Bien que ses frères et lui soient pratiquement nés au même moment, il s'identifiait toujours comme celui du milieu. Logan était extraverti et agressif ; il avait protégé ses deux frères contre les coups de leur mère pendant leur enfance. Nathan avait plutôt tendance à s'effacer, heureux de rester seul. Blake, en revanche, était le médiateur. Il était plus souple que ses frères et laissait plus facilement les choses lui glisser dessus. Lex n'était pas comme ça, et il en concevait une satisfaction perverse. La plupart du temps, quand elle n'était pas d'accord, elle le lui disait, et n'acceptait pas juste pour lui faire plaisir. Voilà pourquoi il insistait en cet instant ; il savait qu'elle n'était pas en phase avec sa suggestion.

— Très bien. Tu as raison. À partir de maintenant, je ferai en sorte que tu sois parfaitement au courant de toutes mes opinions. Tu ne devrais pas porter des chaussettes noires avec des tennis blanches. C'est hyper bizarre, et tu n'as pas quatre-vingts ans, alors tu peux encore te conformer à la mode. S'il y a un *Souper Salad* dans le coin, ça me plairait bien.

Le ton acerbe d'Alexis le fit sourire. Il était heureux qu'elle lui fasse des réflexions, même pour se moquer de son choix de vêtements.

— Ça me paraît bien.

Il était sincère. C'était certes un endroit servant des soupes et des salades, mais c'était buffet à volonté et la nourriture y était délicieuse. Alexis se plaignait peut-être de son poids, cela dit, elle ne mangeait pas comme la plupart des femmes que Blake avait fréquentées. Il adorait l'emmener au restaurant, parce qu'elle ne semblait jamais se soucier de ce que *lui* pensait de ses habitudes à table. Elle entassait les aliments sur son assiette. Et c'était un sacré bec sucré. C'était une des premières choses qu'il avait apprises sur elle. Elle versait tellement d'arôme vanille dans son café qu'il n'avait presque plus le goût de café... Il ressemblait davantage à une sorte de cupcake liquide, ce qui était à la fois dégoûtant et mignon. Quand ils se rendaient dans des restaurants disposant de buffets, il n'était pas rare qu'elle refasse plus d'une fois un tour pour se resservir. C'était une chose qu'il aimait chez elle. Enfin, pas « aimer »... mais...

— Ça te va ? Sinon, on peut manger ailleurs. Je m'en fiche.

Blake secoua la tête et reporta son attention sur Alexis.

— Non, c'est bien. C'est un bon choix.

Ils gardèrent le silence jusqu'au restaurant. Blake se gara et résista à l'envie de contourner en vitesse son véhicule pour lui ouvrir galamment. Elle n'apprécierait pas. Il avait essayé de se comporter en gentleman plusieurs fois ; à chacune d'elles, elle secouait la tête et lui lançait qu'elle était parfaitement capable de se débrouiller toute seule pour monter et descendre de voiture.

Il était très difficile de faire des choses pour elle ; généralement, elle s'en chargeait elle-même, là où la plupart des autres femmes y auraient vu de la politesse. Elle veillait à être la première près d'une porte, afin de pouvoir la lui ouvrir et non l'inverse. Elle insistait pour qu'il prenne la file au buffet devant elle, et essayait toujours, *toujours*, de payer, peu importe qu'ils en aient déjà parlé avant leur arrivée.

Ce jour-là ne fit pas exception à la règle. Elle lui tint la porte, cependant, Blake l'attrapa au-dessus de sa tête et lui fit signe d'entrer devant lui. Elle fut la première à passer commande en caisse, mais il s'était attendu à sa rapidité, et il s'en mêla pour informer la femme qu'il réglerait leurs deux repas. Alexis lui tendit même un plateau quand il arriva à ses côtés.

Cédant, il accepta le plateau, mais refusa de se mettre devant elle dans la file. C'était presque un jeu entre eux, à présent. Il la suivit, et sourit en la voyant entasser tellement de nourriture dans son assiette que les croûtons glissaient le temps qu'elle finisse de prendre ce qu'elle voulait.

Une fois qu'ils furent installés et qu'un serveur eut noté leur commande de boissons, Blake demanda :

— As-tu découvert quelque chose concernant les Inca Boyz ?

Il s'agissait d'un gang sur lequel Alexis faisait des recherches. Quelques mois plus tôt, la mère de Grace les avait payés pour qu'ils retiennent Logan, kidnappent sa fille et attirent Bradford dans un hôtel par la ruse, afin de faire des photos obscènes d'eux deux. Margaret avait contacté le gang via un réseau social. Cela avait été d'une simplicité déconcertante, et si Margaret Mason avait pu les engager pour faire son sale travail, les frères Anderson et Alexis s'étaient demandé qui d'autre avait pu faire appel à leurs services.

La jeune femme termina sa bouchée et avala une gorgée d'eau avant de répondre.

— En fait, oui. Quand je regardais leur page Facebook l'autre jour, j'ai vu un commentaire d'une fille dont le nom m'a paru familier. Je n'ai rien trouvé en cherchant sur

Google, mais je savais que je la connaissais de quelque part. Je ne pensais pas que c'était à la fac, car, disons-le franchement, elle n'avait pas l'air très intelligente dans sa remarque. Alors, j'ai repris mes vieux albums de lycée. Et bingo.

— Elle était dans le même que toi.

— Oui. En fait, on était bonnes amies au collège.

Elle ne le regardait pas, préférant étudier sa nourriture. Quelque chose clochait dans son ton.

— Au collège, mais pas après ?

Elle haussa les épaules et joua avec l'assiette dans sa salade avant de répondre, toujours sans relever les yeux.

— Oui. Tu sais, les gens grandissent, les amitiés changent, tout ça. Cela faisait des années que je n'avais pas pensé à elle.

Blake aurait aimé en découvrir plus sur la façon dont elle avait évolué et ses amitiés avec, mais il ne voulait pas insister. Il était évident que Lex ne souhaitait pas en discuter, et que c'était même un sujet qui la travaillait encore dix ans plus tard. Il laissa tomber... pour le moment.

— C'est vrai. Continue.

Elle leva enfin la tête ; visiblement, elle se sentait plus à l'aise maintenant qu'elle était sûre qu'il n'avait pas l'intention de lui poser des questions personnelles.

— Bien. Elle a commenté un post dans lequel Damian parlait de son frère Donovan en prison.

— Qu'est-ce qu'il disait ?

— Quelque chose à propos du fait qu'il avait rendu visite à Donovan et que les projets étaient en marche.

— Il est allé le voir en taule ? Et quels projets ? s'exclama Blake en s'appuyant sur ses coudes, très intéressé à présent.

Il remarqua tout de suite le coup d'œil que Lex lança à ses avant-bras avant de détourner le regard vers son visage. Il s'était rendu compte récemment qu'elle faisait cela sans arrêt. Curieux, il avait commencé à faire des choses puériles telles que fléchir les biceps pour voir si Lex avait un fétichisme des bras, mais cela lui avait valu à peine un regard. Cependant, quand il avait serré le poing et que ses muscles et tendons sur son avant-bras avaient remué, les pupilles de la jeune femme s'étaient dilatées, et il avait même constaté un jour, incrédule, que ses tétons durcissaient sous son tee-shirt. Elle s'était immédiatement détournée à ce moment-là, pour masquer la preuve de son excitation, mais c'était à partir de cet instant précis qu'il avait cessé de voir en elle la petite sœur de Bradford pour la considérer comme une femme attirante qu'il était très désireux de mieux connaître.

Ses cheveux n'étaient ni courts ni longs. Elle n'était ni blonde ni brune. Elle n'avait pas la beauté des top models, mais était agréable à regarder. Elle portait très peu de maquillage, juste assez pour mettre son visage en valeur sans le surcharger. Ses vêtements étaient de grande qualité, mais pas tapageurs. Elle ne flippait jamais à l'idée de se retrouver mouillée par mauvais temps. Il l'avait déjà surprise à attendre sous une pluie battante à l'extérieur du tribunal de Denver, un jour qu'ils travaillaient, comme si elle s'en moquait éperdument. Et tandis que des femmes de sa taille enfilaient souvent des talons hauts pour essayer de compenser, Alexis avait généralement des baskets ou des talons bas.

Elle était beaucoup plus petite que lui ; le dessus de sa tête lui arrivait à peine au menton. En règle générale, il sortait avec des femmes plus grandes, afin de ne pas se tordre le cou pour les embrasser. Cependant, plus il y pensait, plus il était convaincu que Lex s'ajusterait parfaitement contre lui. Il estimait qu'elle mesurait entre 1,60 m et 1,65 m. Un jour qu'elle se déplaçait sur le trottoir, elle avait trébuché ; heureusement, comme il marchait à côté d'elle, il avait réussi à la rattraper avant qu'elle ne tombe à quatre pattes. Il l'avait attirée contre lui, sans doute avec plus de force que nécessaire. Elle s'était tournée vers lui – ses mains s'étaient retrouvées contre son torse, et l'entrejambe de Blake contre le doux ventre de la jeune femme – et l'avait dévisagé les yeux écarquillés, surprise. Tout en sachant que cela faisait de lui un homme des cavernes, Blake trouvait agréable d'être bien plus grand qu'elle. Il pourrait ainsi l'enfouir entre ses bras, la soulever, l'entourer. Rien que la pensée de la caler contre lui pendant leur sommeil, ou après qu'ils auraient fait l'amour, le rendait dur comme la pierre.

Quant au corps d'Alexis... Seigneur. Il n'y avait rien d'enfantin chez elle. Elle était mince, mais toute en courbes. Elle avait un petit ventre doté de poignées d'amour qu'il apercevait parfois quand elle portait des jeans taille basse et des chemisiers moulants. Ses jambes étaient arrondies quoique musclées. Il fantasmait de plus en plus en les imaginant autour de sa taille.

Lex adorait manger, comme il l'avait constaté, et les calories qu'elle avalait semblaient remplir pile les bons endroits. Ses seins étaient pleins, et ils avaient été tendres, quand ils s'étaient retrouvés plaqués contre lui. L'idée qu'elle puisse faire un régime et perdre ne serait-ce qu'un centimètre de ses courbes si sexy le rendait fou. Ce qu'il y avait de bien chez elle, c'était qu'elle n'était pas trop fragile pour ne pas pouvoir supporter son étreinte le jour où il ne serait pas d'humeur à se montrer doux.

Durant le bref instant où il l'avait tenue contre lui, Blake avait réalisé que, toute sa vie, il n'était sorti qu'avec de grandes femmes modernes, confiantes au lit, alors qu'il ne désirait qu'une femme qui lui donne le sentiment de pouvoir la protéger. De pouvoir s'interposer entre le monde et elle. Même si elle était parfaitement capable de prendre soin d'elle-même sans personne, il avait manqué toute son existence à Blake ce sentiment de pouvoir prendre soin de quelqu'un d'autre. Sans doute à cause de son enfance pourrie. À présent, il mourait d'envie de pouvoir le faire. Il avait suffi pour cela de tenir Alexis Grant une fraction de seconde dans ses bras.

L'attirance qu'elle semblait avoir pour ses avant-bras ne lui avait pas échappé, et il s'était mis à porter plus souvent des tee-shirts à manches courtes, pour le seul plaisir de voir ses yeux se voiler quand elle le regardait.

Il reporta son attention sur ce qu'elle lui racontait concernant le gang.

—... pas trop de quels projets il parlait, mais Kelly si, visiblement. Elle a posté, je cite, « C'est bien que t'y soie » – s-o-i-e – « allé et que tu es » – e-s – « vu ton frère. La prochaine fois, dis-lui bonjour pour moi et que je suis impatiente de le revoir. »

— Qu'est-ce que Damian a répondu ? interrogea Blake, en s'intéressant pleinement à la conversation pour éviter de se demander quelle allure aurait Alexis allongée nue entre ses draps.

— Rien, répliqua-t-elle en haussant les épaules. Ils ne publient pas grand-chose sur leur Facebook, ce qui est étonnamment malin de leur part. Ils semblent s'en servir davantage comme un moyen de communication avec des gens extérieurs à leur petit cercle, et se vanter, en langage codé, de ce qu'ils ont fait.

— En langage codé ?

— Oui, confirma Alexis. J'ai pris des notes sur tous les sujets dont eux ou d'autres gangs parlent sur leurs pages Facebook. Ils se croient très intelligents en faisant mine de discuter de tout et de rien, mais ils utilisent des mots codés. Par exemple, un flingue, c'est un « biscuit », ou les balles deviennent « clac clac », « électricité » ou parfois « nourriture ». L'argent, en général, c'est un truc du style « pain ». Donc, une conversation entre deux voyous peut démarrer par quelqu'un demandant du pain pour faire un clac clac et disant qu'il aura besoin d'électricité plus tard pour « s'en charger ».

— S'en charger ?

— Tuer quelqu'un, expliqua Alexis sans fléchir. C'est à la fois fascinant et ridicule de les voir discuter si ouvertement de tout ça en ligne. Ils doivent vraiment prendre les gens pour des imbéciles incapables de comprendre ce qu'ils disent.

Elle haussa les épaules, fourra une grosse fourchette de nourriture dans sa bouche, puis avala avant de poursuivre.

— Je pense qu'ils effacent certains posts où des gens les abordent, et qu'ils doivent aussi échanger en privé autant qu'en public.

— Tu crois que Kelly sort avec Donovan ? demanda Blake, impressionné par les efforts d'Alexis.

— On dirait que oui, mais comme ils ne discutent pas vraiment de leur vie privée, c'est difficile à affirmer.

— Qu'as-tu découvert sur ceux qui ont « aimé » leur page Facebook ?

— Pas grand-chose. La plupart des noms sont des faux. C'est tellement facile de créer un nouveau compte. Les seules personnes qui ont l'air réelles, ce sont les hauts placés du gang. Donovan, Damian, deux autres peut-être, et Kelly.

— Hum.

— Enfin, j'ai pensé, puisque je connaissais Kelly, que je pourrais lui envoyer un message pour lui dire que j'aimerais reprendre contact avec elle. Je pourrais obtenir plus d'informations sur les Inca Boyz de cette manière. Si elle est aussi proche de Donovan qu'elle semble l'être d'après son commentaire, on pourrait en découvrir plus.

— Non, refusa immédiatement Blake d'un ton ferme.

— Quoi ? Pourquoi ? demanda-t-elle, les sourcils froncés.

— Je ne veux pas te voir te rapprocher de Donovan, expliqua-t-il en s'adossant à sa chaise pour croiser les bras.

— Mais je ne serai pas près de lui. Il est en prison.

Blake se pencha tout à coup pour lui poser la main sur le bras.

— Lex, dit-il très sérieusement, si Kelly est la copine de Donovan, alors il va découvrir ton soudain retour dans sa vie pour faire amie amie avec elle. Tu sais aussi bien que moi qu'il a des contacts bien qu'il soit en taule – des contacts dangereux, je veux dire – à l'extérieur. Tu crois franchement qu'il va apprécier le fait que sa nana se mette brusquement à discuter avec la sœur de l'homme qu'ils devaient faire chanter ? Hors de question.

— Mais, Blake...

Il la coupa.

— En plus de ça, comme tu l'as dit toi-même, Kelly et toi n'étiez pas proches au lycée. Si tu lui écris tout à coup pour redevenir copine avec elle, cela aura vraiment l'air suspect. Et qu'est-ce que tu comptes dire ? Que tu as vu son commentaire sur la page des Inca Boyz ? Oui, c'est ça.

— Je ne suis pas aussi stupide, ronchonna-t-elle.

Elle s'adossa à sa chaise, parvenant à rompre le contact avec lui, et croisa les bras, imitant la position de Blake quelques instants auparavant.

— Je sais très bien que je ne peux pas dire ça. Je n'ai pas encore trouvé exactement comment l'approcher, mais j'espérais que tu pourrais m'aider. J'envisageais de découvrir où elle vit, l'observer pour voir où elle fait ses courses, et tomber « accidentellement » sur elle.

Alexis secoua la tête et décroisa les bras ; elle fixa ensuite ses mains sur ses genoux, les sourcils froncés.

— J'ai bien conscience que, pour toi, je ne sais pas ce que je fais et que je suis nulle d'avoir enchaîné tous ces boulots, mais je ne le suis pas.

— Je suis désolé, s'excusa Blake, qui aurait aimé qu'elle le regarde.

Cela prit une minute, mais elle leva finalement les yeux vers lui en se mordillant la lèvre.

— Je songeais qu'il vaudrait mieux t'en parler. C'est toi l'expert. Mais si je me comporte comme à l'époque du lycée, elle va sans doute croire que j'ignore totalement son lien avec ce qui est arrivé à mon frère.

Un tas de pensées se bousculèrent dans l'esprit de Blake, qui ne s'arrêta que sur une seule.

— Comment te comportais-tu à ce moment-là ?

— Oh, tu sais, dit-elle en baissant la tête pour ne pas le regarder dans les yeux. Puisque tout le monde était au courant que ma famille était riche, je me conduisais comme ils voulaient que je le fasse.

Toujours sans lever la tête, elle ramassa sa fourchette et mit un peu de salade dans sa bouche comme si la conversation était terminée.

Blake attendit qu'elle ait fini de mâcher avant de demander sur un ton patient.

— C'est-à-dire ?

Alexis agita la main, dans un geste exprimant une feinte nonchalance.

— Tu te souviens sans doute de l'époque du lycée, Blake. Et de tous ces gamins friqués qui se comportaient comme s'ils ne s'intéressaient qu'à leurs vêtements et à eux-mêmes et ignoraient tout le reste.

— Et tu penses que cette Kelly va gober ça ?

Blake était sceptique. Maintenant qu'il connaissait Lex, la vraie Lex, il ne croirait jamais qu'elle ne s'intéressait qu'à elle-même. Elle était l'une des personnes les moins égocentriques qu'il avait rencontrées.

Elle confirma.

— Oh oui, elle va gober ça.

Elle en semblait persuadée.

— Pourquoi ? demanda-t-il, toujours perplexe.

— Pourquoi elle y croira ?

Alexis pencha la tête, ne comprenant pas où était le problème.

Il acquiesça.

— Parce que.

Il lui lança un regard dur.

— Il va me falloir un peu plus que ça si tu veux me convaincre de parler de ton plan à mes frères et de l'accepter. Pour info, je pense que ça pourrait être une bonne idée, *si* ce que tu dis est vrai. Et c'est une sacrée inconnue, Lex. Si Kelly a le moindre soupçon, se demande une seule fois si tu ne vas pas à la pêche aux informations, alors tu pourrais te trouver en danger. Je n'ai absolument pas envie que les Inca Boyz te dessinent une cible sur le dos. Parle-moi.

Alexis repoussa sa salade et mit ses coudes sur la table, imitant la position de Blake. Il ignorait si elle le faisait volontairement ou inconsciemment, comme si son cerveau essayait de forger un lien quelconque avec lui... mais cela lui plaisait.

— Nous étions amies au collège, comme je te l'ai dit. Elle vivait du mauvais côté de Denver, pourtant, nous étions quand même proches. Nous étions ensemble sans arrêt.

Quand mes parents sont devenus riches, ils ont d'abord fait quelques folies, nous achetant tout un tas de nouveaux vêtements, par exemple, à Bradford et moi. Des trucs de luxe. J'avais douze ans. Je trouvais ça génial. Mais très vite, les autres gamins de l'école s'en sont rendu compte et ont découvert que mes parents avaient de l'argent. Toutes mes relations ont changé du jour au lendemain. Des filles qui ne m'avaient jamais adressé la parole, les « populaires », ont commencé à vouloir traîner avec moi. Je croyais en leur amitié soudaine. Mais je n'ai pas laissé tomber mes camarades d'avant, si c'est ce que tu penses.

Blake secoua la tête.

— Ce n'est pas ce que je pense, Lex. Je ne te vois pas faire ce genre de choses.

— Peu importe, répliqua-t-elle en parcourant le restaurant du regard pour ne pas croiser ses yeux. Toujours est-il que Kelly m'a coincée un jour et m'a accusée d'être une riche snob maintenant que j'avais du fric. Elle m'a dit qu'elle ne souhaitait plus jamais entendre parler de moi. J'ai essayé de lui faire comprendre que je me fichais de l'argent, mais elle n'a pas voulu m'écouter. J'ai tenté de regagner son amitié jusqu'à la fin de l'année scolaire, mais ça n'a pas fonctionné.

Quelque chose, dans le ton d'Alexis, l'interpella.

— Qu'est-ce qu'elle a fait ?

Elle lui accorda toute son attention.

— Comment ça ?

Malgré la désinvolture qu'elle avait tenté d'afficher, Blake entendit sa douleur.

— Il est évident qu'elle a fait quelque chose. C'était quoi ? Pourquoi as-tu essayé aussi longtemps ? Si elle t'avait dit qu'elle ne voulait plus être ton amie, tu aurais laissé tomber. Que s'est-il passé, Lex ?

Elle soupira et fit la grimace.

— Pourquoi es-tu aussi observateur, bon sang ?

Il émit un rire sans joie.

— C'est utile dans mon métier.

— Oui, j'en suis certaine.

Elle prit une profonde inspiration, puis la relâcha lentement.

— Très bien. On était en quatrième. Le collège est une période particulière pour les filles, avec toutes ces hormones qui s'agitent dans notre corps, et cette idée que ce que les autres pensent de nous est plus important que tout, même notre fierté ou notre instinct de conservation.

— Qu'est-ce qu'elle a fait ? répéta Blake d'une voix plus dure, plus du tout amusée.

— Rien de grave, le rassura-t-elle, mais son ton contredit ses paroles. Elle m'invitait à sortir avec ses amis et elle... au bowling, manger des hamburgers, de la glace, ce genre de choses... et sans trop savoir comment, c'était toujours moi qui me retrouvais à payer à la fin pour tout le monde. Au début, j'étais d'accord. L'argent n'avait pas beaucoup d'importance à mes yeux et je voulais vraiment garder mes amis. C'était comme une manière de m'en acheter, en fait. Kelly me racontait que ses amis et elle étaient si fauchés que ses parents ne pouvaient pas leur donner à manger tant qu'ils n'auraient pas reçu leurs bons alimentaires à la fin du mois. Des trucs du genre. Je me fichais de payer, parce que j'avais beaucoup d'argent et que je savais ce que c'était que d'être pauvre.

— Quelle garce, souffla Blake.

Alexis secoua la tête.

— Non, ce n'était pas de sa faute. Elle ignorait comment gérer le changement de nos statuts sociaux, et j'étais heureuse de jouer le jeu.

— Non, Lex. Elle savait parfaitement ce qu'elle faisait. Elle se servait de toi, de votre amitié pour obtenir ce qu'elle voulait. Que s'est-il passé à la fin de l'année ?

De nouveau, Alexis évita son regard, et il comprit qu'elle allait minimiser l'importance de ce qui lui était arrivé, comme d'habitude.

— Elle m'a dit qu'elle ne voulait plus être mon amie quand nous rentrerions au lycée en septembre[1]. Je n'ai pas compris pourquoi. Je n'avais pas encore saisi à cette époque-là que les amis dont je devais m'entourer devaient être des gens qui souhaitaient me fréquenter parce qu'ils m'appréciaient *moi* et non mon argent. Kelly m'a même dit que si je lui adressais une seule fois la parole, elle me le ferait payer.

— Oh, Lex. Je suis désolé.

Son cœur se serrait pour l'adolescente qu'Alexis avait été. Il était manifeste qu'elle s'était égarée et avait laissé s'approcher le mauvais genre de filles... qui ne la voulaient que pour sa richesse. Pas pour une véritable amitié.

— C'est bon, Blake. C'était il y a longtemps.

Elle agita la main comme pour repousser une mouche agaçante.

Blake devinait que non, ce n'était pas bon, et qu'elle n'acceptait pas ce qui lui était arrivé au collège. Il comptait laisser tomber le sujet, mais pas sans avoir posé une question avant.

— As-tu reparlé à Kelly ?

— Une seule fois.

Il attendit en silence, haussant les sourcils pour l'encourager.

— C'était au moment de Thanksgiving, en troisième. Je l'ai vue dans le couloir. J'avais oublié ce qu'elle m'avait fait promettre et je l'ai saluée.

Comme elle ne développa pas, il s'en mêla.

— Et ?

Lui soutirer des informations équivalait à lui arracher une dent.

— Et la semaine suivante, trois étudiants en première et terminale s'en sont pris à moi entre deux cours. Ils m'ont traînée dans le vestiaire des hommes et m'ont tabassée. Pas au niveau du visage, mais ils m'ont balancée par terre et m'ont frappée jusqu'à ce que je sois recouverte de bleus. Ils m'ont même fêlé quelques côtes. Je ne l'ai jamais raconté à personne. Mais je n'ai plus jamais adressé un mot à Kelly non plus. Plus jamais.

— Bon sang, Lex, souffla Blake.

— Comme je te l'ai dit, c'était il y a longtemps. Je vais bien maintenant. J'ai appris la leçon. J'ai compris où était ma place.

— Bordel, je déteste les adolescents, commenta platement Blake. J'ai une question à te poser. Et je ne te cherche vraiment pas à être un connard. Si Kelly ne souhaitait pas te parler autrefois, qu'est-ce qui te fait penser que ce sera différent aujourd'hui ? Et si elle faisait la même chose ? Qu'elle demandait à ses Inca Boyz de te tabasser pour avoir osé lui adresser la parole ?

— Blake. Nous sommes adultes, maintenant, protesta Alexis.

— Et ?

— Écoute. Je sais comment fonctionnent les gens comme elle. À cette époque, elle voulait avoir l'air dure. Je suis plus avisée à présent. Aujourd'hui, elle se *croit* simplement dure. Elle va chercher à me manipuler à nouveau. Elle va prendre son pied. Il faut juste que je tienne mon rôle. Celui de l'amie perdue de vue... au compte en banque bien fourni. Je jouerai les filles nerveuses auprès d'elle, comme si j'avais toujours peur d'elle. Je vais essayer de l'inviter à manger, me montrer hésitante, proposer de payer. Je lui donnerai une carte de visite sur laquelle figure mon adresse. Elle saura très vite que c'est un beau quartier de la ville et que j'ai encore de l'argent. Elle acceptera mon offre. Je paierai pour le déjeuner, suggérerai de nous revoir. Elle ne résistera pas à la tentation de se servir de moi pour mon fric. Je lui dirai combien je suis malheureuse d'être célibataire, elle me parlera de *son* homme, et finira par baisser sa garde, car elle se pensera bien plus intelligente que moi.

Blake observait attentivement Alexis. En surface, le plan semblait bon, sauf la partie concernant son adresse. Il était hors de question qu'elle donne sa véritable adresse à une personne liée aux Inca Boyz. Pour être honnête, si ce plan lui avait été proposé par n'importe qui n'étant pas Alexis, il n'aurait eu aucun problème avec. Cependant, il s'agissait de Lex. Et à quatorze ans, Kelly n'avait pas hésité à demander à ses amis de la tabasser juste parce qu'elle l'avait saluée dans le couloir, bon sang. Ils auraient pu lui faire tellement pire.

Si Kelly découvrait que Lex se jouait d'elle, il était certain que cette salope utiliserait ses liens avec un gang pour tuer son ancienne amie, après que les voyous se seraient servis de son corps à leur guise. Il n'avait aucun doute à ce sujet. Ils ne se contenteraient pas de frapper, contrairement aux garçons du lycée.

— Il faut qu'on en parle à Logan et Nathan, puis que nous passions en revue les moindres détails, tout ce qui pourrait mal tourner, afin que tu saches quoi faire si ça se produit. Mais, si nous nous engageons là-dedans, je veux que tu portes un micro à chacun de vos rendez-vous. Ce n'est pas négociable.

Il grognait pratiquement, à ce stade, et il plissait les yeux.

— Ça marche, accepta Alexis sans rompre une seule seconde le contact visuel cette fois-ci.

— Et tu ne la rencontres qu'en public.

— D'accord.

— Et chaque fois que tu iras la retrouver, tu m'informeras de la date et du lieu, histoire que je vienne en renfort.

— Blake, je ne crois pas...

— Ce sont mes conditions, Lex, la coupa-t-il. Encore une fois, je ne suis pas en train d'accepter, je dis juste qu'en surface, ça a l'air de pouvoir fonctionner, mais il ne se passera rien tant que nous n'en aurons pas parlé avec mes frères. Cela dit, je n'aime pas te savoir seule à ses côtés. Elle a des tueurs pour amis. Si elle a le moindre soupçon quant aux raisons de votre rapprochement, si elle a l'impression que tu cherches à lui soutirer des informations, elle n'hésitera pas à user de ses relations pour te faire du mal. Je ne peux décemment pas te laisser faire ça sans te procurer des renforts.

Ils se fixèrent un long moment. Blake aurait tout donné pour savoir à quoi elle pensait. Enfin, elle hocha la tête, et il remarqua dans ses yeux une étincelle d'excitation qu'il n'y avait jamais vue.

— Équipée d'un micro en public et jamais si je ne suis pas là pour surveiller tes arrières. Je suis sérieux. Si tu manques à une seule de ces obligations, tu seras virée d'*Ace Sécurité*. Compris ?

Il s'était exprimé sur un ton dur. Il savait qu'il aurait dû laisser tomber dès qu'elle avait acquiescé, mais il n'avait pu s'empêcher d'insister.

— C'est pigé. Vraiment, répondit-elle très vite, d'une voix tout aussi plate que la sienne. J'adore travailler chez *Ace*, Blake. C'est agréable de pouvoir aider les autres. J'ai le sentiment de faire la différence... de contribuer positivement à ce monde plutôt que de manière superficielle comme je l'ai fait trop longtemps. J'ai conscience d'avoir fait des choses stupides par le passé, mais je ne suis pas idiote. Tu as fini ?

Elle n'avait pas mangé la moitié de son assiette, ce qui ne lui ressemblait pas. Cependant, Blake savait qu'elle s'était renfermée. Il ne pouvait pas reprendre ses paroles, puisqu'il en pensait chaque mot. Elle s'était méprise, croyant qu'il ne s'inquiétait qu'à titre professionnel et non personnel, mais il ne pouvait pas avouer la vérité.

Alors, il ferait avec son courroux pour l'instant. Toutefois, au fond de lui, Blake savait que leur conversation avait tout changé. Il la comprenait bien mieux à présent. Bien qu'elle soit agacée contre lui, elle avait lâché un tas d'informations sur elle. Des éléments qui permettaient d'expliquer sa façon d'être et pourquoi elle avait été si désireuse de travailler pour *Ace Sécurité*.

Alexis Grant n'était plus simplement la sœur de Bradford ou une employée temporaire. Blake voulait tout savoir à son propos. Souhaitait découvrir ce qui l'énervait, ce qui se passait derrière ses yeux bruns si expressifs. Il avait envie de faire partie des rares privilégiés à pouvoir pénétrer sous le bouclier qu'elle plaçait entre le monde et elle.

Il désirait connaître la vraie Alexis Grant. Parce qu'il avait le sentiment que cette femme allait devenir ce qu'il avait de plus précieux au monde... s'il parvenait à la protéger d'elle-même.

CHAPITRE 3

Blake déposa Alexis devant sa voiture, qu'elle avait laissée au *Hampton*. Elle avait pris l'habitude de dormir à l'hôtel, quand ils devaient se lever tôt pour une mission. C'était logique, puisqu'elle résidait toujours à Denver. Cependant, elle refusait qu'*Ace Sécurité* règle la note, malgré l'insistance de Blake. Cela l'agaçait, mais il n'allait pas se battre contre elle pour cela. Il devait choisir ses batailles avec soin.

Après avoir attendu qu'elle prenne la direction du nord vers son appartement de Denver, il se rendit au centre-ville de Castle Rock, constatant avec plaisir que le restaurant italien *Scarpetti* avait enfin ouvert ses portes dans l'espace autrefois occupé par le *Cabinet d'Architecture Mason*. Pour le bien de Grace et Logan, il était ravi de ne plus voir chaque jour la société des parents de Grace en allant travailler. Il gara sa Mustang et s'approcha des locaux d'*Ace Sécurité*. Lorsqu'il entra, il découvrit son frère Nathan devant l'ordinateur où il passait l'essentiel de son temps.

— Salut, Nathan. Quoi de neuf ?

— Salut, répondit-il d'un air absent.

— Où est Logan ?

— Grace avait une nouvelle échographie aujourd'hui.

Blake hocha la tête. Si Grace se rendait chez le docteur, hors de question pour Logan d'être ailleurs qu'auprès d'elle.

— Compte-t-il revenir ensuite ?

Nathan confirma, toujours sans lever les yeux de son écran.

— Oui. À condition que tout aille bien avec les bébés. Il nous tiendra informés après le rendez-vous.

— Bien.

Nathan releva enfin la tête. Quelque chose, dans le ton de Blake, avait dû attirer son attention.

— Tout s'est bien passé ce matin ?

— Oui, pourquoi ?

— Tu as l'air ailleurs.

Blake fixa son frère. Celui-ci ressemblait peut-être à un geek classique, mais il n'était pas faible pour autant. Blake ne doutait pas qu'il pourrait s'en sortir dans une bagarre. Il perdrait peut-être un combat de force brute, mais il était assez intelligent pour empêcher toute confrontation d'en arriver là.

Quand ils étaient adolescents, Logan avait toujours été leur protecteur, se plaçant entre eux et leur folle de mère lorsqu'elle entrait dans une de ses fureurs légendaires. Cependant, grandir aux côtés d'une mère agressive sans être assez fort pour se défendre seul avait, semblait-il donné à Nathan l'envie de trouver comment se sortir d'une situation avant que les poings ne commencent à voler.

Blake avait été témoin des talents de son frère lors de leur première mission de protection ensemble. Logan étant occupé, ils n'avaient eu d'autre choix que de demander à Nathan de faire du travail de terrain. Ils escortaient ce jour-là un homme chez son ex-femme afin qu'il puisse récupérer ses affaires en toute sécurité. C'était à ce moment-là que l'ex avait perdu les pédales. Elle s'était ruée vers son ancien compagnon et avait commencé à vouloir le tabasser. Blake s'était interposé pour la retenir prudemment, et Nathan avait entrepris de lui parler pour lui faire oublier son coup de sang. S'il n'avait pas été présent pour le voir, Blake n'y aurait pas cru et aurait affirmé que rien ne pouvait atteindre la femme. Cependant, il n'avait fallu que quelques instants à Nathan pour que la femme se retrouve à sangloter et s'excuser. Ils avaient pu mettre un terme à cette situation potentiellement explosive de façon relativement pacifique.

Si la plupart des gens sous-estimaient Nathan à cause de son allure et de son comportement, Blake avait appris que non seulement son frère était en mesure de se défendre et de protéger les autres avec pour seules armes son esprit rapide et son sens aigu de l'observation, mais en plus il avait la troublante aptitude à savoir lire entre les lignes. C'était un homme sensible, qui semblait capable de déterminer ce que ressentaient les gens même quand ils ne prononçaient pas un mot. Comme en cet instant.

— Le boulot s'est bien passé, répliqua Blake en tentant de rassurer son frère.

Celui-ci agita la main comme pour balayer ses paroles.

— Alors, qu'est-ce que c'est ? Alexis ? Il s'est passé quelque chose ? Il faut la virer ?

— Non ! répondit Blake avec fougue. Tout va bien avec elle. Elle s'en sort très bien dans le travail.

Il fixa le bureau, le désordre, tout plutôt que les yeux de son frère.

— Je voudrais juste parler d'un truc avec Logan.

Nathan ne le quitta pas du regard.

Blake tourna enfin la tête vers lui. Aucun d'eux ne dit un mot.

Finalement, Nathan acquiesça et reporta son attention sur son clavier.

— Si tu as besoin de mon aide, tu sais où me trouver.

Et ce fut tout.

Blake souffla de soulagement intérieurement. Son frère avait compris qu'il se passait quelque chose, mais il n'insisterait pas. Et si Blake abordait un sujet avec Logan sans l'impliquer, Nathan ne s'énerverait pas. Ce n'était pas son genre, et il s'agissait d'une qualité que Blake appréciait enfin à sa juste valeur.

— Je le sais. Merci.

Blake souhaitait discuter avec Logan de l'idée d'Alexis. Non pas qu'il ne faisait pas confiance à Nathan, mais Logan était directement concerné par les Inca Boyz, à cause de ce qui s'était passé avec Grace. Le plan de Lex semblait bon, néanmoins, il le rendait nerveux dans le même temps. Il aurait aimé en parler longuement avec Logan et savoir ce qu'il en pensait. Peut-être que Blake n'était pas assez objectif... peut-être qu'il se souciait bien trop de Lex pour distinguer les failles dans sa logique.

Les Anderson avaient été les premiers témoins de la dépravation des Inca Boyz, et Blake refusait qu'Alexis s'approche d'eux. Oui, il voulait détruire le gang, mais mettre Alexis sous couverture ne lui paraissait pas être le moyen idéal pour atteindre leur but. Pas seulement parce qu'il s'agissait de dangereux malfrats, mais également à cause de la peine qu'il avait vue dans les yeux de Lex quand elle avait évoqué sa désastreuse relation avec Kelly. Il n'avait pas très envie qu'elle retrouve cette dernière et ravive potentiellement des émotions non réglées. Penser à ce que cette fille avait fait lui retournait l'estomac.

Une heure et demie plus tard, lorsque Logan revint enfin

au bureau, Blake lui rapporta sa conversation matinale avec Alexis et ce qu'elle souhaitait faire.

— Quelle différence y a-t-il entre aujourd'hui et il y a quelques mois, quand elle a proposé de nous aider à récolter des informations sur le gang ? demanda Logan.

Il était assis en face de Blake, une cheville posée sur le genou opposé. Il semblait détendu, mais il connaissait assez bien son frère pour être convaincu que toute discussion sur les Inca Boyz avait tout sauf un effet relaxant sur lui.

Blake savait pertinemment ce qu'il y avait de différent, mais il n'était pas prêt à l'avouer à voix haute... La première qu'il informerait de ses intentions serait Alexis en personne.

Bizarrement, ce matin-là, alors qu'il adorait avoir Alexis comme amie, il avait pris conscience que ses sentiments avaient évolué. Elle était d'une fréquentation agréable, travaillait dur et aimait ses frères à lui, et pas une fois, pendant tout le temps qu'ils avaient passé ensemble, Blake ne s'était ennuyé ou n'avait souhaité être avec quelqu'un d'autre. En outre, il n'avait eu envie de sortir avec personne non plus. Elle s'était glissée si furtivement sous ses défenses qu'il aurait pu s'inquiéter de ses intentions s'il n'avait pas su avec certitude qu'elle ne tentait pas volontairement d'attirer son attention ; elle le subjuguait naturellement.

— Quelle importance ? Elle essaie de recoller les morceaux avec cette Kelly pour se rapprocher du gang. Ça ne me paraît pas très sûr.

— Non, ça ne l'est pas, confirma Logan, mais elle a raison. Nous avons réussi à les traquer loin sur les réseaux sociaux, à récolter de bonnes informations, mais ce n'est rien que nous ne puissions prouver. Nous n'aurons jamais assez de tuyaux à transmettre à l'antigang afin qu'il les fasse tomber, pas à moins de changer de stratégie. Ils continue-ront à proposer leurs services pour passer les gens à tabac, les intimider voire les tuer sous contrat. Si Alexis porte un micro et glane assez de renseignements, cela pourrait être suffisant pour obtenir un mandat d'arrêt.

— Cela vaut-il le coup de faire d'elle une ennemie du gang à vie ? S'ils découvrent ce qu'elle est en train de faire, elle sera en danger pendant des années. Tu sais qu'ils ne laisseront pas tomber. Ils devront faire d'elle un exemple pour décourager quiconque à l'avenir de les moucharder ou de collaborer avec la police.

— Alors, elle devra se montrer très prudente et ne pas se faire prendre, rétorqua Logan sur un ton détaché.

— Ça ne t'inquiète même pas ? s'écria Blake, les dents serrées, énervé contre le manque de considération de son frère pour le danger qu'Alexis pourrait courir.

Logan posa son deuxième pied par terre et se pencha en avant pour l'épingler de son regard intense.

— Ma première responsabilité, c'est ma femme et mes futurs enfants. Les parents de Grace sont en taule, mais je veux éliminer de la surface de la Terre le moindre enfoiré membre de ce gang. Je me contenterai de les savoir derrière les barreaux, si je ne peux pas faire autrement. Je ferai tout ce qu'il faut pour qu'ils atterrissent en prison.

Blake s'adossa à son siège sans quitter son frère des yeux.

— Même au prix de la vie d'une autre femme ?

Logan inspira profondément et se réinstalla sur sa chaise, l'épinglant toujours du regard.

— Je ne connais pas très bien Alexis. C'est Nathan et toi qui avez travaillé le plus avec elle. Je crois que c'est toi-même qui l'as dit. Quand elle s'ennuie, elle passe à autre chose. Alors, si elle ne compte pas s'accrocher à ce boulot, je ne vois pas l'intérêt de chercher à la connaître. Ce que j'ignore, c'est pourquoi *toi* tu t'en soucies autant. Elle n'est que la première d'une longue lignée probable de stagiaires bossant chez *Ace Sécurité*. Ce n'est pas comme si tu la fréquentais. Si elle a envie de faire amie-amie avec une nana qu'elle a rencontrée ado, et si cela nous rapproche du moment où on éliminera les Inca Boyz... Dans ce cas, pourquoi pas ?

L'insensibilité de son frère faillit le faire sortir de ses gonds, mais pour une fois, Logan avait raison : il n'avait pas passé beaucoup de temps avec Alexis. Il ne la connaissait pas. Blake saisissait où son frère voulait en venir. Vraiment. Cependant, il ne pouvait pas le laisser exprimer un manque de respect aussi flagrant envers la jeune femme.

— Franchement, je ne pense pas que tu t'en laveras les mains si ces connards découvrent ce que fait Lex et la tuent. Ce n'est pas ton genre. Je suis tout à fait d'accord avec le fait que Grace et tes enfants soient en tête de tes priorités, mais ils ne devraient pas être la seule chose dont tu te soucies.

Les deux frères se dévisagèrent quelques instants avant que Logan ne gonfle les joues et pousse un soupir.

— Tu as raison. Je suis désolé. C'est juste que voir... mes fils bouger dans le ventre de Grace, entendre les battements de leurs cœurs... m'a fait prendre conscience que j'ai bien failli ne pas connaître tout ça. Je me sens extrêmement protecteur. Ils sont ce que j'ai de plus cher au monde. Je ferais n'importe quoi pour les protéger, quitte à mettre quelqu'un d'autre en danger.

Blake hocha la tête, mais ne parla pas.

— Concernant le plan d'Alexis, tu as raison, il est risqué, mais je pense qu'il peut fonctionner. Cependant, il va falloir faire quelques ajustements. Je suis d'accord, il est hors de question qu'elle donne son adresse à ces enfoirés, même pour les faire saliver sous prétexte qu'elle habite dans les beaux quartiers de la ville. D'après ce que tu m'as raconté, il est possible que cette Kelly ignore totalement Lex, mais il y a de fortes chances également qu'elle accepte de la revoir. Tant qu'Alexis reste détendue, qu'elle ne semble pas trop impatiente, ça pourrait fonctionner. Nous n'avons rien sur le gang jusqu'à présent. Nous ne pouvons même pas prouver que les Inca Boyz sont derrière mon accident, alors que tu sais aussi bien que moi que c'est le cas. Ce que je me demande, cela dit, c'est pourquoi Alexis souhaite se mettre ainsi en danger ? Qu'est-ce qui est en jeu pour elle ?

— Je ne sais pas trop, répondit Blake. J'y ai pensé également. C'est sans doute en partie dû à la manière dont elle était traitée au lycée, où elle avait des amis parce qu'elle avait de l'argent, pas à cause de sa personnalité, de plus elle a contribué à cette image en jetant l'argent par les fenêtres. Elle m'a dit aujourd'hui qu'elle aimerait apporter sa pierre à l'édifice, et que travailler à nos côtés lui donnait ce sentiment. Lui donnait un but. Je pense en outre que son frère constitue une bonne motivation. Lui aussi a été une victime des Inca Boyz. Elle sait ce que c'est qu'être une victime et veut empêcher que cela se reproduise à d'autres.

— Elle sait ce que c'est qu'être une victime ? répéta Logan, inquiet, en le fixant avec intensité.

Blake ne souhaitait pas raconter ce qui lui avait été confié. Même si Alexis ne lui avait pas spécifiquement demandé de ne rien dire à ses frères, il avait le sentiment qu'il s'agissait d'une histoire qu'il ne devrait pas rapporter sans son consentement.

— Oui. Elle a eu une adolescence difficile, répondit-il simplement.

Plus il songeait à la position dans laquelle Alexis proposait de se mettre, plus il en était ébahi. Elle faisait montre d'un courage à la fois dingue et admirable dans sa volonté de les aider à faire tomber le gang, malgré les risques qu'elle encourait.

— OK, tu m'as demandé ce que j'en pensais. Est-ce dangereux ? Oui. Y a-t-il des risques ? Nous en sommes conscients, aussi bien toi que moi. Peut-elle réussir ? Tu le sais mieux que moi, cependant je crois que c'est probable. Est-ce que cela va nous aider ? Oui. Mais tu as tout à fait raison sur ce point : elle ne doit rien faire sans t'en informer d'abord. C'est très dangereux, et ce serait de l'idiotie que d'aller seule sous couverture. Et, si pour je ne sais quel prétexte tu ne peux pas l'accompagner quand elle part rencontrer Kelly, tu sais que Nathan ou moi serons heureux de le faire. Tu couvres ses arrières, nous les tiennes. Point barre.

Blake souffla de soulagement. C'était ce qu'il voulait entendre.

— Merci, frangin. J'apprécie.

— N'en doute jamais, Blake. Les Grant ne figurent peut-être pas en tête de liste de mes meilleurs amis, mais je sais qu'ils se sont retrouvés malgré eux mêlés aux plans des parents de Grace et qu'ils étaient tout aussi choqués que moi d'apprendre ce que subissait Grace. Et, plus important encore, j'ai confiance en *toi*. Si tu me dis qu'Alexis est réglo et peut gérer ça, alors elle peut foncer.

— Une nouvelle fois, merci.

— Je t'en prie.

— Bon, sinon, as-tu pris des photos de mes neveux aujourd'hui ? demanda Blake pour briser la tension.

— Est-ce que le pape est catholique ? répliqua Logan en attrapant son portefeuille.

CHAPITRE 4

Deux semaines plus tard, Alexis était assise dans une voiture, devant le magasin *Walmart* situé au nord-est de Denver... pile au milieu du territoire des Inca Boyz. Pendant plusieurs jours, elle avait traqué Kelly, d'abord sur Internet, surveillant son compte Twitter pour y pister des hashtags relatifs aux gangs, en cherchant des mots-clés sur Google, puis physiquement, quand Kelly faisait ses petites affaires dans les quartiers difficiles de Denver où traînait le gang. Alexis avait découvert les magasins que son ex-amie aimait fréquenter et avait pu ainsi repérer un schéma. Kelly était extrêmement prévisible, avec son habitude de se rendre chez *Walmart* presque tous les après-midis.

Alexis n'avait pas la moindre idée de ce que cette bonne femme pouvait acheter chaque jour, mais c'était sans doute des articles pour le gang... de l'alcool, des cigarettes, des munitions et autres. L'image dérangeante et répugnante de cordes, pelles, ruban adhésif et préservatifs lui vint également à l'esprit.

— Quoi que tu fasses, ne triture pas le micro, la prévint Blake pour la millionième fois au moins. Je sais que ce n'est pas confortable, mais elle te repérera à des kilomètres si tu ne peux pas t'empêcher d'y toucher. Si tu arrives à l'approcher, très bien, mais si tu n'es pas sûre que ça va fonctionner, renonce, on essaiera un autre jour.

— Je *sais*, Blake. Bon sang. Lâche-moi, répliqua-t-elle en lui lançant un regard mauvais. Ce truc collé entre mes nénés n'est peut-être pas très agréable, mais je ne vais pas me tripoter en plein *Walmart*. Fais-moi un peu confiance.

Au moins, il parut légèrement contrit.

— C'est vrai. Alors, vas-y. Finissons-en. Je reste ici pour écouter. Si quelque chose cloche, tu dis le mot de passe, et je serai là en un instant.

Alexis confirma.

— Je sais. Ne t'en fais pas, je ne vais pas jouer les super-héroïnes. Je laisse cette partie-là à tes frères et toi.

Et c'était vrai. Bien que des années se soient écoulées depuis, elle se souvenait encore de l'instant où elle s'était retrouvée allongée sur le sol sale des vestiaires des garçons à l'âge de quatorze ans tandis qu'elle se faisait tabasser à coups de pied. Elle savait à cette époque-là que personne n'entrerait dans la pièce pour lui porter assistance. Elle était seule. Même si elle l'était aussi techniquement quand elle sortit de la voiture de Blake... elle ne l'était pas vraiment. Il lui suffisait de dire « Je dois y aller » pour que Blake débarque en courant.

Elle avait revêtu une tenue flambant neuve qui suintait l'argent à plein nez. Son chemisier était en soie couleur bordeaux et présentait un décolleté rond devant et derrière. Elle portait les clous d'oreille en diamant deux carats que sa mère lui avait offerts pour l'obtention de son diplôme. Elle les trouvait trop gros et tape-à-l'œil, si bien qu'elle ne les avait mis qu'une fois, mais elle savait que cela partait d'une bonne intention de la part de sa mère. Alexis avait assorti son haut avec une jupe-crayon grise dont l'ourlet, au niveau des genoux, était froissé. C'était une tenue sexy, mais pas trop. Pour la première fois depuis bien longtemps, elle portait des talons de dix centimètres. Il s'agissait de Christian Louboutin qu'elle avait été réticente à acheter. Ils étaient ridiculement chers, cependant Blake avait indiqué que Kelly saurait très certainement les reconnaître d'un seul coup d'œil, ce qui ne pouvait que les aider pour leur mission.

Alexis ne l'avouerait jamais, mais elle se sentait sexy dans cette tenue... même si elle ne l'avait revêtue que pour le spectacle. Les talons soulignaient les muscles de ses mollets, et sans la faire paraître maigre non plus, ses habits mettaient ses atouts en valeur et masquaient ses points faibles. Elle était allée chez le coiffeur dans la matinée afin de relever ses cheveux en un chignon structuré, dont quelques mèches retombaient sur le côté, et n'avait pas eu la main légère sur le maquillage.

Lorsque Blake était venu la chercher chez elle et qu'il avait posé les yeux sur elle, il l'avait détaillée, de sa coiffure à son visage, s'arrêtant brièvement sur sa poitrine et ses hanches, avant de descendre vers ses jambes et ses pieds. Elle aurait pu jurer pouvoir sentir physiquement son regard, mais quoi qu'elle ait cru y lire, cela avait été remplacé la seconde suivante par une lueur amicale. Il avait à peine hoché la tête pour la saluer, puis avait reporté son attention sur la route devant lui et démarré le moteur pour se diriger vers *Walmart*. Mince !

— Sois prudente, Lex, la prévint Blake à voix basse en lui posant une main sur le dos alors qu'elle s'apprêtait à descendre de voiture.

La chaleur de sa paume se transmettait à sa peau, et elle se retint de justesse de s'appuyer contre. Si elle se laissait aller et qu'il s'écartait avec un regard horrifié, ce serait extrêmement embarrassant.

Elle se tourna vers lui, accorda un bref coup d'œil à son avant-bras avant de se concentrer sur son visage.

— Promis, dit-elle très vite. Je serai de retour en un rien de temps.

Elle lui fit un signe de tête puis ouvrit la portière, mettant fin au contact, et descendit avant de lancer une remarque nunuche qu'elle regretterait forcément. Elle aurait préféré lui avouer qu'elle était nerveuse et effrayée, mais elle avait le sentiment qu'il annulerait toute l'opération si elle le lui disait. Il lui avait répété à maintes reprises que si elle souhaitait renoncer à rencontrer Kelly, cela ne changerait pas la bonne opinion qu'il avait d'elle, ajoutant que ses frères et lui trouveraient le moyen d'obtenir des informations sur les Inca Boyz sans avoir à la mettre en danger.

Au cours des deux semaines écoulées, depuis leur mission à Colorado Springs où elle avait raconté à Blake les motivations de sa volonté de travailler chez *Ace Sécurité*, elle avait eu le sentiment qu'il agissait différemment, mais elle s'était convaincue qu'elle prenait ses désirs pour des réalités. Il paraissait plus protecteur, lui demandant de lui envoyer un message pour confirmer qu'elle était bien rentrée chez elle et l'enjoignant à conduire prudemment. Il l'avait même appelée quelques fois pour discuter, et chaque fois, ils terminaient en parlant de tout et de rien, et non pas du travail. C'était à la fois bizarre et merveilleux.

Alexis ne savait pas quoi faire d'un type comme Blake. Elle était restée si éloignée des hommes en général pendant si longtemps qu'elle serait sans doute incapable de déterminer s'il cherchait juste à la mettre dans son lit. Entre sa petite taille et son look banal, les hommes avaient tendance à la traiter plutôt comme un pote ou une petite sœur, ou à vouloir uniquement coucher avec elle. Sa nature joviale et son fort tempérament n'aidaient pas. Jusqu'à Blake, cela lui convenait très bien.

Cependant, pour la première fois de sa vie, Alexis aurait aimé savoir quoi dire ou faire pour encourager un homme à s'intéresser à elle. Et pas n'importe lequel du reste, mais Blake Anderson. Elle désirerait qu'il ne la voie pas seulement comme la nana sympa avec laquelle il travaillait. Elle en mourait d'envie.

Elle prit une profonde inspiration pour essayer de bloquer ces pensées moroses. Ce n'était pas le moment de se languir de Blake ou d'espérer une chose qu'elle ignorait comment obtenir. Elle devait se concentrer sur sa mission du jour. Sans un regard en arrière et sans tenir compte du scotch qui lui tirait la peau entre ses seins à chaque pas, Alexis s'approcha en vitesse de l'entrée du magasin. Elle avait une petite idée pour aborder Kelly de façon fortuite, mais le timing était important.

Blake regarda Lex s'avancer vers le magasin en serrant les dents, frustré. Elle était sexy en diable, et il avait eu beaucoup de peine à s'empêcher de la toucher lorsqu'elle s'était installée à ses côtés en voiture. Ses jambes mesuraient des kilomètres, avec ces talons, et la soie du chemisier lui avait donné très envie de caresser ses flancs pour prendre ses seins en coupe. Et c'était sans mentionner sa cuisse bien galbée qu'il avait aperçue quand elle s'était assise dans la Mustang. Il n'avait jamais vu Lex aussi pomponnée que ce jour-là. Bien que cela ait plutôt l'air d'un costume dans lequel elle ressemblait à peine à la femme qu'il avait appris à connaître, Blake ne pouvait mentir et affirmer qu'il n'aimait pas son allure actuelle. Même si sa tenue trahissait l'argent et l'élégance, elle lui donnait le désir de plaquer Alexis contre le mur le plus proche pour la chiffonner un peu. Cette dichotomie qu'elle offrait, entre la Lex qu'il connaissait, prête à lui dire qu'il se montrait trop autoritaire et détestable, et cette apparence guindée et propre sur elle avait fait durcir son sexe bien plus vite que jamais auparavant.

Il lui était de plus en plus difficile de masquer ses sentiments. Pendant l'essentiel de sa vie, les femmes s'étaient jetées sur lui. Cela faisait si longtemps qu'il n'avait pas eu à poursuivre une femme de ses assiduités qu'il ne savait presque plus comment faire. Non, ce n'était pas vrai. En revanche, il avait oublié l'anticipation, la frustration et l'excitation qu'il ressentait à être le poursuivant dans la relation. Trop de femmes n'hésitaient pas à lui fourrer leur numéro de téléphone dans la main, à s'appuyer contre lui pour presser leurs seins contre son bras, voire à jouer avec ses cheveux sur sa nuque sans lui demander son avis ou sans invitation de sa part.

Elles poussaient le flirt à l'extrême pour bien lui faire comprendre qu'elles approuveraient, et accepteraient, ses avances. Par le passé, il avait tiré profit de leurs actes. Il avait connu quelques coups d'un soir et était sorti avec certaines de ses ex parce qu'elles avaient fait le premier pas. Cependant, après la fin de l'armée et son retour à Castle Rock, ces petits jeux ne le tentaient plus. Il voulait être le poursuivant, pas le poursuivi. Et, pour la première fois depuis un sacré bout de temps, il avait trouvé une femme qu'il souhaitait séduire.

Le plus infernal de l'histoire, c'était que Lex ne lui donnait pas le moindre indice lui permettant de savoir si elle serait réceptive à ses avances. Elle ne flirtait pas.

Comme si elle ignorait comment faire. Ce qui était intrigant au possible. Quel que soit le nombre de contacts pas si innocents qu'il incitait, elle ne les lui rendait jamais. Elle ne s'appuyait pas contre lui et ne semblait même pas remarquer qu'il l'effleurait. Du moins, en apparence. Néanmoins, elle ne pouvait pas cacher ses réactions physiques inconscientes : ses tétons qui durcissaient lorsqu'il la touchait ; sa manière de suivre ses bras du regard quand il les déplaçait ; l'étincelle de volupté dans ses magnifiques yeux marron.

Pour la première fois de sa vie, Blake ne savait pas comment faire. Il désirait Alexis Grant et était à peu près convaincu que la réciproque était vraie. Mais il était son patron, d'une certaine manière, et à présent, il la mettait en plein cœur d'une situation explosive, et elle comptait sur lui pour lui servir de renforts. Ce n'était franchement pas favorable au démarrage ou à la poursuite d'une relation.

Cependant, alors qu'il la regardait entrer dans le bâtiment et écoutait, à travers son oreillette, sa respiration plus rapide que la normale tandis qu'elle cherchait Kelly, Blake comprit qu'il en avait marre des petits jeux. Il refusait de passer une seule autre journée sans avouer à Lex l'importance qu'elle avait pour lui, son envie de l'emmener dîner, son désir de découvrir si l'alchimie qu'il ressentait à ses côtés était réciproque. La bravoure d'Alexis l'attirait tout autant que son allure extérieure. Blake ignorait pourquoi, mais il refusait tout à coup de laisser s'écouler une seule autre heure sans lui dire ce qu'il éprouvait pour elle.

— Je l'ai trouvée.

Ce murmure rauque dans les écouteurs résonna si fort qu'il faillit sursauter. Il était tellement perdu dans ses pensées, à réfléchir à ce qu'il voulait dire à Alexis, qu'il avait presque oublié leur mission du jour.

Tout en sachant qu'elle ne pouvait pas l'entendre, il marmonna « Bien joué ».

Pendant vingt minutes, il ne perçut rien de plus que le souffle d'Alexis tandis qu'elle suivait Kelly dans le magasin. Elle faisait semblant de faire des courses tout en trouvant le moyen d'approcher l'autre femme.

Cinq autres minutes de torture s'écoulèrent avant qu'il ne distingue enfin Lex à nouveau.

— Kelly ? Kelly White ? C'est bien toi ?

— Et toi, qui es-tu ? répliqua Kelly d'une voix râpeuse, comme si elle fumait un paquet de cigarettes et demi par jour.

Elle avait l'air plus qu'agacée.

— Oui, c'est bien toi ! minauda Lex sur un ton enjoué que Blake ne lui connaissait pas.

Il était très étrange et rajeunissait beaucoup Alexis.

— C'est moi ! Alexis Grant ! Tu te souviens de moi, n'est-ce pas ? Nous étions au collège et au lycée ensemble.

— Oh, oui, je me souviens de toi. Tu as toujours plein de fric ? demanda Kelly avec un grossier ricanement de mépris.

Bon Dieu, Blake détestait cette femme, et elle n'avait même pas dit quinze mots.

Lex gloussa – autre son qui ne lui ressemblait absolument pas.

— Oui. Enfin, mes parents. Tu vis encore dans le coin ?

— Évidemment. Je ferais pas mes courses chez *Walmart* si c'était pas le cas, rétorqua Kelly, acerbe.

— C'est vrai ! Que suis-je bête, répondit Lex, avec l'air d'une écervelée que l'accueil froid de Kelly ne semblait pas déranger. Nous avons passé de bons moments ensemble, au collège, non ? Tu te souviens quand nous allions au centre commercial ? Tu étais tellement distraite ! Je ne saurais plus dire combien de fois tu as oublié ton portefeuille et m'as demandé de payer. C'était si drôle.

Subtil, non, mais Blake comprit immédiatement ce que faisait Lex. Ils avaient discuté du meilleur moyen pour approcher Kelly et conclu que mieux valait en venir directement au fait et non tourner autour du pot. C'était ce que faisait Alexis. Blake retint son souffle et écouta la suite.

— Ça m'a toujours embêtée, tu sais, reprit Lex sur un ton qui se voulait nostalgique. Que mes parents puissent m'offrir des choses que mes amis ne pouvaient pas s'acheter. Le monde est vraiment injuste. Je suis désolée de ne pas avoir passé plus de temps avec toi au lycée. Notre amitié me manque. On dirait que tu t'en sors bien, aujourd'hui. J'adore ce chemisier.

Kelly renifla avec mépris.

— Ouais, dit-elle simplement.

Lex poursuivit comme si elle n'avait pas entendu la froideur de l'autre femme.

— Mes parents me versent toujours de l'argent tous les mois. Tu y crois, toi, à ça ? C'est dingue, quand même. Je n'ai même pas besoin de travailler, mais je me suis trouvé un emploi facile à mi-temps. Je m'ennuyais, à rester traîner chez moi ou faire les boutiques toute la journée.

— Tu vis pas dans le coin, hein ?

— Par ici ? Oh non ! répliqua Lex, horrifiée. J'habite au centre-ville, dans un immeuble rénové. Tu sais, ceux qui possèdent une piscine sur le toit, un agent de sécurité à l'entrée et un ascenseur avec carte magnétique pour atteindre l'étage désiré.

— Qu'est-ce que tu fais là, alors ?

Blake se raidit. Kelly semblait intriguée, mais sceptique. Il n'était pas certain que l'histoire qu'ils avaient inventée tiendrait.

Lex gloussa de nouveau avant de répondre joyeusement.

— Oh, il y a un bar près d'ici où j'aime aller. Mes parents détestent que je fréquente des lieux « en dessous de notre classe ».

Blake l'imagina mimer des guillemets.

— Parfois, j'ai envie de plus excitant qu'un martini, si tu vois ce que je veux dire.

Blake retint son souffle. Kelly mordrait-elle à l'hameçon ?

— C'est vrai ? Tu aimes traîner dans les bars de *ce* quartier ?

— Eh bien, oui. C'est exaltant. Les hommes ici sont tellement plus... virils, tu comprends ? Un mâle qui se fiche de ce que les autres pensent de lui, je trouve ça sexy. Je n'ai pas un tempérament violent, mais les hommes qui dégainent un couteau ou une arme quand on leur parle mal, ça me fait quelque chose. Franchement, qui voudrait être avec un type incapable de la protéger ? Le dernier mec avec lequel je suis sortie possédait tout un tas de tatouages et ne portait que certaines couleurs.

Le gloussement écervelé d'Alexis retentit dans l'oreillette. Il se demanda si elle forçait le trait.

— Oh, mais attends... Il y a un problème avec les bars du coin ? Ils sont dangereux ? interrogea-t-elle, en murmurant le dernier mot, comme s'il s'agissait d'une obscénité à ne pas prononcer en public.

— Non, non, pas du tout, répondit Kelly d'une voix qui s'était très légèrement réchauffée et qui n'était plus froide comme la calotte glaciaire.

C'était bon signe.

— Ils sont géniaux. Et je suis d'accord avec toi sur les hommes qu'on y trouve. Je savais pas que c'était ton genre. Je t'aurais plutôt vue du style à sortir avec un avocat ou l'un de ces architectes distingués bossant pour tes parents. On devrait y aller un jour ensemble. Je pourrais te présenter certains de mes amis.

L'hameçon, la ligne et le plomb. Elle avait tout gobé. Blake devrait se sentir rassuré, mais ce n'était pas le cas. Il avait tout sauf envie de prolonger cette situation tout entière. Il avait accepté d'impliquer Alexis, cela dit, maintenant que le plan semblait fonctionner et que les choses avançaient, il détestait l'idée de devoir être assis à l'extérieur d'un bar sordide infesté de membres d'un gang, à ne pouvoir faire qu'écouter et rester impuissant si elle avait des ennuis. Cette perspective ne le réjouissait pas du tout, surtout depuis qu'il avait eu cette révélation au sujet de la jeune femme alors qu'elle s'éloignait de la voiture. Tout à coup, il n'avait plus qu'une seule envie : enfermer Lex dans son appartement chic et sécurisé et ne plus jamais la laisser sortir.

— Génial ! Ça me ferait très plaisir ! s'écria Lex en imitant à la perfection la préado la plus gaie et enjouée de la planète. Nous pourrions rattraper le temps perdu ! Il me tarde de rencontrer tes amis. Je paierai ma tournée, en souvenir du bon vieux temps.

Et voilà, à point nommé, le gloussement feint.

Blake entendit un murmure étouffé dans l'écouteur, sans parvenir à comprendre ce qu'il disait. Ensuite, Kelly s'exclama d'une voix fausse :

— Oh merde, je retrouve plus ma carte bancaire.

De cette voix guillerette que Blake commençait à sérieusement détester, Alexis répondit.

— C'est vrai ? Ouah, c'est comme au collège ! Ne t'en fais pas, Kelly. Je vais te payer tes achats. Ce serait nul que tu aies à tout laisser ici alors que c'est tout emballé. Je suis tellement contente d'être tombée sur toi. Quelle coïncidence !

— Oui, moi aussi, répliqua Kelly d'une voix traînante.

— Je suis impatiente de rencontrer tes amis. Et si nous échangions nos numéros ? Comme ça, nous pourrions nous contacter ?

Blake entendit des bruits de frottement alors qu'Alexis sortait le téléphone jetable qu'ils avaient acheté quelques jours plus tôt dans ce seul but.

— Bonne idée. Mais j'ai pas le mien sur moi. T'as qu'à me filer ton numéro, je t'enverrai un message.

— Génial !

Des drapeaux rouges s'élevèrent dans l'esprit de Blake, mais il n'était pas surpris. Kelly était visiblement futée et savait qu'il valait mieux ne pas donner son numéro à Alexis.

Il y eut de nouveaux grincements sur la ligne lorsque cette dernière attrapa une carte de visite, surmontée de cœurs et de fleurs. Elle la tendit à sa nouvelle amie Kelly.

— Tiens, voilà ma carte et mon portable, mon e-mail et ma page Facebook. Demande-moi en amie, surtout ! Il me tarde d'avoir de tes nouvelles. Bonne journée, Kelly !

— À plus tard, marmonna l'autre femme.

Blake écouta Lex papoter gaiement avec la caissière sans dire grand-chose de particulier, tandis qu'il observait l'entrée du magasin. Il repéra Kelly à la seconde où elle franchit les portes automatiques. Elle était telle que Lex l'avait décrite. De longs cheveux blonds fins, teints en violet aux pointes. Maigre. L'allure maladive. Grande, vêtue de talons hauts, d'une jupe courte en jean et d'un tee-shirt si petit qu'il devait appartenir à un enfant et non à une adulte. Au moins, elle semblait porter un soutien-gorge ce jour-là. Lex lui avait rapporté que lorsqu'elle avait observé Kelly lors de sa dernière session de surveillance, ses seins débordaient presque de son débardeur.

Dès l'instant où Kelly fut sortie, elle attrapa un téléphone dans le grand sac qu'elle avait à l'épaule. Blake aurait tout donné pour écouter ce qu'elle disait, néanmoins, il en avait une petite idée. Elle appelait sans doute un membre de sa bande pour lui raconter qu'elle venait de retrouver une amie perdue de vue et que, très bientôt, ils pourraient tous boire, voire plus, à l'œil.

Kelly ne s'attarda pas. Dès qu'elle eut chargé à l'arrière de sa vieille guimbarde de marque Saturn les courses qu'elle n'avait pas payées, grâce à Lex, elle quitta le parking, le portable encore collé à l'oreille.

Blake entendit Lex remercier la caissière, puis murmurer pour lui :

— Je sors. J'espère que la voie est libre.

C'était le cas. Ils avaient mis au point une parade pour le cas où Kelly serait toujours dans le parking. Blake aurait eu à déplacer sa voiture, et Alexis serait alors retournée à l'intérieur prétendant avoir « oublié » où était garé son véhicule. Mais puisque Kelly était partie depuis longtemps, Blake resta là où il se trouvait et regarda Lex revenir vers lui.

Non, vers la voiture. Pas vers lui.

C'était pourtant l'impression qu'il avait. Celle qu'elle avait affronté le diable et en revenait vivante. Le retrouver.

Blake ne se leva pas, mais actionna la commande à distance du coffre pour que Lex puisse y mettre ce qu'elle avait acheté pour la galerie. Il l'observa, dans le rétroviseur central, poser deux sacs dans le coffre puis le refermer. Ensuite, elle contourna la Mustang, ouvrit la portière passager, s'assit et se tourna vers lui pour lui adresser un sourire.

Il était franc et amical. Légèrement triomphant. Et vibrant d'énergie.

Ce fut la goutte d'eau qui fit déborder le vase. Entre le désir ressenti à la seconde où il était allé la chercher, l'angoisse face à la situation dans laquelle elle se mettait, le soulagement que le plan ait fonctionné, et de nouveau le désir quand sa jupe était remontée, dévoilant sa cuisse, lorsqu'Alexis s'était réinstallée en voiture… c'en fut trop.

Il l'attrapa à l'instant où elle eut refermé sa portière, lui posant une main sur la nuque pour l'attirer contre lui et la tournant de l'autre vers lui.

Il plaqua brusquement ses lèvres aux siennes, et elle poussa un petit cri de surprise. Il en profita pour plonger dans sa bouche comme un possédé. Il savait qu'il ne se comportait pas de manière rationnelle, mais il ne pouvait se retenir. Il avait besoin de lui indiquer combien elle comptait pour lui. Qu'elle lui appartenait.

Il s'abreuva des lèvres de Lex et se sentit soulagé quand sa langue vint jouer avec la sienne. Elle se montrait hésitante ; il était clair qu'elle agissait davantage à l'instinct que par expérience, cependant, elle était sur la même longueur d'onde que lui, ne le repoussait pas et ne se figeait pas non plus. C'était le seul encouragement dont il avait besoin.

Il décala sa main pour qu'elle rejoigne l'autre sur la nuque de Lex, et s'en servit pour lui pencher la tête pile dans le bon angle pour sa bouche. Tandis qu'il la dévorait, il la sentit s'agripper à ses avant-bras, les ongles enfoncés dans sa peau. Il espéra qu'elle laisserait des marques. Il voulait qu'elle le revendique comme sien à son tour.

Tandis qu'il enroulait la langue autour de la sienne et la suçait, elle poussait de petits bruits. Lorsqu'il recula juste le temps de lui mordiller la lèvre inférieure, elle gémit, le faisant à son tour grogner tout bas avant de pénétrer à nouveau dans sa bouche. Quels sons émettrait-elle quand il plongerait en elle ? Quand elle jouirait ? Il était impatient de le découvrir. En attendant, il ne pouvait se rassasier d'elle. Elle avait un goût de menthe, comme le bonbon qu'elle avait avalé avant d'entrer dans le magasin. Menthe et Lex. Un mélange mortel.

Conscient qu'il devait s'écarter, avant de transférer tout ça sur la minuscule banquette arrière – ce qui ne mènerait qu'à des dos en miettes voire, plus probablement, à une arrestation –, Blake recula, excité par le gémissement de protestation de Lex quand elle perdit sa bouche. Elle se pencha vers lui, et il posa son front contre le sien. Il garda ses mains immobiles pour résister à la tentation d'explorer.

Il vit Lex fermer les yeux et sentit la chaleur de son embarras monter de son cou, sous ses paumes, puis se répandre sur son visage. Aucun d'eux ne prononça un mot pendant plusieurs secondes. Finalement, Blake déclara tout bas :

— Bon sang, tu as un goût divin, Lex.

— Euh... merci ?

Il sourit. Elle était sacrément mignonne. Il éloigna sa tête, mais ne retira pas ses mains de sa nuque.

Lorsqu'elle ouvrit enfin les yeux, il faillit perdre à nouveau sa maîtrise à cause du désir et de la suspicion qu'il y lut. Il détestait le fait qu'elle doute de lui, dans quelque domaine que ce soit.

— Ça fait un moment que j'avais envie de faire ça.

— Faire quoi ?

— T'embrasser.

— Oh.

Il aimait bien cette Alexis embrouillée.

— Et pourquoi ne l'as-tu pas fait ? demanda-t-elle timidement.

— Parce que je n'étais pas certain que tu voudrais que je le fasse.

— Mais tu l'es maintenant ? répliqua-t-elle, l'air franchement perplexe.

— Je n'en étais pas sûr à cent pour cent avant de t'embrasser, à vrai dire.

— Alors pourquoi est-ce que tu l'as fait ? Parce que tu étais content de ce qui s'est passé avec Kelly ?

— Oh que non. C'est parce que tu t'es approché de moi sur ces chaussures à talons, avec cette allure, en souriant. Heureuse que ton plan ait fonctionné. Tandis que je t'écoutais respirer par le haut-parleur, j'ai décidé que j'en avais marre de combattre mon attirance pour toi. Je voulais t'entendre perdre le souffle, haleter réellement contre mon oreille.

— As-tu éteint l'enregistrement ?

Blake le lui confirma.

— Dès que Kelly a quitté le magasin. Tout ce que nous faisons ensemble restera entre nous. Tu n'as pas à t'en faire. Jamais. Pour le cas où tu ne t'en serais pas rendu compte, Lex... Je t'apprécie beaucoup.

— Oh. Ouah. Euh... eh bien... j'en suis ravie. Je... t'apprécie énormément aussi.

— Pourquoi ne m'as-tu rien dit ? Nous avons perdu beaucoup de temps. Du temps que nous aurions pu passer ensemble.

— Euh... parce que. Tu semblais du genre à aimer être le poursuivant. Et parce qu'on travaille ensemble. Et parce que tu es... toi.

Elle agita la main, comme pour l'englober en entier.

— Et qu'est-ce que c'est censé vouloir dire ? demanda Blake, vraiment perplexe.

— Les femmes se jettent sur toi. Des filles magnifiques. Mais tu n'as pas montré le moindre signe d'intérêt. Je pensais que si *elles* ne t'intéressaient pas, alors il n'y avait aucune chance que *moi* si.

— Avant toute chose, sache que tu es magnifique, Lex.

Comme elle avait vraiment l'air de ne pas y croire, il s'empressa de poursuivre.

— Je ne dis pas que tu seras mannequin un jour... Tu es trop petite, pour commencer.

Il lui sourit pour qu'elle comprenne qu'il plaisantait, puis continua.

— Je pourrais te faire la liste de tout ce qui te rend attirante, mais je ne pense pas que tu me croiras. Alors, je vais te démontrer ce qui te rend si belle à mes yeux. Cela fait des mois que je n'ai pas remarqué les autres femmes. Depuis l'instant où j'ai enfin vu ce que j'avais en face de moi... à savoir toi. Et oui, Lex, tu as raison. J'aime faire le premier geste. Mais à partir de maintenant, il te suffira de demander, et je te donnerai tout ce que tu voudras. D'accord ?

Blake s'attendait à ce qu'elle joue les faussement pudiques et réponde un truc du style « vraiment tout ? », mais elle se contenta de rougir à nouveau et d'acquiescer. Elle regarda par-dessus son épaule, puis le devant de sa chemise... Partout, sauf vers lui.

Il aimait cette Lex peu assurée, d'une certaine façon. Il était tellement habitué à l'entendre dire ce qu'elle pensait que le fait qu'elle se montre réservée et pas sûre d'elle lui fit réaliser qu'une grande partie de sa personnalité n'était que de la bravade. Sa timidité, en revanche, prouvait qu'elle n'était en réalité pas très expérimentée, ce qui lui plaisait. Sacrément beaucoup.

Des pouces, elle lui caressait la peau des bras, côté intérieur. Il n'était pas certain qu'elle ait conscience de son geste. Alors qu'il aurait aimé pouvoir l'enlacer vraiment, Blake la relâcha à contrecœur, se réinstalla dans son siège et rajusta sans complexe son membre raide dans la manœuvre, indiquant ainsi à Alexis sans un mot combien elle l'excitait.

Elle se rassit à son tour, et rougit à nouveau quand elle le vit se trémousser et se toucher. Elle se lécha les lèvres, puis se mordit celle du bas en un geste nerveux.

— Bon... on dirait que ça s'est bien passé, commenta-t-elle, essayant de revenir sur un plan professionnel.

Blake confirma et tourna le contact.

— C'est vrai. Tu as été super. Elle te mangeait dans la main presque à l'instant où elle t'a aperçue. Tu as fait du bon travail, Lex. Mais si tu parles une seule fois de ce ton haut perché de riche pétasse, je te vire, ajouta-t-il en souriant pour lui faire comprendre qu'il plaisantait.

Elle rit, comme prévu. Un rire sincère, pas le faux qu'elle avait utilisé en présence de Kelly. Une fois la tension sexuelle brisée, et Alexis de nouveau elle-même, elle déclara :

— Je me disais que la meilleure chance de la coincer, c'était à la caisse. Si je l'avais approchée dans le magasin, elle aurait pu s'enfuir. Mais une fois toutes ses affaires sur le tapis, elle était bloquée. Et je dois te dire qu'imaginer les raisons qui l'ont poussée à acheter trois boîtes de préservatifs, deux bouteilles de lubrifiant, une cartouche de cigarettes et un pack de vingt-quatre bières... me dégoûte. Malgré tout, j'ai pensé qu'elle n'avait sans doute pas trop changé, et que si je lui rappelais sa tendance à me faire tout payer quand nous étions adolescentes, elle pourrait tenter le coup.

— Et vanter les mérites de ton appartement a bien aidé.

— Oui. Elle avait l'air vulgaire, non, tu ne trouves pas ?

Elle pencha la tête en posant sa question. Blake se demanda si elle cherchait les compliments. Il ne le pensait pas, car ce n'était pas son genre de faire cela, cependant, il n'avait rien contre le fait de la rassurer quand même.

— Oui, tu la surclassais à des kilomètres.

Elle fronça le nez.

— Je ne me comparais pas à elle, Blake. J'ose espérer que même dans ma pire tenue, chez moi, en jogging et tee-shirt, je n'ai pas l'air aussi misérable qu'elle.

— Je suis certain que non.

— Absolument pas. Merde, je suis surprise que personne ne lui ait fait des avances dans le magasin. Mais quelqu'un devrait lui dire que fumer va vraiment la tuer un jour.

— Je pense que la cigarette est le dernier de ses soucis, vu la vie qu'elle mène, commenta Blake en secouant légèrement la tête.

Il quitta le parking et se dirigea vers l'appartement de Lex.

— Tu as raison. Mais franchement, je commence à me dire qu'elle m'a fait une faveur autrefois en décidant de ne plus être mon amie.

— Oui, Lex. Aucun doute. Mais je ne crois pas que tu l'aurais laissée très longtemps vivre à tes crochets pendant le lycée.

— Peut-être.

Elle n'en avait pas l'air certaine.

— Je n'étais pas très forte à l'époque.

Blake s'accouda à la console centrale, paume vers le haut.

— Donne-moi ta main, Lex.

Elle s'exécuta sans un mot. Entrelaçant leurs doigts et s'appuyant sur son bras. C'était agréable. Très agréable.

Ils se tinrent la main pendant tout le trajet de retour jusqu'à son immeuble au centre-ville de Denver. Blake se gara devant le voiturier et renvoya l'homme qui voulait se charger de sa Mustang.

Il s'approcha côté passager, content que Lex le laisse pour une fois lui ouvrir la portière et l'aider à sortir. Lorsqu'elle se redressa, il ne s'écarta pas, pour bien la garder coincée.

Regardant vers le bas, Blake songea une nouvelle fois qu'ils s'accordaient bien. Il l'enlaça et fut ravi que Lex pose la tête contre son torse et se blottisse contre lui. Il ne lui fit qu'un bref câlin avant de reculer en la tenant par les bras.

— Je vais faire écouter l'enregistrement à Logan et Nathan ce soir. Nous devrons trouver le moyen de te couvrir quand Kelly t'invitera.

— Tu crois vraiment qu'elle va le faire ?

— Lex, elle a attrapé son portable à la seconde où elle est sortie du magasin. Elle va vouloir tirer profit de toi le plus possible. Je pense que ses amis et elle vont très bien se comporter tant qu'ils pourront se servir de toi. C'est uniquement pour ça que je compte te permettre d'aller la rencontrer.

C'était assez péremptoire, comme remarque, mais heureusement, elle n'en prit pas ombrage.

— Oui, c'est ce que je me disais aussi. Pour être honnête, c'est la seule raison pour laquelle *moi* j'envisage de la retrouver. Parce qu'elle aura envie de continuer à profiter de son filon, à mon avis. Elle ne veut pas me faire peur.

— Tu sais que les choses ont changé entre nous aujourd'hui, déclara Blake en se penchant un peu vers elle pour appuyer son propos. Je ne compte plus être un simple ami.

— Ah bon ? Je n'avais pas remarqué, rétorqua Alexis avec un sourire narquois. Tous mes patrons me lèchent les amygdales quand je travaille. Heureusement que je veux être plus que ton amie, moi aussi.

— Voudrais-tu aller en rendez-vous avec moi, Alexis Grant ?

Elle eut un grand sourire.

— Oui. S'il te plaît.

— Vas-tu me laisser payer sans me cuisiner ? demanda-t-il, taquin, en lui caressant le bout du nez.

Ses lèvres s'incurvèrent vers le haut, mais ce fut à moitié sérieusement qu'elle répondit.

— Pour notre premier rendez-vous, oui, tu peux payer. Je suis un peu vieux jeu de ce côté-là, donc on fera comme ça. Cela dit, si nous avons d'autres rendez-vous, les paris restent ouverts. Je ne suis pas le genre de femme à attendre que ce soit toujours l'homme qui crache au bassinet.

— J'en suis conscient, Lex. Et laisse moi te rassurer tout de suite sur un point : il y aura beaucoup de rendez-vous après le premier. Tu peux en être certaine.

— Tu ne m'apprécieras peut-être pas une fois que tu auras appris à me connaître dans cette optique, le prévint-elle. J'ai tendance à dire ce que je pense et à ne pas me conformer aux normes des rendez-vous galants.

— C'est quoi les normes des rendez-vous galants pour toi ? lui demanda-t-il, curieux.

— Oh, tu sais... Aller au restaurant, au cinéma, se promener dans un parc... Ce genre de choses.

— C'est bon à savoir. Du coup, qu'est-ce qui te ferait plaisir ?

Toute la confiance dont elle avait fait preuve pendant leur badinage disparut de son regard, mais elle tenta vaillamment de continuer.

— Ce qui te fait plaisir à toi, répliqua-t-elle en haussant les épaules.

— Non. Tu n'as jamais hésité à me dire ce que tu pensais. Ne commence pas aujourd'hui.

Blake cala une mèche de ses cheveux derrière son oreille, puis en profita pour lui caresser la nuque.

Elle frissonna.

— J'aime la randonnée. Et les magasins d'antiquité. J'adore faire du lèche-vitrine. J'achète peu, mais c'est amusant de regarder. Et manger. Il y a un tas de food trucks super au centre-ville.

— Alors, c'est ce que nous ferons.

— C'est vrai ?

— C'est vrai.

— Cool.

Blake lui décocha un sourire. Immense. Il aimait la rendre heureuse.

— Que dirais-tu de nous embrasser pour conclure le marché ?

Plutôt que de répondre verbalement, Alexis se dressa sur la pointe des pieds et s'appuya sur lui, comptant sur lui pour ne pas tomber, et leva le menton.

Acceptant son offre, Blake posa ses lèvres sur les siennes, qu'elle ouvrit instantanément pour le laisser faire ce qu'il voulait. Elle n'avait pas une grande expérience des baisers, mais elle compensait largement par son enthousiasme.

— Je déteste le fait d'être petite, souffla-t-elle lorsqu'il s'écarta.

— Moi, j'adore.

— Quoi ? Pourquoi ?

Blake passa une main dans les cheveux de la jeune femme, qui en frissonna. Les lèvres contre son oreille, il murmura la suite.

— Parce qu'il me tarde de pouvoir te manœuvrer dans mon lit... quand nous y arriverons.

Elle ouvrit la bouche, incrédule, en rougissant.

— Blake, protesta-t-elle. Je n'en reviens pas que tu aies dit ça.

Pouffant, il s'écarta pour la laisser s'éloigner de la voiture, dont il referma la portière.

— Crois-moi, Lex, je suis tout à fait convenable, là. Mais honnêtement ? Je suis certain que tu mérites l'attente. Tout ce que tu fais, tu t'y adonnes avec enthousiasme. Je suis impatient de découvrir cette passion et cette énergie dans mon lit. Appelle-moi si tu as des nouvelles de Kelly ce soir, d'accord ?

— Oui. Tu peux...

Elle s'interrompit, peu sûre d'elle.

— Quoi ? Tu te souviens ce que je t'ai dit tout à l'heure ? Tu peux tout me dire.

— Tu peux m'envoyer un message pour me confirmer que tu es bien rentré chez toi ?

Elle ne cessait de le surprendre.

— Je vais rentrer chez moi sans problème, dit-il d'une voix douce, mais ferme.

— Mais tu m'enverras un message ? insista-t-elle.

C'était agréable d'avoir quelqu'un qui s'inquiétait pour lui. Cela faisait longtemps qu'il n'avait pas eu de relation avec une femme se faisant du souci pour lui, et non s'attendant à ce que seul l'inverse soit vrai.

— Oui, Lex. Je t'en enverrai un.

Elle sourit, recula, et faillit trébucher sur le trottoir à cause des talons qu'elle n'avait pas l'habitude de porter. Lorsqu'il fit mine de vouloir la rattraper, elle agita la main pour l'en empêcher.

— Ah, désolée. Je vais bien. Je suis juste un peu maladroite. Tu t'en rendras compte, si tu passes du temps avec moi. Allez, à demain.

— Tu as fait du bon boulot aujourd'hui, Lex. Je suis sincère.

— Merci. À demain.

— À demain, Lex.

Il la regarda saluer joyeusement Osman, l'agent de sécurité, puis disparaître par les portes à tambour. Comme il ne pouvait plus la voir, il retourna dans sa voiture et se dirigea vers l'autoroute, souriant tout le long du trajet.

CHAPITRE 5

Alexis avait une boule dans la gorge quand elle entra chez *Ace Sécurité* le lendemain. La rencontre avec Kelly s'était déroulée au mieux, mais ce qui s'était passé ensuite avec Blake l'avait empêchée de dormir une bonne partie de la nuit.

Elle était amoureuse de lui depuis une éternité, et il lui paraissait irréel que son intérêt soit réciproque. Cependant, elle ne se faisait aucune illusion quant à une éventuelle relation à long terme. Elle n'était qu'une nouveauté pour lui, et après des mois à se côtoyer, il voulait sans doute juste coucher avec elle, qu'il avait eue sous les yeux tout ce temps. Les hommes étaient faits comme ça, d'après son expérience.

Une fois que Blake l'aurait mise dans son lit, il passerait à autre chose. Elle n'avait pas les atouts pour conserver son attention à long terme. Surtout quand il découvrirait combien elle était novice. Être vierge à vingt-cinq ans était embarrassant. Au moins, elle pouvait espérer quelques semaines, quelques mois peut-être, de sexe torride. Elle s'en contenterait, même si elle devait avoir le cœur brisé lorsqu'il se lasserait d'elle. Car aucun doute que ce serait le cas.

— Salut, Alexis, la salua distraitement Nathan lors-qu'elle pénétra chez *Ace Sécurité*.

Le bâtiment abritant les locaux de l'entreprise possédait un comptoir de réception à l'avant et une porte menant à l'arrière. Des bureaux y étaient installés pour chaque frère et pour elle-même, et tout au fond de l'espace se trouvait quelques tables plus petites et une plus grande qui leur servait pour les réunions. Des fenêtres d'un côté apportaient à l'ensemble de la lumière naturelle.

— Bonjour, Nathan, lui répondit-elle en se dirigeant vers son propre bureau, perpendiculaire à celui de Blake.

La plupart du temps, elle se forçait à ignorer sa présence pour son bien. Ce jour-là, ce ne serait pas possible.

— Salut, Blake.

Il la fixait droit dans les yeux. Elle s'en était aperçue dès qu'elle était entrée, et avait senti son regard intense qui la suivait tandis qu'elle traversait la pièce. Ce jour-là, elle portait son accoutrement habituel – jean, baskets et tee-shirt de l'univer-sité de Denver –, pas sa tenue de fille sexy de la veille. Pourtant, l'étincelle dans les iris de Blake était étonnamment la même.

Elle essaya de s'avancer normalement, de ne pas onduler des hanches, mais c'était difficile alors qu'il la dévo-rait du regard et qu'elle aimait autant cette expression sur son visage.

— Lex.

Ce seul mot suintait tellement de testostérone qu'elle faillit se liquéfier sur place.

— Tu as bien dormi ? demanda-t-il.

Si bien dormir équivalait à virer et se tourner dans son lit avant de se masturber avec son fidèle vibromasseur puis de sombrer dans un sommeil agité où elle n'avait fait que rêver de lui... alors, oui, elle avait bien dormi.

— Oui, et toi ?

Il sourit comme s'il avait lu dans ses pensées.

— Pas vraiment.

Cette réponse la surprit, puisqu'ils avaient eu cette conversation de nombreuses fois au fil des mois et qu'il avait toujours répliqué par l'affirmative.

— C'est vrai ? Tout va bien ?

La voix de Blake se fit plus grave, mais il s'exprima à un volume normal.

— Je n'arrêtais pas de penser à toi.

Alexis rougit furieusement et regarda vers les deux autres hommes de la pièce. Nathan semblait dans son monde, à taper sur son clavier, mais Logan arborait un sourire moqueur alors qu'il fixait les papiers qu'il lisait. Songeant qu'un changement de sujet serait pas mal avant qu'elle n'entre en combustion spontanée à cause de sa gêne, Alexis demanda très fort :

— Vous avez écouté l'enregistrement ?

— Oui, nous avons commencé par ça ce matin. Tu as fait du beau travail, Alexis. Tu n'as pas tourné autour du pot, tu es allée droit au but et elle est tombée directement dans le panneau.

C'était agréable d'entendre les louanges de Logan. Mais il poursuivit, passant au bâton après la carotte.

— Cela dit, je ne suis pas sûr que ce soit une bonne chose de te jeter tout droit dans la gueule du loup. Rencontrer Kelly sur un territoire des Inca Boyz n'est pas la meilleure idée qui soit. Nous avions parlé d'un endroit neutre. Mais le bar qu'ils fréquentent n'est pas vraiment en territoire neutre. S'il se passe quelque chose, nous ne serons peut-être pas en mesure de te rejoindre à temps. Ils pourraient t'enlever, te faire du mal, avant que Blake ou n'importe lequel d'entre nous puisse intervenir. Est-ce que Kelly t'a contactée ?

Si Alexis se montrait honnête avec elle-même, elle n'était pas tentée de s'approcher des bars miteux du nord-est de la ville. Surtout quand simplement conduire dans la zone la mettait mal à l'aise. Peu importait que Blake soit à l'extérieur à écouter.

— Non, pas encore, répondit-elle en secouant la tête.

— Tu pourrais faire ce que tu pensais au départ, intervint Blake. Quand elle te contactera, tu verras si elle veut venir déjeuner avec toi. Nous pourrions trouver un endroit haut de gamme, qui te coûtera cher, mais où elle ne sera pas à sa place. Ça devrait aider à briser la glace.

— Oui, bonne idée. Je me sentirais mieux, accepta Alexis. Je ne dis pas que je refuse d'aller dans un bar, mais en dernier recours.

Blake acquiesça, et son approbation lui fila la chair de poule. Bon sang, elle était mal si un simple hochement de tête l'excitait.

— De toute façon, cette discussion est stérile tant qu'elle n'aura pas appelé ou envoyé de message, fit remarquer Nathan depuis son bureau.

Même s'il ne semblait pas prêter attention à ce qui l'entourait, il n'avait aucun problème à suivre les conversations.

— C'est vrai, confirma Logan. Elle peut t'écrire aujourd'-hui, dans une semaine ou pas du tout. On ne peut qu'attendre. Dans l'intervalle, Blake peut te mettre à jour sur nos cas dans le but d'accélérer les choses.

Alexis aimait ce qu'elle voyait. Il portait un tee-shirt à manches courtes ce jour-là encore. Noir. Elle avait de la peine à distinguer le motif à l'avant, car ses yeux étaient focalisés sur ses avant-bras – qui retenaient toute son attention, comme d'habitude.

Blake tendit le bras et indiqua son propre bureau.

— Viens mettre ta chaise ici, que l'on discute du planning de la semaine.

Alexis inspira profondément. Elle donnerait tout pour sentir ce bras énorme autour de ses épaules. Elle avait rêvé de se tenir devant lui et de le voir le passer devant elle pour l'enlacer au niveau de la poitrine et l'attirer contre lui.

Elle s'obligea à repousser ses fantasmes idiots de son esprit pour se concentrer sur le travail.

Deux heures plus tard, son portable jetable vibra. À ce moment-là, Alexis était retournée à son propre bureau, après avoir étudié le planning pendant une demi-heure avec Blake. Il sentait délicieusement bon ce matin, et elle aurait juré qu'il cherchait volontairement à la torturer en jouant avec un stylo, ce qui faisait ressortir ses tendons et ses muscles juste devant ses yeux. Elle en avait mouillé, et s'était retrouvée incapable de décrocher le regard de son avant-bras pendant quelques instants.

Elle était en train de suivre ses alertes Google sur les Inca Boyz et d'autres cas, quand son portable vibra. Elle se tourna immédiatement vers Blake, sans trop savoir pourquoi. Pour se rassurer ? Être réconfortée ? Obtenir son aide ?

— Ça va aller, Alexis. On a déjà parlé de ce que tu devais dire. Vas-y, réponds. Mets-la sur haut-parleur, ajouta-t-il calmement en repoussant sa chaise pour s'approcher d'elle.

Il lui posa une main sur le dos pour le caresser gentiment, lui montrant qu'il était là et la soutenait. C'était tout ce dont elle avait besoin.

Hochant la tête, Alexis inspira profondément. Elle pouvait le faire. Elle ferma les yeux un instant, comme pour conjurer la riche pétasse en elle, puis les rouvrit et attrapa le portable.

— Allô, Alexis à l'appareil, lança-t-elle gaiement dans le haut-parleur.

— Yo, c'est Kelly.

La voix rauque de sa correspondante résonna dans la grande pièce. Blake appuya plus fort contre son dos pour lui manifester son soutien. Nathan n'avait pas bougé, mais il avait levé la tête.

— Salut ! J'espérais avoir de tes nouvelles, répondit Alexis, tout en essuyant ses paumes moites sur son jean.

— J'ai discuté avec mes amis, et ils sont impatients de te rencontrer, lui dit Kelly sans grand enthousiasme.

— Youpi ! s'exclama Alexis. Mais j'ai quelque chose de prévu ce week-end. Mes parents donnent une réception à laquelle je ne peux pas échapper, donc je ne peux pas me rendre au bar. Cela dit, je suis disponible pour le déjeuner. Ça te dirait d'aller manger un morceau quelque part ? Tes amis sont les bienvenus si tu veux. C'est moi qui régale.

Il y eut un silence à l'autre bout de la ligne. Alexis espérait ne pas avoir gâché toute l'opération. Elle avait fait exactement comme ils en avaient discuté, pourtant, elle avait l'impression que la mission reposait sur ses épaules d'une certaine manière.

Puis Blake se décala, se pencha vers elle et l'entoura d'un bras. Il plaqua sa joue râpeuse contre la sienne. Il ne l'avait jamais touchée en présence de ses frères. Le baiser qu'ils avaient échangé la veille était gravé dans son esprit. Elle tourna la tête pour observer l'homme sexy qui se tenait derrière sa chaise, envahissant totalement son espace, et elle frissonna.

— Ça doit pouvoir se faire, répondit Kelly d'un ton geignard. Mais je croyais qu'on allait boire ensemble.

— On le fera, confirma joyeusement Alexis. J'adore m'envoyer quelques verres et me lâcher.

Elle adopta une voix mielleuse et déçue.

— Mais pas ce week-end, zut ! Mais il me tarde de te revoir pour le déjeuner. Où aimerais-tu aller ?

— Tu peux venir ici ?

Sachant que Kelly parlait de son côté de la ville, Alexis la rassura très vite.

— Si tu veux, oui.

— Le bar où on va toujours sert à manger. On pourrait s'y retrouver la semaine prochaine.

Alexis déglutit. Elle avait cru que Kelly suggérerait un restaurant quelconque. Elle ignorait quoi répondre.

Blake tourna la tête pour pouvoir lui murmurer dans l'oreille, la chatouillant de son souffle chaud et lui donnant la chair de poule. De l'humidité naquit entre ses cuisses, face à cette sensation délicieuse.

— Dis-lui que c'est bon. Il y aura beaucoup moins de monde à l'heure du déjeuner là-bas. Tu pourras trouver une excuse expliquant que tu dois partir au bout d'une heure, par exemple. Je te garderai en sécurité, Lex. Fais-moi confiance.

Elle hocha la tête sans le regarder. Elle était nerveuse à l'idée de se rendre dans un bar sur le territoire d'un gang avec Kelly, cependant y aller en plein jour serait bien plus facile que le soir, où ce serait plus dangereux.

— Super idée, dit-elle sur un ton enthousiaste. J'adore la nourriture servie dans les bars. Quel jour ? Quelle heure ?

— Mardi prochain, ça te dit ? Pour 11 heures ?

C'était tôt, mais plus Alexis y songeait, plus elle avait hâte d'en finir. Devoir attendre une semaine serait de la torture, mais c'était mieux que de devoir s'y rendre le lendemain. Cela lui donnerait le temps d'observer le bar et les environs et d'élaborer un plan B le cas échéant. Cela laisserait aussi aux garçons la chance de lui expliquer quoi faire pour rester en sécurité. Toute cette opération sortait énormément de sa zone de confiance, cependant, si elle pouvait avoir l'opportunité de faire tomber les Inca Boyz, elle le ferait. Elle regarda Blake et haussa les sourcils en guise de question. Lui, pour sa part, se tourna vers Logan, toutefois Alexis ne détourna pas les yeux, consciente que Kelly attendait sa réponse.

Blake reçut l'accord de Logan et reporta son attention sur elle pour confirmer d'un signe de la tête.

Alexis se lécha les lèvres, et constata avec plaisir que les pupilles de Blake se dilatèrent à son acte inconsciemment sexy.

— Génial ! Je n'étais pas sûre que nous arriverions à nous retrouver aussi vite. Je suis impatiente de découvrir ce que tu as fait depuis la fin du lycée. Je sais que ça fait longtemps, mais traîner avec toi m'a manqué, Kel. J'ai envie que tu me racontes toute ta vie, que tu me parles de tes enfants si tu en as, de ton copain ou mari. Ce sera super.

— Ouais, vraiment. Alors, la semaine prochaine, au *Bar du Serpent*. Tu connais ?

De nouveau, elle fixa Blake, qui cette fois-ci se tourna vers Nathan après avoir haussé les épaules pour marquer son ignorance. Alexis suivit son regard et observa le troisième frère qui tapait rapidement sur son clavier. Enfin, il hocha la tête et leva les pouces.

— Je vais trouver, j'en suis sûre, dit Alexis à Kelly. C'est vraiment génial. Je suis tellement contente de t'avoir croisée.

Il lui était de plus en plus difficile de maintenir cette voix gaie et enjouée, mais elle faisait de son mieux.

— À plus tard, répliqua Kelly sur un ton ferme avant de raccrocher.

— Salut, répondit Alexis, alors même qu'il n'y avait plus personne au bout du fil.

Elle éteignit son portable en suivant.

— Le *Bar du Serpent* est situé entre la 35ᵉ Avenue et Wabash Street, leur expliqua Nathan. C'est au beau milieu du territoire des Inca Boyz, mais un mardi à 11 heures, il ne devrait pas se passer grand-chose.

— Exact. Ce n'est sans doute pas un hasard. Ils veulent d'abord observer Alexis avant que leur gang ne s'implique trop. Ils doivent avoir envie de voir si ce que Kelly a dit à son sujet est vrai ou pas, médita Logan en retournant vers son siège.

— Bien joué, la félicita Blake en se redressant, appuyé d'un bras contre le bureau, tout en gardant sa main dans son dos. Ça va ?

— Bien sûr. Pourquoi ça n'irait pas ? répliqua Alexis, les yeux rivés au bras de Blake posé juste à côté d'elle.

Elle sentait la chaleur qui émanait de sa paume contre son dos et aurait voulu se laisser aller contre celle-ci, les yeux fermés. Cependant, comme Logan et Nathan étaient présents, elle n'osa pas.

— Tu es tendue. Tu serres le poing et tu agrippes ta cuisse de l'autre main. Je suis conscient que c'est nouveau pour toi et que cela fait remonter beaucoup de mauvais souvenirs liés à Kelly. Tu n'es pas obligée de faire ça, tu sais. Nous pouvons tout arrêter maintenant, avant que ça n'aille trop loin. Ce n'est pas difficile de prétendre qu'il s'est passé quelque chose et que tu ne peux pas venir. Tu n'as qu'un mot à dire.

Alexis leva les yeux vers lui et fut frappée par la sincérité qui s'affichait dans les siens. Son visage n'exprimait aucun jugement, juste de l'inquiétude, et elle se détendit. Il ferait en sorte qu'il ne lui arrive rien quand elle irait rencontrer Kelly.

— Je vais bien, Blake. Promis. J'ai autant envie de les faire tomber que vous.

— Tu as déjà eu affaire aux Inca Boyz, avant cette histoire avec ton frère ? demanda Logan depuis son bureau sur un ton sévère, qui fit se raidir Blake.

Il alla se placer entre son frère et Alexis et répondit à sa place.

— Avec la garce, oui. Kelly.

Logan dévisagea son frère puis Alexis et haussa les sourcils.

Alexis ne commenta pas. C'était une chose que de révéler à Blake ses tentatives pathétiques pour se faire des amis quand elle était plus jeune. C'en était une autre de tout raconter à ses frères.

— Ce ne sont pas tes oignons, frangin. Ce n'est pas une histoire qui entravera notre enquête, rétorqua Blake en fixant son frère droit dans les yeux, sans céder.

— Il vaudrait mieux que non. C'est une erreur pour moi que de t'impliquer, Alexis, déclara fermement Logan. Je peux me comporter comme un salaud insensible, mais c'est parce que tu es importante pour Blake, donc importante pour moi. Je ne veux pas que tu sois blessée.

— Elle ne le sera pas. Lex est l'une des personnes les plus compétentes avec lesquelles j'ai travaillé. Tu n'as aucune inquiétude à avoir, Logan.

Les compliments de Blake lui allèrent droit au cœur, néanmoins, elle se sentait perplexe. Il semblerait que son statut chez *Ace Sécurité* ait rapidement changé d'« employée à peine » à « importante pour Blake ». C'était agréable, mais comme leur relation serait sans doute temporaire, ce n'était pas logique non plus.

Logan hocha la tête et reposa le papier qu'il lisait avant l'appel de Kelly.

— On dirait que nous avons des tas de choses à voir, alors. Analysons tout ce qui pourrait se passer à ce repas. Nous pouvons étudier et nous familiariser avec les environs avant le rendez-vous. Alexis, Grace et moi aimerions beaucoup t'inviter à dîner chez nous. J'aurais dû te le demander plus tôt, puisque tu es une employée d'*Ace Sécurité*, mais il me paraît important à présent que nous apprenions à nous connaître. Nous trois, ajouta-t-il en indiquant ses deux frères, essayons de nous voir au moins une fois par semaine en dehors du boulot.

Cette invitation la surprit. Cela faisait des mois qu'elle travaillait ici. En outre, malgré son envie de faire un peu plus la connaissance de Grace, elle avait refusé de faire le premier pas pour le cas où son souhait ne serait pas bien pris. Grace avait sans doute encore du chemin à faire pour accepter ce qui s'était passé avec Bradford et sa famille, alors Alexis n'avait pas insisté.

— Oh... euh... Je ne veux pas vous déranger.

— Ce ne sera pas le cas. Ce sera déjà l'occasion de discuter de ce que nous aurons découvert sur le bar, et si le dîner a lieu après cette rencontre, alors nous pourrons en parler aussi.

Alexis hocha la tête.

— D'accord, très bien. J'accepte avec plaisir. Merci.

Blake remonta lui caresser la nuque et la masser.

Alexis rougit d'embarras en sentant une nouvelle fois la chair de poule qu'elle avait dès que Blake la touchait. Si elle pouvait la percevoir, alors aucun doute que lui aussi. Il ne dit rien, cependant.

— Nous parlerons peut-être travail, expliqua-t-il, mais ce n'est pas pour cette raison que mon frère t'a demandé de dîner avec nous.

Alexis attendit la suite, mais comme il n'ajouta rien, elle

recula la tête pour essayer de le distinguer, ce qui coinça sa main entre elle et la chaise.

— Ah non ?

Les yeux de Blake dégageaient une chaleur intense quand il lui rendit son regard, tout en lui caressant le cou. Ce ne fut pas lui qui répondit, mais Nathan.

— Non. C'est parce que nous avons décidé d'inclure dans nos vies à tous toute femme qui serait importante pour l'un de nous, afin que tout le monde apprenne à la connaître et à l'apprécier.

Alexis déglutit, une boule dans la gorge. C'était agréable. Elle aussi souhaitait faire la connaissance de la famille de Blake en dehors du bureau. C'était rapide, mais elle n'allait pas se plaindre. Pas le moins du monde.

— Quand les frères Anderson veulent quelque chose, ils ne tournent pas autour du pot, expliqua Blake calmement en rapprochant son visage. C'est Logan qui nous a appris ça. Il a mis dix ans à retourner en ville et affirmer que Grace était sienne, et ça a failli être trop tard. Nous ne comptons pas répéter cette erreur.

Alexis n'était plus capable de réfléchir. Son cerveau était vide. Une seule idée lui venait à l'esprit : elle voulait que Blake Anderson affirme qu'elle était sienne. Ce n'était pas très moderne de sa part, cependant, pour la première fois depuis une éternité, elle n'avait pas le sentiment de devoir *acheter* l'amitié de quelqu'un. Elle savait sans l'ombre d'un doute que Blake se fichait totalement de l'argent qu'elle possédait. Il avait été très clair chaque fois qu'elle avait voulu payer alors qu'ils travaillaient. En fait, il était plus vraisemblable qu'il déteste le fait qu'elle soit fortunée... une situation qu'elle n'avait jamais rencontrée. Jamais.

Il resserra la main sur sa nuque et se pencha à nouveau

vers elle. Elle sentit ses lèvres s'approcher des siennes, son souffle chaud contre elle quand il reprit la parole.

— Il m'a fallu des mois pour voir ce que j'avais juste devant moi, mais retiens bien ceci... Je te vois, maintenant, Lex.

Il franchit le dernier millimètre, et leurs bouches s'effleurèrent. Ce fut un baiser ni court ni très long. De la langue, il caressa ses lèvres, qu'elle écarta immédiatement. Quand il s'enfonça entre, elle put goûter le café qu'il buvait avant que le portable jetable ne sonne.

Il avait une saveur exquise, mais il mit fin bien trop tôt au baiser à son goût. Elle ouvrit les yeux lentement, comme une femme sous l'emprise de stupéfiants. Pour une fois, aucune réplique ne lui venait. Cependant, il ne semblait pas s'en soucier. Il posa la main sur sa joue, lui caressa la lèvre avec son pouce, essuyant l'humidité résiduelle suite à leur baiser.

La voix de Nathan brisa le charme.

— Qui penses-tu que Kelly va inviter ? Avons-nous une idée de ce qui pourrait se passer ?

Alexis observa Blake tandis qu'il s'écartait d'elle pour retourner à son bureau. Elle prit une grande inspiration, fit craquer ses phalanges, et tenta de se concentrer sur leur problème et non sur la douceur des lèvres de Blake sur les siennes. Elle devait trouver quoi dire à Kelly et réfléchir à différents scénarios sur le déjeuner de la semaine suivante. Elle s'inquiéterait d'un éventuel dîner avec les Anderson après son repas avec Kelly et ses amis, qui seraient très certainement des membres des Inca Boyz.

Toutefois, elle ne put empêcher les papillons dans son ventre de tourbillonner. Blake l'avait embrassée... devant ses frères. Affirmant de manière claire qu'il s'intéressait à elle.

Aussi nerveuse qu'elle soit, elle ressentait également une joie délirante.

Elle, Alexis Grant, vierge experte, avait apparemment réussi à attirer l'attention de l'un des hommes les plus sexy de Castle Rock.

Oh, merde.

CHAPITRE 6

Une semaine plus tard, après avoir passé en revue tous les scénarios possibles et étudié la zone où se trouvait le *Bar du Serpent*, Alexis n'était toujours pas certaine d'être prête.

Logan, Blake et Nathan avaient fait de leur mieux pour lui faire un cours accéléré sur les indices à chercher et comment se protéger. Elle avait essayé de ne pas flipper alors qu'ils lui enseignaient comment donner un coup de genou à un homme dans les parties et lui enfoncer les doigts dans les yeux avant de prendre ses jambes à son cou, comment savoir quand une situation allait dégénérer, ou comment s'assurer de ne déguster que les boissons qu'elle voyait versées dans son verre. Ce n'était pas facile. Les scénarios dont ils avaient discuté l'avaient presque rendue malade ; il avait été question d'elle fourrée dans le coffre d'une voiture, d'elle enfermée dans une pièce avant d'être la victime de plusieurs membres de gangs déterminés à la soumettre et à la blesser comme aucune femme ne désirerait jamais l'être, d'elle tabassée pour étudier sa réaction. À chaque scénario évoqué, elle avait voulu mettre fin à tout ça, mais elle ne pouvait pas le faire.

Elle en avait besoin. Avait besoin d'avoir le sentiment de faire la différence. Et reculer maintenant ne la ferait pas ressentir cela... pas du tout. L'autre raison qui l'avait convaincue de ne rien dire, c'était qu'il était évident que les trois hommes n'étaient pas très emballés par l'idée qu'elle se mette en danger. Cela seul suffisait à la rassurer, car cela signifiait qu'ils tenaient à elle ; ils ne se servaient pas d'elle. Les triplés faisaient tout leur possible pour veiller à sa sécurité.

Elle n'était nullement une experte après leurs sessions de préparation interminables, cependant elle se sentait un peu plus confiante pour gérer ce qui pouvait arriver... et si elle n'y parvenait pas, elle savait comment chercher une sortie de secours et filer d'ici, ce qui lui donnait l'assurance nécessaire pour affronter le déjeuner.

Elle se trouvait à l'entrée du *Bar du Serpent*. Elle résista à son désir de retourner en courant à sa Mercedes. Blake était venu la retrouver chez elle dans la matinée, pour lui fournir non seulement un micro, mais également une petite caméra. Celle-ci était dissimulée dans un pendentif tapageur qu'elle avait enfilé sur un collier. Ce n'était pas le genre de bijou qu'elle portait habituellement, mais il avait l'air cher, et c'était tout ce qui importerait à Kelly et ses amis.

Consciente que Blake, et ses frères à terme, pourraient tout voir et tout entendre était à la fois réconfortant et déconcertant. Elle refusait de tout gâcher, surtout pas après tous leurs conseils et entraînements patients. Elle souhaitait obtenir plus d'informations sur le gang, toutefois, elle craignait tout autant que quelque chose se déroule mal. Se faire prendre était la dernière chose qu'elle voulait. Elle n'était pas idiote. Elle savait exactement ce qui se passerait s'ils découvraient ce qu'elle faisait. Cependant, il fallait le faire.

Les membres du gang étaient des salauds. Il fallait les arrêter. Et en cet instant, elle était l'une des rares personnes à être en bonne position pour tenter de régler la situation.

D'après leurs plans, Blake devait l'attendre devant le magasin situé face au bar. Il utilisait la voiture déglinguée de Nathan, qui se fondrait bien mieux dans le paysage que sa Mustang. Il surveillerait l'intégralité de son déjeuner avec Kelly, et si les choses échappaient à tout contrôle ou si Alexis, pour une raison quelconque, ne parvenait pas à mettre en pratique ce qu'elle avait appris, il interviendrait. Le gang connaissait très certainement Logan à cause de tout le battage médiatique entourant les procès des Mason et de Donovan, mais les trois frères étaient à peu près sûrs qu'ils ne connaissaient pas l'existence de Blake et Nathan.

Blake lui avait certifié que, de toute façon, il se fichait complètement qu'ils sachent qui il était. Il n'hésiterait pas à s'en mêler s'il avait l'impression que quelque chose clochait, et c'était tout ce dont Alexis avait besoin pour être rassurée. Ayant retrouvé un peu de confiance et en ayant conscience de la présence de Blake à proximité, elle se sentait aussi prête que possible. Blake portait ce jour-là un jean qui lui moulait les jambes et un simple tee-shirt noir. Il ne dénoterait pas dans le paysage et, si nécessaire, il prétendrait être le petit ami jaloux d'Alexis, pour pouvoir la faire sortir d'ici. Ce n'était pas l'idéal, mais à la rigueur cela pouvait fonctionner... surtout en milieu de journée où, espérait-elle, le bar ne serait pas plein de personnes qui soit soutenaient le gang, soit détournaient le regard en cas de violence.

Au cours des deux journées écoulées, Blake et elle n'avaient pas passé beaucoup de temps seuls ensemble. Entre les entraînements avec les frères, ils avaient eu des missions à accomplir, une à Denver et une autre à Pueblo. Il n'avait été question que de boulots d'escorte faciles, pour s'assurer que leurs clients ne se feraient pas malmener en récupérant leurs affaires à son appartement pour l'un, sa maison pour l'autre, qu'ils avaient partagés avec leurs épouses.

Blake et elle avaient longuement discuté de ce qui pourrait se passer au déjeuner. Des personnes qui pourraient être présentes, ce qu'elles pourraient dire, ce qu'elles pourraient vouloir d'elle. Au milieu de tout cela, il continuait à la toucher régulièrement, à l'embrasser rapidement quand ils se retrouvaient ou devaient se séparer. Cependant, ils n'avaient plus échangé aucun baiser profond et enivrant, et encore moins parlé d'un rendez-vous. Alexis se serait inquiétée qu'il ait changé d'avis, s'il n'y avait pas eu les regards de Blake... Il la fixait toujours comme s'il n'avait qu'une seule envie : la plaquer au sol et lui faire sa fête.

Aussi peu satisfaisant et troublant que ce soit, Alexis laissait à Blake le soin de décider de la progression de leur relation. Il lui avait avoué qu'il aimait être le poursuivant, alors elle le laissait faire. Toutefois, sa patience s'amenuisait. Elle essayait de ne pas le forcer à quoi que ce soit, mais sa propre frustration montait, de même que son désir de progresser au niveau supérieur. Si Blake ne se dépêchait pas de faire quelque chose, elle allait manifester son mécontentement. Elle en sourit. Blake avait l'air d'apprécier qu'elle lui dise sa façon de penser. C'était l'une des dix mille vingt-trois choses qu'elle aimait à son sujet... Ce que les autres personnes trouvaient agaçant, il trouvait ça amusant.

Alexis avait enfilé un chemisier vert foncé montant à l'avant, mais échancré à l'arrière, ainsi qu'un pantalon noir habillé. Elle voulait être sexy sans dévoiler son décolleté, à cause du micro. Il était scotché entre ses seins, cependant, elle s'inquiétait tellement de ce qui pourrait se produire qu'elle le sentait à peine.

De nouveau, elle avait eu la main lourde sur le maquillage, toujours élégant, mais forcé, et elle portait d'énormes boucles d'oreilles pendantes en émeraude, assorties à son chemisier, ainsi que le collier voyant, avec sa fausse pierre et sa minuscule caméra. Elle avait également mis la bague – ridicule – de sa promotion au lycée, que sa mère avait tenu à lui offrir, et trois autres anneaux avec des pierres chères. Elle avait complété le tableau en enfilant un bracelet rivière et un autre à breloques, chargé de diamants, émeraudes, rubis et aigues-marines.

Elle avait l'impression de se trimballer avec une pancarte sur le front indiquant « Détroussez-moi ! Je suis une fille riche et stupide ! » Jamais elle n'aurait eu l'imbécillité de porter ce type de bijoux dans cette partie de la ville, pas sans Blake couvrant ses arrières, sauf à vouloir jouer volontairement les écervelées friquées.

Blake n'avait pas dit grand-chose en allant la chercher chez elle, ce qui l'avait inquiétée. Elle avait craint qu'il ne change d'avis et refuse qu'elle retrouve Kelly. Cependant, une fois le micro accroché sous ses vêtements, elle était sortie de sa chambre, prête à partir, quand Blake s'était avancé vers elle après un seul regard.

— Merde, avait-il murmuré en s'approchant rapidement.

Il avait pris son visage en coupe, et elle avait posé ses mains sur son torse machinalement. Puis il s'était penché et l'avait embrassée comme un homme affamé devant un menu de roi. Elle ne savait pas, jusque-là, combien elle avait eu besoin de cette marque d'affection avant de devoir se jeter dans la gueule du loup. Ils s'étaient à peine touchés, pourtant, cela avait été bien plus intime que tout ce qu'Alexis avait expérimenté auparavant, y compris leur premier baiser dans la voiture.

Tandis que leurs langues s'entremêlaient, elle s'était tortillée contre lui en serrant les cuisses pour essayer d'apaiser le désir qu'elle ressentait. Leurs dents s'étaient cognées, dans leur empressement à se goûter, et elle en avait mouillé. Lorsque Blake lui avait mordillé la lèvre et l'avait sucée en même temps, Alexis avait gémi.

Ce petit bruit les avait sortis de leur transe, et il s'était écarté à contrecœur.

Alexis, qui respirait difficilement comme si elle revenait d'un footing, avait regardé Blake. Elle s'était léché les lèvres et avait pu y goûter sa saveur. Il avait suivi des yeux le mouvement de sa langue et fait une grimace comme s'il souffrait. Mais il s'était contenté de l'embrasser sur le front avant de la lâcher et de reculer.

— Tu ferais mieux de retoucher ton maquillage avant de partir.

Elle avait regardé les lèvres de Blake et remarqué qu'elles étaient recouvertes de rouge. Elle s'était empourprée en imaginant de quoi les siennes devaient avoir l'air. Elle avait dégluti, hoché la tête puis dit :

— Il y a des mouchoirs dans mon salon, donc tu peux te nettoyer. Même si j'aime voir des traces de moi sur toi, ce n'est sans doute pas l'image que nous voudrions montrer si jamais tu dois venir à l'intérieur du bar.

Il avait répondu avec un immense sourire.

— J'ai toujours trouvé dégoûtant d'être recouvert du rouge à lèvres d'une femme. Mais maintenant que je me retrouve avec le tien... Je ne suis pas pressé de m'en débarrasser.

Amusée, elle savait qu'elle devait aller retoucher son maquillage, mais s'était interrompue à mi-course. Elle n'avait plus eu envie d'aller rencontrer Kelly. Elle aurait voulu découvrir d'où provenait tout ce battage au sujet des hommes. Comprendre pourquoi les femmes depuis des siècles renonçaient avec bonheur à tout ce qu'elles étaient et ce qu'elles possédaient pour les hommes qu'elles aimaient. Voir son rouge à lèvres sur lui et savoir comment il était arrivé là lui avait plu.

Elle ignorait à quoi songeait Blake, cependant, à en juger par l'étincelle dans ses prunelles et la protubérance dans son pantalon, il devait avoir des idées similaires. Juste quand elle pensait qu'il allait annuler la rencontre et l'étreindre à nouveau, il avait repris la parole.

— Vas-y, Lex. Nous devons partir. Je serai dans l'entrée.

Elle avait hoché la tête et détaché difficilement son regard de lui. Bon sang, elle était mal. Sans plus attendre, elle était allée dans sa chambre pour rectifier son maquillage.

À présent, elle se tenait devant la porte du *Bar du Serpent* à essayer de ne pas se mordiller la lèvre, ce qui gâcherait le rouge qu'elle avait retouché. Elle avait un rôle à jouer, et il était temps de s'y mettre.

Elle poussa la porte et laissa ses yeux s'ajuster à l'obscurité enfumée du bar. Celui-ci était plus grand qu'elle ne s'y était attendue. Sur la gauche se trouvait une large estrade munie de trois tables de billard, dont une seule était utilisée. Plusieurs tables hautes étaient disséminées autour, permettant aux joueurs d'y poser leurs boissons pendant qu'ils s'amusaient, et d'autres, carrées, étaient disposées au petit bonheur la chance un peu partout devant l'estrade et dans le reste du local. Il y avait des chaises en bois autour de chacune, certaines posées dessus, d'autres non. Les tables étaient de la même matière et comportaient de nombreux graffitis ou inscriptions gravées.

Deux ou trois mètres séparaient l'entrée et le comptoir, au fond de la pièce. Un grand miroir au centre de celui-ci faisait paraître le local deux fois plus vaste qu'il ne l'était en réalité. Des bouteilles d'alcool étaient alignées de chaque côté du miroir, sans ordre particulier d'après ce qu'elle pouvait voir. Ainsi, de la tequila haut de gamme côtoyait de la vodka *Royal Gate*, réputée bon marché. Un énorme fût était posé sur un pied derrière le comptoir, muni d'un robinet d'où la bière s'écoulait sur le sol. Des tabourets ayant connu des jours meilleurs parsemaient l'avant du bar en acajou. Il leur manquait des barreaux, et l'un d'eux n'avait même plus de dossier.

D'un côté partait un couloir, avec un panneau annonçant que les toilettes étaient sur la droite. Un autre écriteau informait les clients que « Les toilettes sont pour chier et pisser, pas pour baiser. Merci de forniquer dans le couloir ou dans le bar. »

Elle ignorait s'il s'agissait d'une tentative d'humour douteuse ou non, mais décida de se tenir à bonne distance de ce dernier au cas où.

— Yo ! Par ici ! s'écria quelqu'un.

Tournant la tête vers la gauche, elle vit Kelly lui faire signe près des tables de billard. Alexis plaqua un immense sourire faux sur ses lèvres et s'approcha de la table, où elle découvrit sans surprise deux hommes qui ressemblaient à des voyous assis avec Kelly. L'un d'eux arborait un bandana rouge sur la tête, noué à l'avant. Des tatouages recouvraient ses bras, représentant principalement des femmes nues – et facilement discernables grâce au tee-shirt à manches courtes qu'il avait revêtu. Il lui lança des regards mauvais tandis qu'elle s'avançait. Il était d'origine hispanique, et ses yeux marron et sa peau mate se fondaient dans le bar faiblement éclairé.

L'autre homme était blanc et il lui décocha un tel sourire qu'elle eut presque plus peur que du rictus renfrogné de l'Hispanique. Ses dents étaient tordues et tachées. Il portait un tee-shirt à manches longues, cependant, elle pouvait voir ses tatouages sur ses phalanges et, quand elle s'approcha, trois larmes encrées près de son œil. D'après les recherches qu'elle avait faites, elle savait qu'il s'agissait sans doute d'un moyen d'indiquer le nombre d'hommes qu'il avait tués. *Putain.*

Son sourire toujours bien plaqué à ses lèvres, Alexis s'avança en veillant à placer la table bien au centre du champ de vision de la caméra, afin que celle-ci capture une bonne image de ses occupants. Elle s'arrêta près de la chaise libre, qui malheureusement tournait le dos au reste du local – et l'empêcherait donc d'observer l'ensemble de la pièce –, et s'exclama d'une voix enjouée :

— Kelly ! Je suis si contente de te revoir. J'espère que je ne suis pas en retard.

— Non. Pile à l'heure, marmonna-t-elle.

— Je suis impatiente de faire la connaissance de tes amis, poursuivit Alexis, tout en ignorant le ton maussade de l'autre femme.

Se tournant vers le type blanc, elle lui tendit la main.

— Je m'appelle Alexis. Je suis super contente de te rencontrer. Ça fait longtemps que je n'ai pas revu Kelly, mais ses amis sont mes amis.

Elle espérait ne pas trop surjouer, et elle parvint sans trop savoir comment à garder son sourire idiot sur ses lèvres quand l'homme lui prit la main, l'engloutissant dans la sienne, immense. Elle eut tout à coup un sentiment de claustrophobie et se retint de tressaillir quand il la serra un peu plus fort.

— A-lex-is, détailla-t-il d'une voix traînante, comme s'il

s'agissait du pseudo d'une strip-teaseuse et non d'un prénom tout à fait normal. Joli nom pour une jolie fille. Et tu t'es trompée. Les amis de Kelly sont *nos* amis.

Elle constata qu'il ne lui avait pas donné le sien, cependant, elle laissa tomber pour l'instant et pencha la tête, comme pour marquer son embarras. Il garda sa main un peu plus longtemps que ne l'exigeaient les conventions sociales, mais pas une fois Alexis ne se départit de son sourire. Enfin, il la lâcha, et, résistant au désir de frotter sa paume sur son pantalon pour enlever la sensation gluante qu'il lui avait laissée, elle se tourna vers l'Hispanique pour la lui tendre vaillamment.

Celui-ci ne prononça pas un mot et ignora son geste. Il la salua simplement d'un bref signe du menton et d'un grognement. *D'ac-cord.*

Veillant à rester dans son rôle de mondaine écervelée qui s'encanaillait, Alexis recula la chaise et s'y installa. Elle accrocha ensuite avec plein de maniérisme son sac en cuir *Coach* au dossier, puis se tourna et posa les coudes sur la table, se penchant en avant.

— Donc... c'est tellement génial de vous rencontrer, les gars, répéta-t-elle en gloussant. Je n'avais jamais entendu parler du *Serpent*, alors que je viens dans le coin depuis des siècles. Kelly, qu'est-ce que tu deviens ? Tu as un copain ? Dans quoi travailles-tu ?

Alexis espérait vraiment que Kelly ouvrirait la bouche, pour ne pas la laisser faire la conversation toute seule.

L'autre femme regarda les deux hommes avant de répondre.

— Oh, tu sais. Ceci, cela. J'ai un mec. Évidemment. L'économie n'est pas au top, alors je fais ce que je peux pour garder la tête hors de l'eau. Et toi, qu'est-ce que tu fais, déjà ?

C'était une réponse totalement évasive qui ne révélait

rien, mais Alexis fit avec et se lança dans l'histoire qu'elle avait conçue avec Blake et ses frères.

— Oh, je sais ce que tu veux dire. J'ai fait tellement de boulots depuis la fac que ce n'est même plus amusant. J'ai été serveuse, secrétaire, commerciale, et chaque fois, j'avais affaire à de riches connards. C'était d'un ennuyeux !

Elle leva les yeux au ciel pour souligner son point de vue.

— Et d'accord, je sais que je suis riche moi aussi, mais je ne me comporte certainement pas comme certains enfoirés que j'ai fréquentés. C'est en partie pour ça que j'aime traîner de ce côté de la ville. J'y ai rencontré de vrais hommes et non ces métrosexuels qui plaquent leurs cheveux en arrière avec du gel et croient être des cadeaux vivants pour ces dames. J'ai décidé que travailler à plein temps ne valait pas la peine de se coltiner des types pareils. Pourquoi devrais-je faire quelque chose que je déteste à longueur de journée alors que je n'en ai pas l'utilité ? Ce n'est pas comme si j'avais besoin de bosser. J'ai de l'argent, et c'est bien plus amusant de traîner ici et là et de faire la fête.

— C'est pour quand, femme ? Bon sang, crache le morceau. Putain ! grogna l'homme hispanique avec rudesse.

Il leva la main en direction d'Alexis si vite que, d'instinct, elle eut un mouvement de recul qui le fit rire. Sans la quitter des yeux, il réclama d'une voix forte :

— Une tournée, Ourse !

Comprenant qu'il n'avait pas l'intention de la frapper, mais juste de faire signe à la barmaid massive, qui s'appelait manifestement Ourse, Alexis pouffa de nervosité – un rire non feint cette fois-ci.

— Désolée ! Je travaille dans une boutique du centre-ville. Je ne fais que papoter avec les femmes qui viennent et les aider à choisir des vêtements et accessoires. C'est ennuyeux à mourir, mais je ne fais rien de difficile et, comme je l'ai dit, je n'ai pas vraiment besoin de cet argent. J'obtiens des rabais, ce qui est super. Comme ça, je peux m'acheter autant de sacs à main et d'habits de marque que je veux. Et le mieux dans tout ça, c'est que je n'y travaille que l'après-midi, ce qui me laisse le temps de me remettre de mes gueules de bois le cas échéant.

Une femme apparut à leur table dès qu'Alexis arrêta de parler. Elle portait une mini-jupe qui lui recouvrait à peine l'entrejambe, et si moulante qu'elle semblait peinte sur elle. Son top dos nu ressemblait davantage à un soutien-gorge push-up qu'à autre chose. Alexis se demanda si avoir ses seins ainsi dans le visage toute la journée ne la gênait pas, mais si c'était le cas, elle n'en montra rien. Elle se pencha sur la table, et sa poitrine se déversa pratiquement de son haut. Lentement, elle plaça quatre verres à shot, un à la fois.

L'homme hispanique dont Alexis ne connaissait toujours pas le nom posa la main à l'arrière de la cuisse de la serveuse et la remonta lorsqu'elle se baissa. Elle ne cria pas et ne frappa pas ses doigts, contrairement à ce qu'aurait fait Alexis dans la même situation. Elle tourna simplement la tête avec une timidité affectée, sourit et écarta les jambes. Alexis préféra faire comme si elle n'avait pas remarqué que l'homme tripotait la serveuse juste sous ses yeux.

— Des shots ! s'exclama-t-elle en tapant dans ses mains et sautillant de manière ridicule sur son siège. Génial !

Elle n'avait pas vraiment envie de s'enivrer, mais elle ne pouvait pas refuser non plus. Elle avait abordé avec les frères la possibilité d'avoir à boire pour s'intégrer, et ils lui avaient dit de suivre le mouvement. Si elle pouvait, il fallait qu'elle choisisse un cocktail avec un faible taux d'alcool dedans, cependant, il semblerait qu'elle n'ait pas son mot à dire.

— Tu aimes boire ? demanda Kelly d'une voix traînante en relevant brusquement la tête.

— Oh que oui ! Sex on the beach, Blow Job, Lemon drop et Blue Hawaiians sont parmi mes cocktails préférés.

— Des boissons de gonzesse, ricana l'Hispanique. Si tu veux boire au *Serpent*, tu vas devoir commencer par de la tequila.

Merde, merde, merde. Alexis n'en avait jamais consommé, ni aucun autre alcool fort et savait que cela dépassait largement sa zone de confort, toutefois, ce n'était pas une question, mais un ordre.

Alors, elle suivit le mouvement.

— Ça me va, s'écria-t-elle, comme s'il s'agissait de la meilleure idée au monde.

La serveuse ouvrit la bouteille neuve et versa quatre portions généreuses du liquide brun dans les verres posés sur la table.

Les deux hommes et Kelly récupérèrent les leurs et fixèrent Alexis. Elle prit le dernier et le leva comme pour porter un toast.

— Aux vieux amis... et aux nouveaux !

Personne ne dit rien. Kelly leva les yeux au ciel, mais Alexis fit mine de ne pas s'en rendre compte. Tous descendirent leur boisson. Priant pour que tout se passe bien, Alexis les imita, portant le verre à ses lèvres et avalant l'alcool infâme d'une seule traite. Elle sourit, puis se mit à tousser alors que l'alcool lui brûlait la gorge et manquait de la faire vomir.

L'homme blanc éclata de rire et la frappa bien trop fort dans le dos, l'Hispanique plissa les yeux, et Kelly esquissa un rictus diabolique.

Une fois qu'elle eut retrouvé la parole, Alexis commenta.

— C'est fort.

— Plus l'alcool est cher, plus il est agréable à boire, commenta l'homme blanc, qui ne l'avait pas lâchée.

Il la caressait à présent, comme Blake le faisait, et sa peau se mit à picoter. Autant elle mourait d'envie de sentir les attouchements de Blake, autant ceux de ce type ne la tentaient pas du tout. Cela dit, elle voyait où il voulait en venir avec son commentaire. Elle allait devoir faire ses preuves plus vite que prévu, visiblement.

Sans un mot, elle pivota sur sa chaise – ce qui eut l'avantage de déloger la main du gars – et attrapa son portefeuille dans son sac, l'ouvrit avec des gestes exagérés afin que tout le monde puisse distinguer son contenu, et en sortit quatre billets de cent dollars.

— Alors, Seigneur, je crois qu'il nous faut le meilleur breuvage de ce bar. Je serai heureuse de déguster quelque chose de plus facile à avaler.

Ce n'était pas vraiment un mensonge.

La serveuse, qui se tenait toujours à côté de l'homme hispanique, sans doute à cause des doigts sous sa jupe qui semblaient lui faire des choses agréables, ou peut-être pour assister à l'humiliation d'Alexis, ramassa prestement l'argent.

— Alors, dit-elle d'une voix traînante, je reviens tout de suite avec notre meilleure bouteille.

— Est-il possible d'avoir une salade, aussi ? demanda Alexis rapidement.

Elle n'était pas certaine de pouvoir avaler quoi que ce soit, mais comme elle était soi-disant venue là pour manger, elle devait jouer son rôle. D'autant plus qu'avoir quelque chose dans le ventre aiderait à éponger l'alcool.

— Oh, et une bouteille d'eau. Il faut que je rince le goût de ce truc bas de gamme, improvisa-t-elle.

À ces mots, les lèvres de l'homme hispanique s'incurvèrent enfin.

— Je crois qu'on va très bien s'entendre, *chica*, commenta-t-il en suçant le doigt qu'il avait glissé sous la jupe de la serveuse.

Alexis frémit. Dégueu. Bon sang, c'était un cauchemar. Ces hommes étaient malpolis et rustres, et elle ne voulait pas traîner avec eux. Dans quoi s'était-elle fourrée ? Elle n'était pas détective privée. Cela dépassait ses compétences. Un frisson lui remonta l'échine, comme si elle percevait un mauvais présage.

— On s'est bien amusées, hein, Alexis ? demanda Kelly, qui semblait plongée dans ses souvenirs.

C'était la première fois qu'Alexis voyait chez elle un soupçon de la fille avec laquelle elle avait un jour été amie.

— En effet.

Ce coup-ci, le sourire que lui décocha Kelly parut sincère.

Plus vite qu'elle ne l'aurait cru possible, la serveuse revint. Cette fois-ci, elle apporta deux bouteilles d'un alcool sombre, et une minuscule d'eau, qui tenait plus du shot qu'autre chose. Alexis était toutefois soulagée qu'il s'agisse bien d'une bouteille après toutes les histoires que Logan lui avait racontées sur ce qui arrivait aux femmes qui n'avaient pas surveillé leurs verres de près. Alors, elle ne comptait prendre aucun risque et ne boirait que ce qui serait scellé.

La serveuse posa les deux bouteilles d'alcool devant chacun des hommes.

— Tequila *Tapatio*. Le meilleur truc que l'on a. Bonne dégustation.

Sans un mot, l'Hispanique ouvrit la bouteille devant

lui – le papier garantissant le caractère neuf de la bouteille crissa bruyamment dans le bar silencieux – et versa une dose généreuse à chacun, sans se soucier du liquide qui déborda sur le dessus abîmé de la table en bois. Il ramassa son verre, qui se renversa un peu sur sa main dans la manœuvre, et se tourna vers Alexis.

— À la jolie *puta* que je suis impatient de connaître.

Alexis sourit vaillamment en prétendant ne pas avoir compris qu'il venait juste de la traiter de salope puis prit son verre. *Bordel de merde.* Elle n'avait jamais été une grande buveuse, préférant le goût sucré des cocktails mentionnés tout à l'heure. Elle jeta un coup d'œil à sa montre. Dix minutes à peine s'étaient écoulées. *Bon sang.* Elle devait rester le plus possible pour récolter un maximum d'informations sur le gang, mais si les hommes ne cessaient de la servir dès qu'elle vidait son verre, elle serait bourrée le temps de le dire.

Malgré tout, elle savait sans l'ombre d'un doute que Blake prendrait soin d'elle. Il veillerait à ce qu'elle rentre chez elle en toute sécurité. Il lui suffisait de jouer son rôle jusqu'à trouver une porte de sortie, mais il faudrait que ce soit un peu plus vite que prévu, si ça continuait ainsi.

Levant son verre, elle lança :

— Croiser Kelly dans ce magasin a été la meilleure chose qui me soit arrivée récemment.

— À nous aussi, Alexis Grant. À nous aussi, répliqua l'homme blanc avec un grand sourire.

L'utilisation de son nom de famille alors qu'elle ne l'avait donné à aucun des deux types fut son dernier vrai souvenir conscient du repas.

Elle avait enchaîné les verres, souri et ri avec Kelly et les deux hommes, et continué à boire. Quand sa salade était arrivée, elle avait essayé d'en manger un maximum entre les différents shots que lui versaient les deux hommes.

La tête lui tournait, et elle savait que si elle avalait une gorgée de plus, elle ne serait sans doute plus capable de marcher. Elle avait perdu le compte des verres qu'elle avait enchaînés, cependant la première bouteille était vide, et ils avaient bien entamé la deuxième.

L'homme blanc – Chuck, mais c'était plus un surnom que son vrai prénom, d'après elle – s'était montré de plus en plus tactile à mesure que le déjeuner progressait. Il avait rapproché sa chaise de la sienne et posé sa main sur sa jambe, effleurant l'intérieur de sa cuisse du bout des doigts. Alexis sut qu'elle lui vomirait dessus s'il tentait de la tripoter. Heureusement qu'elle portait un pantalon. Elle était presque sûre que si elle avait enfilé une jupe, il aurait cherché à aller dessous.

L'homme hispanique, qui s'avéra être le fameux Damian, le frère de Donovan, avait semblé se relaxer un peu pendant le déjeuner. Il lui avait posé beaucoup de questions, auxquelles elle espérait avoir répondu correctement. Il lui était de plus en plus difficile de garder l'esprit clair sur ce qu'elle était censée faire. Kelly avait pour sa part paru très détendue. Elles avaient ri de leurs souvenirs de préadolescentes et en se remémorant leur amitié en cinquième.

Alexis mit enfin un terme au repas.

— Il est quelle heure ? Midi quinze ? Merde, je dois y aller.

— Ne pars pas maintenant. On commence tout juste à s'amuser, dit Chuck d'une voix traînante en s'agrippant à sa jambe quand elle fit mine de se lever.

Il lui fit si mal qu'elle dut ravaler un gémissement de douleur et gloussa à la place comme l'écervelée qu'elle était censée être. Elle tapota sa main d'un air joueur.

— Certains doivent travailler, tu sais !

— Mais tu as dit que tu n'en avais pas besoin, intervint Damian. Reste avec nous, *chica*.

— Je n'en ai pas besoin, non, mais j'ai promis de venir aujourd'hui, lui expliqua-t-elle en souriant. Ne t'en fais pas, j'adorerais passer encore du temps avec vous. Vous êtes cool. Ça ne vous dérange pas ?

— Pas du tout, confirma immédiatement Chuck, ignorant le regard noir que lui lança Kelly.

— Est-ce que j'ai déjà réglé les boissons ? questionna Alexis, faisant mine d'être confuse.

— Non, tu as demandé de te faire une note, répondit Kelly très vite.

— Oh, merde. D'accord, j'ai des espèces, je peux payer. Combien ça a coûté, d'après vous ?

Elle s'était exprimée d'une voix pâteuse qui n'était pas du tout feinte.

— Combien est-ce que tu as ? répliqua Damian en se penchant.

Il avait bu autant qu'elle, mais n'avait même pas l'air éméché. Cela la dépassait.

Elle chercha une nouvelle fois dans son sac pour y dénicher son portefeuille. Elle regarda soigneusement dans le compartiment contenant ses espèces, et plissa le nez.

— Il fait sombre, ici. Je ne vois rien. J'ai combien ? demanda-t-elle en tendant son portefeuille à Damian.

S'exécutant, il le lui prit des mains et fouilla dedans. Il en sortit plusieurs billets – Alexis n'aurait su dire combien – et le lui rendit.

— Ça devrait le faire.

— Merci beaucoup ! roucoula-t-elle en le regardant, un sourire aux lèvres. La vache, il faut que j'augmente ma tolérance à l'alcool, gloussa-t-elle.

Elle se leva, délogeant une bonne fois pour toutes la main de Chuck de sa jambe, puis mima un téléphone avec son pouce et son petit doigt.

— Appelle-moi, Kel. Je suis impatiente de vous revoir.

— On reste en contact, t'en fais pas. À la prochaine.

— À bientôt, poupée, dit Chuck en la lorgnant.

Ses dents gâtées lui donnaient envie de vomir. Elle se détourna avant de rendre son repas sur ses genoux.

Damian lui adressa un nouveau signe du menton, puis se versa un autre verre de la tequila haut de gamme qu'elle avait payée... deux fois, donc.

Personne à la table ou dans le bar ne parla de lui appeler un taxi, alors qu'elle tituba jusqu'à la porte, complètement bourrée. Ils se fichaient qu'elle conduise sous l'emprise de l'alcool, puisqu'ils avaient obtenu d'elle ce qu'ils voulaient, à savoir son argent.

Alexis ouvrit la porte, fit la grimace quand la lumière vive l'agressa, se tourna une dernière fois vers le local sombre et fit un signe de main en direction de là où elle avait été assise, même si elle ne distinguait rien.

— Salut, Kelly ! Salut, Chuck et Damian ! C'était super de vous rencontrer les gars et de te revoir Kel ! À la prochaine !

Comme personne ne répondit, elle se détourna et se cogna au montant au passage. La porte se referma derrière elle, et elle resta simplement debout devant, à essayer de ne pas tomber, et plissant les yeux pour repérer où elle avait laissé sa voiture. Elle se souvenait vaguement de l'avoir garée sur le côté ou au fond, mais pas à l'avant en tout cas.

Elle inspira profondément l'air frais, mais cela ne fit que lui tourner encore plus la tête. Elle s'avança d'un pas vers son véhicule. Puis d'un deuxième. Elle ignorait complètement comment elle allait réussir à conduire, mais elle devait le faire... ne serait-ce que pour se garer dans le prochain parking hors de vue. Ses pensées étaient confuses. Elle savait qu'elle ne devrait absolument pas prendre le volant, cependant, elle devait au moins partir de là. Sa Mercedes se voyait comme le nez au milieu de la figure.

Alors qu'elle avait réussi tant bien que mal à rejoindre sa voiture au fond du parking et qu'elle sortait ses clés pour la déverrouiller, une main se referma sur la sienne et un corps imposant la plaqua contre la portière.

CHAPITRE 7

— Monte en voiture, Lex.

— Blake, souffla-t-elle, soulagée.

Il appuya sur la télécommande sans répondre et lui ouvrit la portière. Furieux, il regarda Alexis ramper maladroitement sur le siège conducteur et rejoindre celui du côté passager. Voir ses fesses se trémousser sous ses yeux aurait dû l'exciter, mais il était bien trop énervé à cause des événements au bar, de ce qu'Alexis avait été contrainte de faire, qu'il n'avait qu'un seul but : se tirer de là et la ramener chez elle.

— Et la voiture de Nathan ? balbutia Alexis tandis que Blake démarrait la Mercedes.

— Cette merde va se fondre dans le décor. Personne n'y touchera.

— J'aurais pu laisser la mienne.

— Lex, rétorqua-t-il, exaspéré, tu sais pertinemment que nous n'aurions pas pu laisser ta Mercedes ici. Elle aurait été dépouillée avant le coucher du soleil. Crois-moi, personne ne remarquera la caisse de Nathan.

— Oh. C'est vrai. D'accord, répondit-elle en fronçant les sourcils, confuse.

Blake serra les dents. Dès l'instant où ce connard de Damian avait commandé le premier shot de tequila, il avait compris que le déjeuner n'allait pas se passer comme prévu. Il avait été contraint de rester assis à regarder et écouter Lex s'envoyer bien trop d'alcool pour sa si petite carrure. C'était un miracle qu'elle n'ait pas perdu connaissance. Il était impressionné qu'elle tienne encore debout.

Cependant, malgré son énervement, il était très fier d'elle. Pas une fois elle n'avait brisé sa couverture. Elle avait vaillamment réussi à extorquer autant d'informations que possible à Kelly et aux hommes, tout en s'enivrant.

Grâce à Alexis, ils avaient appris que Damian rendait visite à son frère toutes les semaines et que Donovan était toujours à la tête du gang. Il donnait ses ordres à Damian, qui semblait plus que ravi de les transmettre. Il n'avait rien avoué de précis à Lex, mais il en avait raconté suffisamment pour qu'ils sachent que Donovan était tout aussi dangereux sous les verrous que quand il était libre. Ils avaient également découvert que Kelly était bien la copine de Donovan comme ils le suspectaient, mais à en juger le ton de la jeune femme lorsqu'elle avait évoqué une mystérieuse ex, il était clair qu'elle n'était pas contente que Donovan parle encore de cette dernière. Chuck semblait être l'homme de main principal du gang. C'était un type méchant, qui paraissait avoir aussi peu de problèmes à se taper les filles qui lui plaisaient, qu'elles le veuillent ou non, qu'à se servir du pistolet qu'il gardait dans un étui sur sa jambe – et qu'il avait volontiers montré à Alexis quand elle avait exprimé son intérêt.

Dans l'ensemble, le fait qu'elle soit éméchée avait semblé rendre le trio plus bavard. Ils pensaient sans doute qu'elle ne se souviendrait pas de leur conversation. Heureusement, *Ace Sécurité* possédait aussi bien le son que l'image du déjeuner.

Comme la première fois, Blake avait interrompu l'enregistrement dès qu'Alexis était sortie. Juste après, il était allé la retrouver. Il savait qu'elle serait gênée d'être vue bourrée sur la vidéo, et tout ce qu'elle dirait ou ferait une fois la porte franchie ne regardait personne d'autre qu'eux.

— J'ai bu, annonça-t-elle tout de go tandis que Blake s'éloignait du *Bar du Serpent* pour rejoindre l'autoroute qui lui permettrait de ramener Alexis chez elle à Denver.

— Je sais, Lex, répondit-il patiemment.

— Non, Blake. Je veux dire que j'ai *bu*, insista-t-elle.

— Alexis, je *sais*, répéta-t-il. J'étais là, putain, et je t'ai vue descendre tous ces verres.

— Ils étaient répugnants, commenta-t-elle d'une voix pâteuse.

Ses lèvres s'incurvèrent. Ce n'était pas encore un sourire, mais il n'avait pas pu s'en empêcher en entendant sa façon de parler.

Elle s'était trouvée en compagnie de véritables connards, surtout Chuck, qui aurait pu profiter de son ivresse. Plusieurs fois, au cours de l'heure écoulée, Blake avait failli la faire sortir du bar. Ces hommes auraient pu la traîner dans une pièce au fond, ou même l'enlever par la porte arrière. D'accord, Logan et lui lui avaient dit quoi faire s'ils essayaient, cependant, ils n'avaient pas pris en compte le paramètre selon lequel elle serait éméchée. Elle aurait été totalement vulnérable... incapable de se défendre contre eux. Cette pensée lui fichait une trouille bleue.

— J'aime même pas le goût de l'alcool. Je bois du vin doux et des cocktails pleins de chichis, mais pas ça, dit-elle en frémissant. De la tequila. Beurk.

— Je suis désolé, mais je crois que tu vas te sentir très mal plus tard, lui répondit Blake honnêtement.

Elle posa la tête contre l'appuie-tête et acquiesça.

— J'imagine. Mais tu vas prendre soin de moi.

Elle semblait si sûre que Blake en fut touché. Maintenant qu'elle était loin du bar, il se sentait moins énervé, mais le fait qu'elle affirme tout de go qu'elle savait qu'il surveillait ses arrières l'aida beaucoup à se détendre. Elle était avec lui à présent. Saine et sauve.

— J'avais peur, avoua-t-elle. Je savais pas quoi faire d'autre.

Elle tourna la tête dans sa direction.

— Mais je savais que tu écoutais et observais. Que tu me protègerais s'ils faisaient quoi que ce soit. C'est la seule chose qui m'a encouragée à continuer à boire. Blake ?

— Oui, ma puce ?

— Je les apprécie pas. Pas du tout. Même pas un peu.

Bon sang, elle le tuait, à être si mignonne.

— Je sais, Lex. Moi non plus.

— Mais toi, je t'apprécie.

La vache.

Elle poursuivit, sa langue déliée par l'alcool lui faisant dire tout ce qu'elle pensait.

— Je croyais que les tatouages, c'était sexy. Mais plus maintenant. Je suis tellement contente que t'en aies pas. Euh, attends. Tu en as ? Je t'ai jamais vu nu, alors je suis pas sûre.

— Je n'ai pas de tatouage, Lex, la rassura-t-il.

— Bien. Cela dit, les tiens seraient cool, j'en suis certaine. Mais pas des larmes, d'acc ?

Genre, comme si je comptais faire ça.

— Il faut que tu boives de l'eau, fit remarquer Blake, plus pour lui-même que pour elle.

— J'ai essayé d'en prendre entre les verres, mais cette traînée de serveuse a refusé de m'apporter une autre bouteille.

— Je sais, j'ai vu. Tu te souviens ?

— Oh, c'est vrai. T'as sans doute vu aussi ses nichons qui pendaient. Les miens sont pas aussi gros.

Alexis posa les mains sous sa poitrine pour la relever afin de lui prouver ses dires. L'alcool la désinhibait tellement qu'elle n'était plus consciente de ses actes.

— Est-ce que les mecs n'aiment que les gros seins comme ça ? T'as remarqué que Damian avait mis son doigt sous la jupe de cette traînée ?

Il ignora sa question concernant les seins. De son point de vue, les siens étaient parfaits, mais ce n'était ni le lieu ni le moment pour en parler.

— Oui, Lex, j'ai vu ce qu'il a fait.

— J'étais morte de honte. C'était pas sexy. Pas du tout.

Elle ferma les yeux un instant, puis redressa brusquement la tête en se souvenant de quelque chose.

— Et la main de Chuck sur ma jambe m'a fait mal. C'est pas comme quand tu me touches.

— Il t'a touchée ? répéta Blake, dont les doigts se serrèrent sur le volant. Je n'avais pas vu ça.

— Ouais. Et ça a fait mal. Kelly était si gentille à la fin. Tu crois qu'elle me réinvitera ?

Le changement de conversation fut brutal, mais facile à suivre. Il aurait aimé discuter davantage de ce connard de Chuck posant la main sur elle, cependant, il savait qu'il jetterait un coup d'œil bientôt à sa cuisse et s'assurerait qu'elle allait bien.

— Oui, je suis certain qu'elle aura envie de te revoir. Bon sang, Lex, tu leur as filé près de mille dollars. Ils n'ont jamais dû se faire de l'argent aussi facilement. Ils en voudront plus.

Elle resta silencieuse si longtemps qu'il crut qu'elle s'était enfin endormie. Cependant, elle reprit la parole. D'un ton calme, et elle s'exprima clairement, sans bredouiller, comme si ce qu'elle s'apprêtait à dire était important.

— Toute ma vie, les gens ont juste voulu être mes amis parce que j'ai du fric. Je sais que c'était de ma faute et que je l'ai cherché, mais ça a toujours été comme ça et ça le sera sans doute à jamais. Ces hommes me font peur, Blake. J'étais assise là, consciente qu'ils n'étaient gentils qu'à cause de mon argent, et qu'il suffirait d'un mot de travers de ma part pour qu'ils s'en prennent à moi, comme quand j'avais treize ans et que j'étais impuissante, car ces garçons étaient bien plus forts que moi.

Blake ne pouvait plus se retenir de la toucher. Il aurait aimé la serrer très fort, mais il devait pour cela attendre d'être arrivé à son appartement. Il appuya sur l'accélérateur, désireux de s'y rendre au plus vite. Il lâcha le volant de la main droite pour la poser sur sa nuque, comme il le faisait toujours. Il lui caressa la peau sous l'oreille.

— C'est fini, Lex. Tu n'es plus obligée de les revoir.

Elle laissa retomber sa tête contre son bras, comme si elle était trop lourde à porter.

— J'ai pas le choix, balbutia-t-elle. Ils veulent plus d'argent. Alors je les retrouverai à nouveau. Tant que tu surveilles mes arrières, je peux le faire.

Bon sang, elle le tuait.

— Lex...

Elle le coupa.

— J'ai peur, mais tu les laisseras pas me faire de mal. Si t'avais été là pendant mon adolescence, je sais que tu t'en serais pris à ces garçons pour moi. Je le sais.

— Tu peux compter là-dessus. Je t'aurais protégée à

cette époque-là, et je ferai en sorte qu'il ne t'arrive rien aujourd'hui, ma puce.

Alexis leva la tête, ce qui délogea sa main, plia une jambe et se tourna tant bien que mal dans son siège, malgré la ceinture qui entravait ses mouvements. Elle récupéra la main qu'il s'apprêtait à reposer sur le volant et la plaça sur son genou.

Puis, ses deux paumes se promenèrent sur son avant-bras, remontèrent vers son coude et disparurent sous le tissu du tee-shirt. Ensuite, elle repartit en sens inverse, jusqu'au poignet. Elle répéta la manœuvre plusieurs fois, visiblement émerveillée de sentir son bras sous ses doigts.

Elle parla au moment où Blake se disait qu'il n'allait plus tenir.

— J'adore tes bras. Ils sont forts. Pas body-buildés, mais ils sont si sexy. J'ai rêvé d'eux.

Le membre de Blake durcit dans son pantalon. Bon Dieu, elle était si sensuelle, même complètement éméchée. Il devrait l'arrêter – elle serait tellement embarrassée de s'être montrée si franche avec lui –, mais il en semblait incapable. Ses mains étaient si agréables sur sa peau.

— De quoi rêves-tu, Lex ?

Elle leva les yeux vers lui, si empreints de désir qu'il déglutit avec peine. Elle était si saoule qu'elle en devenait effrontée. Qu'elle disait tout ce qu'elle pensait.

— À tes bras autour de moi. Me tenant pendant que tu me prendrais par-derrière. Humides sous la douche. Bon sang, Blake, il te suffit de les fléchir, d'attraper quelque chose, pour que je mouille au point de devoir changer de culotte.

D'une manière tout à fait insolite, c'était lui qui commençait à se sentir embarrassé. Il avait deviné qu'elle était attirée par ses bras, mais l'entendre l'admettre rendit encore plus enivrantes toutes les fois où il avait vu ses tétons pointer et sa respiration s'accélérer. C'était arrivé souvent. Pratiquement depuis leur premier jour de travail. C'était incroyablement excitant de découvrir qu'elle était attirée par lui depuis tout ce temps.

— Lex, je ne pense pas...

Cependant, elle était lancée.

— Je sais pas pourquoi tes bras m'excitent autant.

Elle plissa le front, semblant y réfléchir profondément, la tête penchée. Elle se mordit la lèvre.

— Je regarde pas Logan comme ça. Pourtant, il est musclé aussi. Les bras de Nathan me font rien. C'est pas qu'il est pas séduisant, mais il est pas toi. J'étais pas aussi attirée par les bras avant de te rencontrer.

Elle effleura du bout du doigt les veines qui ressortaient sous sa peau.

— Tes bras, c'est du porno ambulant pour moi.

Avant qu'il ne puisse répondre à ce commentaire excitant au possible, elle passa la langue sur une veine saillante. Il tressaillit. Heureusement qu'il venait de se garer devant chez elle, sinon, ils auraient eu un accident. Il sentit sa langue chaude et humide, et eut l'impression que c'était son sexe qu'elle cajolait et non son bras.

Il récupéra ce dernier et mit la voiture au point mort. Sans un mot, il sortit de la Mercedes, la contourna et ouvrit la portière.

Alexis n'avait pas bougé. Elle était toujours tournée vers le siège conducteur, sa ceinture encore attachée. La tête appuyée, elle ressemblait à un bretzel, tordue comme elle l'était à essayer de le regarder sans changer de position. Blake se pencha, détacha sa ceinture, puis fit pivoter la jeune femme et lui tendit la main pour l'aider à se lever.

Elle soupira et baissa les yeux vers son geste, avant de relever la tête.

— Tu vois ? C'est trop sexy.

Blake était incapable de répondre, il se contrôlait à peine. Il la désirait plus que tout, mais savait qu'il était évidemment hors de question qu'il tente quoi que ce soit alors qu'elle était aussi ivre. Mais bon sang, elle tirait sur toutes les ficelles possibles, là.

— Viens, Lex. Monte.

— Tu viens aussi ?

— Oui.

Pas pour ce qu'elle espérait, toutefois, s'il fallait en juger ses tétons raidis et ses pupilles dilatées.

— Bien, répondit-elle en passant les bras autour de lui avant d'appuyer sa tête contre son torse.

Blake remit les clés de la Mercedes au voiturier et l'accompagna jusqu'à l'entrée. Il la portait pratiquement, mais au moins, ils avançaient.

— Est-ce que Mlle Grant va bien ? demanda doucement l'agent de sécurité avec son accent indonésien quand Blake s'approcha.

— Oui, Osman. Elle a juste un peu trop bu au déjeuner, le rassura-t-il.

— Ça ne lui ressemble pas.

— C'est vrai, acquiesça Blake. Mais je m'occupe d'elle. Elle est en sécurité.

Il croisa le regard de l'autre homme. Quoi que celui-ci ait vu dans le sien, cela parut le calmer ; il hocha la tête et lui ouvrit la porte.

Blake et Alexis n'échangèrent pas un mot dans l'ascenseur. Il la soutint ensuite quand elle se dirigea vers son appartement. Quelques secondes plus tard, ils étaient entrés, et Blake la conduisit directement à sa chambre.

— Peux-tu te changer toute seule ou as-tu besoin de mon aide ?

Alexis leva des yeux écarquillés vers lui.

— Me changer ?

Elle essaya de consulter sa montre, mais renonça à l'idée d'y distinguer quelque chose et regarda plutôt Blake.

— Mais il est encore tôt... non ? Il fait encore jour.

— Crois-moi, Lex. Dans quelques heures, tu auras l'impression d'être en train de mourir. Tu t'en sortiras mieux si tu as déjà enfilé une tenue confortable.

L'air toujours perdue, elle acquiesça néanmoins.

— D'accord.

— Et donc ? As-tu besoin d'aide ? Est-ce que tu arriveras à retirer le micro toute seule ?

— Oui.

Bien qu'il n'en soit pas certain, il lui accorda le bénéfice du doute.

— D'accord, ma puce. Je vais te trouver de l'eau et te préparer des tartines. Tu crois pouvoir manger quelque chose ?

— J'ai pas faim, répliqua-t-elle, l'air confus.

— Je sais, mais ça t'aidera... plus tard.

Elle haussa les épaules comme si elle s'en fichait un peu.

— OK, Blake. Si tu penses que c'est mieux.

Incapable de s'en empêcher, il l'embrassa sur le front et la prit dans ses bras.

— Peu importe ce qui se passera tout à l'heure, n'en sois pas gênée, Lex, d'accord ?

Elle le regarda en fronçant les sourcils.

— Ça va être embarrassant ?

Ignorant sa question, il répliqua :

— Je suis si fier de toi, Lex. Ne l'oublie pas.

— D'acc. Je suis fière de toi aussi.

Cela le fit sourire.

— Change-toi, ordonna-t-il en reculant, non sans s'être assuré au préalable qu'elle tenait sur ses jambes. Pose le pendentif et le micro sur la commode. Je reviens tout de suite.

Elle acquiesça, mais ne le quitta pas du regard tandis qu'il se dirigeait à reculons vers sa porte, puis disparaissait dans le couloir.

Bon sang, il aimait déjà beaucoup Lex avant, mais cette Lex enivrée et excitée, qui disait tout ce qui lui passait par la tête, était mignonne au possible et presque irrésistible. Cependant, il se retiendrait. Il ne lui ferait jamais rien sans qu'elle ne soit consentante et sobre. Il n'avait même pas envie d'essayer de lui arracher des informations sur ses sentiments pour lui – non pas qu'il ait besoin de le faire, de toute façon. Elle avait été plus que désireuse de lui en parler. L'écouter avouer tout cela alors qu'elle était saoule lui paraissait mal. Il devait la distraire, peut-être en l'encourageant à regarder un film jusqu'à ce qu'elle sombre.

Il était évident qu'elle vomirait plus tard. Il était impensable qu'elle puisse boire autant sans être malade. Bon sang, la plupart des hommes qu'il connaissait en auraient été incapables. Il resterait à ses côtés jusqu'à ce qu'elle ait surmonté le pire de sa gueule de bois, puis retournerait à Castle Rock avec les enregistrements audio et vidéo. Ensuite, il discuterait de la suite avec Logan et Nathan. Il ferait de son mieux pour garder Alexis en dehors de cela, cependant, il avait dans l'idée que ce ne serait plus possible. Elle était plongée jusqu'au cou dans cette mission, et maintenant que celle-ci était entamée, ils devaient la poursuivre jusqu'au bout.

Quand il lui avait dit qu'elle en avait terminé, c'était par simple frustration et peur pour elle. Peut-être qu'une seule autre rencontre lui suffirait pour soutirer au gang des renseignements sur les opérations à venir et découvrir comment ils étaient contactés pour celles-ci. Cela devrait donner assez de munitions à l'antigang pour faire des arrestations. Si la chance était de leur côté, les membres du gang ignoreraient que c'était Alexis qui était responsable de leur chute.

Lorsque Blake retourna dans la chambre de cette dernière les mains chargées d'eau et d'un peu de nourriture, elle était allongée sur son lit, vêtue d'un short de pyjama noir et d'un débardeur. Elle s'assit, et il inspira profondément face au spectacle qui s'offrait à lui. Le haut était moulant, mettant ses courbes parfaitement en valeur. Il distinguait ses tétons qui se pressaient contre le tissu et ses petites poignées d'amour. C'était sexy en diable sur elle. Il n'avait qu'une seule envie : lui arracher ce tee-shirt pour pouvoir admirer et toucher ce corps si beau.

Elle croisa les jambes, et Blake faillit en avaler sa langue. Elle était couverte... à peine. Le short remonta sur ses cuisses dans la manœuvre, donnant un accès plus facile à sa zone intime – du moins, s'il avait été ce genre d'hommes. Il lui suffirait de décaler la bande de tissu d'un côté pour avoir une vue dégagée. Il saliva en imaginant sa chatte rosée. Il savait que Lex n'avait aucune idée comme elle était sexy ni de la volonté qu'il lui fallait rassembler pour ne pas la toucher.

Il posa le verre d'eau, les médicaments qu'il avait trouvés dans la salle de bains et deux morceaux de pain sur la table de chevet.

— Comment tu te sens ? lui demanda-t-il d'une voix douce.

Incapable de s'en empêcher, il caressa du pouce la peau soyeuse de son genou. De l'autre main, il écarta une de ses mèches de cheveux.

— J'ai la tête qui tourne, répondit-elle, les yeux fermés, et la joue posée contre sa paume. Mais ça va.

— Bien. Tiens, bois autant que tu peux et prends aussi ces comprimés.

Il se pencha, récupéra l'eau et lui tendit le tout.

Ouvrant les yeux, elle lui adressa un regard confiant, puis accepta ce qu'il lui donnait. Sentir ses doigts chauds contre les siens fit se dresser son membre. Elle but la moitié du verre avant de reprendre son souffle. Elle lança les cachets dans sa bouche sans demander ce que c'était, ayant une telle foi en lui qu'elle faisait ce qu'il lui suggérait, et les avala avec une nouvelle longue gorgée.

Blake lui tendit un morceau de pain, qu'elle grignota sans un mot ; son regard avait quitté le sien pour se poser sur son avant-bras. Une fois qu'elle eut fini le premier toast, il essaya de la convaincre de manger le deuxième, mais elle secoua la tête et vida la fin de son verre d'eau.

Elle se rallongea alors, se roula en boule et leva les yeux vers lui.

— Tu es fatiguée ? lui demanda-t-il.

— Un peu, avoua-t-elle tout bas. Tu veux bien rester ici avec moi ?

Elle semblait aller légèrement mieux, toutefois, il savait qu'elle était encore très ivre.

— Jusqu'à ce que tu t'endormes.

— Tu seras encore là quand je me réveillerai ?

— Oui. Nous devons parler de ce qui s'est passé.

Elle fronça le nez, et eut la même expression qu'un enfant auquel on venait d'annoncer que le père Noël n'existait pas.

— J'ai trop bu. Voilà ce qui s'est passé.

— Non, Lex. Ce sont eux qui t'ont forcée à boire trop. C'est différent.

— J'avais pas de pistolet sur la tempe, Blake. Ils m'ont obligée à rien. J'aurais pu refuser.

— Aurais-tu été bourrée à 11 heures du matin si tu n'avais pas été sous couverture à essayer de soutirer des informations sur le gang ? lui demanda-t-il de but en blanc.

Elle plissa le front et secoua la tête.

— Non, mais...

— D'après toi, se seraient-ils confiés à toi si tu n'avais pas descendu tous ces verres avec eux ?

— Sans doute pas, mais j'aurais pu...

— Ils t'ont forcée à trop boire, Lex. Point barre.

— Peu importe, répliqua-t-elle en soufflant, l'air énervée.

Elle ressemblait tellement à la Lex sobre et agacée contre lui qu'il ne put s'empêcher de rire.

Le visage de la jeune femme s'adoucit ; elle caressa son bras, sur lequel il s'appuyait près d'elle.

— J'aime quand tu me souris. Tu le fais pas assez.

Elle avait raison. Il le faisait rarement. Depuis l'adolescence, il refusait d'afficher ses émotions ou de relâcher le contrôle qu'il avait sur ses sentiments. Cependant, il lui était de plus en plus difficile de se maîtriser encore en présence d'Alexis, surtout depuis qu'ils s'étaient embrassés.

— Je vais essayer de m'améliorer.

Elle se lécha les lèvres et le regarda, les yeux écarquillés.

— Bien. Est-ce que tu vas me faire l'amour ?

— Quoi ? s'écria Blake en se redressant, sous le choc.

— Tu as dit que je serais gênée plus tard. Tu as dit que tu me désirais, et je pense que tu as compris que je l'avais jamais fait avant, alors oui, je serai embarrassée de me retrouver nue avec toi. Personne m'a jamais vue nue, donc...

Sa voix mourut sur ses lèvres.

— Oh putain, souffla-t-il.

Comment était-il possible que la jeune femme magnifique allongée sous ses yeux n'ait jamais fait l'amour ? Il s'était douté qu'elle n'avait pas d'expérience – ce n'était pas difficile à deviner –, cependant jamais il n'aurait pu imaginer qu'elle n'avait jamais couché avec personne.

— Tu es vierge ?

Elle leva les yeux au ciel. C'était agréable de voir son toupet habituel ressortir, même bourrée comme un coing. Il ignorait comment elle avait réussi à cacher cette facette de sa personnalité à Kelly, Damian et à ce connard de Chuck.

— Je déteste ce mot. C'est idiot. *Vierge.* Ça me donne l'impression d'être de retour à l'âge de pierre. J'ai jamais eu de vrai pénis en moi, non, mais j'ai vu des vidéos. Je sais comment ça marche.

Plus elle parlait, plus il était tenté de dire « rien à foutre ! » et de la prendre comme il le désirait ardemment.

— Pas de *vrai* pénis ?

Ce n'était pas cette question qu'il avait voulu poser, mais elle était sortie toute seule.

— Oui. J'ai des vibromasseurs... des godes...

Elle indiqua la table de nuit du doigt, et Blake se retint de toutes ses forces d'ouvrir le meuble pour voir exactement quels objets Alexis Grant utilisait quand elle était seule et en manque.

— Je crois pas avoir de... Comment ça s'appelle ? Ce truc dans les romans à l'eau de rose contre lequel les hommes doivent pousser et qui fait saigner la fille ?

— Euh... un hymen ? demanda-t-il, totalement sidéré par cette conversation.

— Oui ! s'écria-t-elle joyeusement en se redressant sur un coude, ce qui fit bouger ses seins sous son débardeur. C'est ça ! Je crois pas l'avoir encore, parce que ça me fait pas mal quand je me pénètre en entier avec mon gode... Mais j'espère que c'est pas pareil qu'un vrai pénis, parce que mon sex toy est dur et me fait un peu mal. La première fois que je l'ai enfoncé, ça a vraiment été douloureux. J'ai mis un an avant de m'en resservir... alors je l'utilise pas trop. Je préfère mon vibromasseur sur mon clitoris. *Ça*, c'est agréable. Ça craint pour vous, les mecs, de ne pas avoir de clitoris. Vous savez pas ce que vous manquez.

— D'accord, je pense qu'il est temps de mettre un terme à cette conversation, répliqua Blake d'une voix étranglée en tournant le bassin afin qu'Alexis ne puisse pas remarquer l'effet que ses paroles pas si innocentes avaient eu sur lui.

— Bien.

Sur ce, elle se redressa et se saisit de son débardeur, prête à le retirer.

— Te moque pas, d'accord ? Je suis un peu grosse, alors si tu ris, ce sera nul.

Blake lui attrapa rapidement les mains, mais pas assez vite pour ne pas voir son joli petit ventre et le côté de ses seins. Bon Dieu, il avait tellement envie de la toucher. Plus que tout.

— Tu n'es très certainement pas grosse, non. Ça te dirait qu'on reste simplement allongés côte à côte d'abord ? suggéra-t-il.

— Oh. Tu as besoin de plus de préliminaires. D'accord. Tu veux bien te placer derrière moi et passer ton bras entre mes seins ? J'ai rêvé de ça aussi.

Blake inspira profondément pour se contrôler. Elle ignorait la force dont il devait faire preuve pour ne pas jouir dans son pantalon. Chaque parole qu'elle prononçait fusait vers son membre. Le sang se ruait à un tel rythme en bas au détriment de son cerveau qu'il en avait presque le tournis.

— Pas de problème. Tourne-toi.

Elle s'allongea immédiatement sur le dos, puis sur le côté. Blake observa ses longues jambes et remarqua un bleu qui se formait sur le haut de sa cuisse. Il s'était tellement laissé distraire par le short jusqu'à présent qu'il l'avait manqué. Il l'empêcha de pivoter davantage en lui posant une main sur la taille. Il effleura les marques.

— D'où ça vient, ça ?

Alexis se redressa sur les coudes pour voir de quoi il parlait. Elle fronça le nez, concentrée.

— Je sais… oh, attends. De Chuck, peut-être ?

— Chuck ? répéta-t-il, les mâchoires contractées.

— Oui. Il arrêtait pas de me toucher. Ça a dû arriver quand j'ai voulu partir. Je t'ai dit qu'il m'avait touchée. Il m'a serré la jambe et m'a fait mal.

— Putain de merde, jura Blake, qui s'empressa de rassurer Alexis, qui avait tressailli. Je ne suis pas en colère contre toi, ma puce. Mais contre lui.

— Oh, d'accord.

Elle n'avait pas l'air très convaincue.

— Tourne-toi, lui ordonna-t-il.

Il s'obligea à s'exprimer d'une voix normale et à repousser de son esprit l'image de sa chair meurtrie.

Elle s'exécuta, et il s'allongea derrière elle. Il essaya bien de maintenir le plus de distance possible entre eux, mais elle ne comptait pas le laisser faire. Elle se trémoussa contre lui, se tortillant jusqu'à ce que ses fesses se retrouvent blotties contre son entrejambe. Puis elle soupira et lui prit le bras pour le placer autour d'elle.

— Mets-le entre mes seins, exigea-t-elle en les remuant jusqu'à ce que le bras soit positionné là où elle le voulait. Voilà, comme ça.

Sa poitrine était pressée contre son bras, lui procurant des sensations si délicieuses qu'il ferma les yeux. Dans cette position, sa main se retrouva contre le cou d'Alexis, qui soupira de contentement.

Elle s'accrocha à deux mains et posa le menton sur son poignet.

— Là, murmura-t-elle. Voilà de quoi j'ai rêvé.

Blake devait bien avouer que c'était fantastique. Il ne s'était pas senti aussi proche d'une femme depuis... jamais, en fait. Aucune ne s'était agrippée à lui comme s'il était la seule chose l'empêchant d'éclater en mille morceaux. Elle était si petite qu'il pouvait la recouvrir complètement de son corps, l'engloutir dans son étreinte. Sa façon de câliner son bras et sa main était à la fois érotique et mignonne. On aurait dit qu'elle s'en servait comme d'un doudou.

— On se mettra nus plus tard, dit-elle tout bas.

— Oui, Lex. Aucun doute, confirma-t-il, bien que leurs définitions des mots « plus tard » diffèrent sans doute.

Il savait qu'elle ne serait pas en état d'envisager de faire l'amour avant plusieurs heures.

Il maintint son étreinte jusqu'à ce qu'elle sombre dans le sommeil – ou l'inconscience, difficile à dire. Il compta sa respiration, et fut rassuré en l'entendant souffler normalement. Il sentait son cœur battre contre son bras. Il réalisa que, pour la première fois de sa vie, il avait envie de simplement rester allongé dans un lit au beau milieu de la journée à câliner une femme, comme il le faisait à l'instant même. Mais pas n'importe quelle femme. *Alexis.*

Tandis qu'elle ronflait doucement, il se fit la promesse qu'elle serait sienne. Qu'il serait le seul homme à la voir nue de toute sa vie. Le seul à s'enfoncer en elle. Le seul dont elle rêverait. Elle était à lui.

<h1 style="text-align:center">CHAPITRE 8</h1>

Alexis se réveilla avec l'envie pressante de gerber. Elle essaya de repousser ses draps pour se précipiter à la salle de bains, mais elle en fut incapable. Paniquée, elle se débattit contre ce qui l'empêchait de bouger, et fut libre quelques secondes plus tard. Elle se rendit rapidement jusqu'aux toilettes, dont elle eut à peine le temps de relever le couvercle avant de vomir.

Et vomir.

Et vomir.

Et vomir.

Son estomac se soulevait dans sa tentative de se débarrasser du poison qu'elle avait avalé quelques heures plus tôt.

Elle gémit, accrochée au siège des toilettes tandis que la bile remontait à nouveau dans sa gorge. Elle se sentait si mal qu'elle aurait aimé mourir. Tout plutôt que l'enfer qu'elle traversait actuellement. Lorsqu'elle n'eut plus rien à recracher, son corps continua à lutter, et elle resta à souffrir de haut-le-cœur un long moment.

Alors qu'elle pensait que les choses ne pouvaient pas empirer, deux mains écartèrent gentiment les mèches qui lui retombèrent sur le visage quand elle se pencha une nouvelle fois sur les toilettes. Incapable de parler, elle essaya de repousser la personne présente. Ce fut comme tenter de faire bouger un mur en briques.

— Chhhh, Lex. Je suis là.

Oh Seigneur. Elle devait être morte et avoir atterri en enfer.

Si elle ne se trompait pas, Blake Anderson était accroupi derrière elle, à maintenir ses cheveux tandis qu'elle vomissait tripes et boyaux.

Refermant les yeux, Alexis essaya de contrôler ce besoin irrépressible de vider de son estomac la moindre molécule présente. Elle se fit le serment de ne plus jamais boire. *Jamais.* Pas même pour trouver d'autres informations sur les Inca Boyz. Pas même si Blake la suppliait de le faire. Bien qu'elle sache, sans l'ombre d'un doute, que jamais il ne le lui demanderait.

— Tiens, ma puce. Prends ça. C'est une serviette.

Les yeux toujours fermés, elle sentit le doux coton dans sa main. Elle s'y accrocha comme à une bouée de sauvetage et le porta à son visage. Elle essuya de son mieux le vomi de son nez, puis autour de sa bouche. Enfin, elle s'assit sur les talons, et Blake s'écarta pour lui donner un peu d'espace.

— Ça va ?

— Pas sûre, marmonna-t-elle dans la serviette.

Elle n'était pas prête à faire face à cet homme qui ignorait combien elle l'aimait. Elle ne voulait pas de lui ici. Ne souhaitait pas qu'il la voie comme ça. Elle était mortifiée.

— N'essaie pas de bouger pour l'instant. Reste là. Je reviens tout de suite.

Elle hocha la tête, se moquant de savoir où il se rendait, pourvu qu'il s'en aille. *Elle*, par contre, comptait bien ne pas faire un geste.

Elle voulut prendre une grande inspiration, mais cela ne fit que lui retourner l'estomac à nouveau. Après une minute ou deux à se calmer, elle se tourna, étira les jambes et posa la joue sur le carrelage froid de la salle de bains. Elle devrait peut-être se sentir dégoûtée de se trouver allongée là, mais elle s'en fichait pour l'instant.

Elle ne saurait dire combien de temps elle resta dans cette position, mais elle espérait que ce serait suffisant pour que Blake décide de partir. Elle n'eut pas cette chance. Elle l'entendit revenir dans la pièce et s'asseoir à son tour par terre, dos à la baignoire.

— Tu n'es pas obligé de rester, se sentit-elle contrainte de dire.

— Je sais, répliqua-t-il calmement.

Merde.

— Je ne veux pas de toi ici.

— Je le sais aussi.

— Alors, pourquoi es-tu encore là ? gémit-elle, les yeux toujours fermés.

— Parce que tu as besoin de moi.

Soupirant, Alexis se redressa. La tête lui tourna, et elle s'accorda un moment pour respirer profondément par la bouche jusqu'à avoir repoussé sa nausée. Lorsqu'elle eut le sentiment de pouvoir enfin parler sans recracher le contenu de son estomac, elle déclara :

— Je n'ai pas besoin de toi. Tous les jours, des gens se lèvent avec la gueule de bois. Ça va aller... dans un moment.

Elle l'observa. Il était adossé à la baignoire, une jambe étendue et l'autre pliée, sur laquelle il avait posé son bras. Il la fixait d'un regard intense, qu'elle lui avait souvent vu sans avoir encore déterminé ce qu'il signifiait.

— Je ne partirai pas, Lex.

— Alors, peux-tu au moins sortir de la salle de bains ? le supplia-t-elle.

— Non.

— Bon sang, Blake. Je n'ai pas besoin...

Elle déglutit avec peine et ferma les yeux pour repousser la vague nauséeuse qui lui remonta dans la gorge.

— Putain, marmonna-t-elle en se redressant à genoux pour pouvoir se pencher sur les toilettes.

Son estomac se tordit, et les haut-le-cœur reprirent.

Ce coup-ci, elle perçut tout de suite sa présence derrière elle. Il écarta une nouvelle fois ses cheveux et les retint d'une main au niveau de sa nuque, tandis qu'il avait posé l'autre sur son ventre pour la soutenir alors qu'elle essayait de vomir.

Alexis ne s'était jamais sentie aussi embarrassée qu'en cet instant. Pas même le jour où, en seconde, elle avait lâché son plateau en plein milieu du réfectoire et que tout le monde s'était tourné vers elle. Pas même le jour où elle avait compris que si le type dont elle s'était entichée ne l'avait invitée au bal de promo, c'était seulement pour qu'elle paie la limousine et le dîner de trois autres couples. Pas même le jour où, pensant qu'un garçon à l'université était attiré par elle, elle s'était penchée vers lui et où il s'était écarté vive-ment, horrifié.

Non. C'était l'instant présent le plus embarrassant de sa vie. Elle aimerait bien qu'un trou se creuse dans le sol et l'engloutisse.

— Je suis là, Lex, lui murmura-t-il à l'oreille, alors qu'elle haletait, épuisée. Ça va se calmer dans un instant.

Une heure plus tard, Alexis était allongée sur son lit sur le flanc, avec enfin le sentiment qu'elle allait survivre. Après trois nouvelles sessions de nausées, elle était parvenue à retourner dans sa chambre, et n'avait eu besoin de repartir en courant dans la salle de bains qu'une seule fois depuis. Sa dernière envie de vomir datant de vingt minutes déjà, Alexis espérait que le pire était passé.

Cependant, maintenant que les haut-le-cœur s'étaient calmés, d'autres inconforts se manifestaient. Sa tête pulsait, ses abdominaux la faisaient souffrir, ce qui n'était pas surprenant, et elle était gelée.

À l'instant où cette pensée lui vint, Blake s'en occupa, remontant sa couverture jusqu'à ce qu'elle se retrouve emmitouflée dans sa chaleur.

— Je sais que tu vas avoir du mal à me croire, mais maintenant que tu as évacué une bonne partie de l'alcool de ton sang, tu vas commencer à te sentir mieux.

— Comment les gens font-ils pour se saouler si souvent ? C'est horrible.

Un sourire étira ses lèvres.

— Je pense que leurs corps s'habituent, si bien qu'ils ne réagissent plus aussi... violemment... que toi.

Elle s'empourpra.

— Hum, quand même. C'est affreux.

— Je suis d'accord. Est-ce que je peux te laisser seule le temps de te préparer quelque chose ?

— Je suis incapable d'avaler quoi que ce soit, Blake. Hors de question, gémit-elle.

— Rien de compliqué. Juste du pain. Et un verre d'eau, peut-être, la rassura-t-il. Ça t'aidera.

— Et ça me donnera quelque chose à vomir plus tard, rétorqua-t-elle.

— C'est possible. Mais je ne crois pas.

Elle le dévisagea un long moment. Il portait les mêmes vêtements que ce matin-là – son jean et son tee-shirt noir –, mais il n'était plus qu'en chaussettes ; il s'était débarrassé de ses bottes de style militaire.

— Quelle heure est-il ? lui demanda-t-elle, sans le quitter des yeux.

Il regarda sa montre, puis elle.

— Six heures.

— Du soir ?

— Oui.

— Tu n'es attendu nulle part ?

Blake se pencha vers elle, appuyé d'une main sur la table de nuit et de l'autre sur le matelas, à côté d'elle. Elle ne pouvait distinguer que son visage, et lorsqu'elle inhala, elle ne put que humer son odeur. Elle ignorait quel savon il utilisait, cependant, elle ne serait plus jamais capable de le sentir à nouveau sans penser à cet instant.

— Je suis très exactement là où je suis censé être, Lex. Ferme les yeux, détends-toi. Je reviens dans quelques minutes, et tu essaieras de manger.

Puis il s'approcha – Alexis ne put s'empêcher d'observer les muscles de ses bras dans la manœuvre – et l'embrassa sur le front. C'était si adorable qu'elle ravala quelques larmes.

Enfin, il se leva, cala une de ses mèches de cheveux derrière son oreille et quitta la pièce à grandes enjambées.

Dès la seconde où il fut sorti, elle se rua à la salle de bains pour se brosser les dents. Elle ne se souvenait pas l'avoir fait après avoir gerbé et n'avait qu'une seule envie en cet instant : se débarrasser de ce goût persistant de vomi.

Par chance, le dentifrice ne lui donna pas de nouveaux haut-le-cœur. Elle put retourner dans son lit s'installer sous les couvertures. Elle perçut tout à coup l'odeur de Blake, qui se dégageait de l'oreiller. Alexis souleva la tête pour le fixer. Blake était-il resté allongé à ses côtés pendant qu'elle dormait ? Elle se creusa la cervelle pour essayer de se remémorer ce qui s'était passé après qu'elle avait quitté le bar, mais c'était le trou noir. Elle se souvenait vaguement d'une sensation de sécurité, mais c'était tout. *Merde*. Que s'était-il passé ? Avait-elle dit quelque chose à Kelly et aux autres qui avait ruiné toute l'opération sous couverture ? Blake serait-il encore là si tel avait été le cas ?

Elle avait tant de questions à poser. Maintenant que la rébellion se calmait dans son corps, elle pouvait réfléchir plus posément. Elle s'assit prudemment, cala les oreillers dans son dos et regarda autour d'elle.

Elle n'aperçut nulle part les habits qu'elle avait portés pour se rendre au bar, mais repéra le micro et le pendentif muni de la caméra sur la commode, en face. Se touchant les oreilles, elle constata qu'elle n'avait plus ses boucles non plus.

Elle était vêtue d'un débardeur et d'un short de pyjama, et rougit d'embarras. Bon sang, elle s'était retrouvée penchée au-dessus de ces toilettes pratiquement nue, avec Blake Anderson plaqué contre elle. Il avait dû tout voir et sentir de son corps. D'accord, elle en dévoilait bien plus dans un maillot de bain, cependant, *lui*, ne l'avait jamais vue dans cette tenue.

Elle n'était pas vraiment Kate Moss... plus un genre de Marilyn Monroe de petite taille. Elle avait beau savoir que certains hommes préféraient l'actrice pulpeuse, elle était convaincue que, si on leur posait la question, ils répondraient à dix contre un qu'ils choisiraient plutôt la svelte Kate.

Désireuse de se couvrir un peu plus, Alexis tourna les jambes... puis les rallongea en vitesse sous les draps dès que Blake apparut dans l'embrasure.

— Tu dois retourner à la salle de bains ? demanda-t-il, une expression inquiète sur le visage, tandis qu'il se précipitait à ses côtés.

— Non, c'est bon. Je voulais juste enfiler autre chose, avoua-t-elle en remontant la couverture sur sa poitrine.

— Oh, tant mieux. J'ai eu peur que tu recommences à avoir des nausées, lui dit-il, visiblement soulagé.

Honteuse, elle referma les yeux. Rien que le mot « nausées » était mortifiant sur ses lèvres. Elle ne pourrait jamais oublier ce moment.

— Comme je te l'ai dit tout à l'heure, Lex, lança Blake, qui semblait avoir avait lu dans ses pensées, ne sois pas gênée. Rien de ce qui se passe entre nous ne doit t'embarrasser.

Sa voix était douce et tendre, sans la moindre once d'hilarité ou de taquinerie. Elle en fut surprise. Lui qui aimait se moquer gentiment d'elle et lui rappeler ses erreurs... de manière amicale, mais quand même, il les relevait sans cesse.

Elle ouvrit les yeux et l'observa. Il s'était assis sur le matelas, près de son bassin, et lui décocha un regard très différent de tous ceux qu'il lui avait lancés par le passé. Elle n'aurait su dire en quoi, cependant, elle était persuadée que jamais il ne l'avait dévisagée comme en cet instant. Cela ressemblait à... de l'affection.

— Je ne me souviens pas que tu m'aies dit de ne pas être gênée, et tu ne peux pas vraiment m'ordonner de ne pas l'être, pour que *pouf* je ne le sois plus. Blake, tu m'as vue vomir. Ce n'est pas franchement le meilleur moyen pour impressionner quelqu'un.

— Tu n'as pas besoin de m'impressionner, Lex. Tu t'en es déjà chargée pendant le déjeuner.

Elle se mordit la lèvre et détourna les yeux, les rivant à ses mains.

— Tu te souviens de quelque chose ? lui demanda tendrement Blake.

Elle secoua la tête.

— Pas vraiment, non. Est-ce que... ont-ils dit quelque chose d'exploitable ?

— Oui, ma puce. Tu as été fantastique. Nous avons appris beaucoup de choses aujourd'hui.

Elle resta un instant sidérée par ce surnom affectueux. Il se comportait d'une façon bizarre, et elle ignorait totalement pourquoi. Qu'avait-elle dit ou fait le poussant à agir de manière aussi... gentille à son égard ?

— Bien. Je suis contente. Euh... qu'est-ce qu'on a découvert, par exemple ?

Au lieu de répondre, Blake lui tendit les deux comprimés et le verre qu'il était allé chercher.

— D'abord, bois une gorgée, laisse-lui le temps de se poser dans ton estomac, puis essaies-en une autre. Si tu as le sentiment que tu ne la recracheras pas, alors prends les médicaments. Ça t'aidera pour ton mal de tête.

— Merci.

Elle fit comme il l'avait suggéré, soulagée de constater que son corps semblait tolérer l'eau. Elle aurait aimé pouvoir tout enfiler d'une traite, mais elle savait que ce serait stupide. Lorsqu'elle parvint à avaler les deux comprimés, elle se rallongea contre les oreillers, contente.

— Je vais te dire ce que nous avons appris, et tu pourras sans doute regarder et écouter les enregistrements, mais ça peut attendre. L'image bouge beaucoup sur la vidéo, alors ça te rendrait à nouveau nauséeuse, pour l'instant. Je vais te raconter tout ce qui s'est passé. Me fais-tu confiance ?

— Bien sûr que oui, confirma-t-elle immédiatement. Pourquoi est-ce que ce ne serait pas le cas ?

Il lui décocha un tel sourire que ses orteils se rétractèrent. Visiblement, il était content de sa réponse et ne cherchait pas à cacher sa réaction. Son regard était tendre et rempli de ce sentiment qu'elle n'arrivait pas à déterminer.

— Je vais vraiment essayer de tout faire pour que tu ne perdes jamais cette foi que tu as en moi, Lex.

— D'accord, souffla-t-elle.

Elle avait l'impression de ne pas comprendre tout à fait le sens profond de ses paroles pour l'instant.

— Tiens, lui dit-il en lui tendant un morceau de pain blanc. Grignote ça pendant que je te raconte ce qui s'est passé.

Pendant les vingt minutes suivantes, il lui narra le déjeuner. Kelly, qui paraissait réservée au début, puis qui était devenue plus chaleureuse à mesure qu'elle buvait. Damian, qui avait avoué que son frère était toujours à la tête du gang même derrière les barreaux. Chuck, incroyablement tactile.

— Il t'a fait mal, d'ailleurs, déclara Blake, les mâchoires crispées et la voix dure, visiblement énervé pour elle.

— Ah bon ? Où ça ?

— Sur la cuisse. Tu m'as raconté qu'il avait laissé sa main dessus pendant tout le repas pratiquement. Je ne l'avais pas vu sur la caméra. Quand tu t'es levée pour partir, tu m'as dit qu'il t'avait serré la jambe très fort et que ça t'avait fait mal.

Alexis descendit la couverture pour pouvoir regarder la zone en question. En effet, au-dessus du genou, se trouvait un hématome légèrement pourpre, qui foncerait avec le temps, elle le savait. C'était étrange de contempler sa jambe et d'y voir la preuve que ce que lui racontait Blake lui était vraiment arrivé, alors qu'elle n'en avait aucun souvenir.

Avant qu'elle ne puisse rabattre à nouveau les couvertures, Blake effleura délicatement ses marques, comme s'il pouvait, d'une simple caresse, effacer la meurtrissure et enlever la douleur. Alexis retint son souffle et sentit la chair de poule sur ses bras.

— Est-ce qu'il s'est passé quelque chose entre nous ? demanda-t-elle sans réfléchir.

— Oui, Lex. Il s'est passé quelque chose, répliqua-t-il en posant sa paume sur le bleu, comme s'il pouvait nier son existence en le cachant.

La respiration d'Alexis s'accéléra.

— Est-ce qu'on a...

Sa voix mourut sur ses lèvres ; elle n'était pas certaine de vouloir le savoir. Imaginer que Blake ait pu lui faire l'amour était à la fois une bénédiction et une malédiction. Une bénédiction, parce qu'elle rêvait de lui et ses bras dans son lit depuis leur rencontre, et une malédiction, parce qu'elle ne se souvenait absolument de rien.

Blake bougea. Il se plaça au-dessus d'elle, s'appuyant d'une main de chaque côté de sa taille. Elle se rallongea pour lui laisser plus d'espace, mais il se pencha pour effacer cette distance.

— Nous n'avons pas fait l'amour, si c'est ce que tu voulais demander. Nous ne nous sommes même pas embrassés. Il était hors de question que je profite de toi dans cet état. Je savais que tu avais beaucoup bu et que tu ne te souviendrais sans doute de rien.

— Alors, que s'est-il passé ?

Elle était contente de découvrir qu'il était assez galant pour ne pas avoir essayé de lui faire quoi que ce soit alors qu'elle n'était pas sobre ni consentante. Cependant, elle ignorait de quoi il pouvait parler, s'ils n'avaient pas fait l'amour ni ne s'étaient embrassés.

— Tu m'as dit que tu me désirais. Qu'aucun homme ne t'avait jamais touchée ni vue nue. Nous avons dormi ensemble, et tu t'es accrochée à moi comme tu en avais rêvé.

Alors, ce qui s'est passé, c'est que j'ai décidé d'arrêter de tourner autour du pot. Quand tu te sentiras en pleine forme, je vais te faire des avances. Nous allons aller faire ce rencard que je t'ai proposé la semaine dernière, et je vais te prouver combien un vrai pénis est bien plus agréable à avoir en toi que ces jouets que tu utilises. Tu es à moi, Lex. Voilà ce qui s'est passé.

Elle ne put que le fixer, horrifiée. Bon sang, lui avait-elle avoué tout ça ? Elle ignorait quoi répondre. Lui avait-elle raconté qu'elle était vierge ? Et qu'elle voulait coucher avec lui ? Et c'était quoi cette partie concernant ses vibromasseurs et ce vrai pénis ? Mortifiée, elle ferma les paupières. Elle qui croyait que le fait qu'il retienne ses cheveux alors qu'elle vomissait était pire que tout, mais ce n'était rien comparé à cela. Elle devrait sans doute déménager. À Tahiti. Tout de suite. Jamais plus elle ne pourrait le regarder à nouveau dans les yeux.

La chaude paume de Blake se posa sur sa nuque, et il lui caressa la peau. Elle se souvint vaguement d'un geste similaire en voiture, mais pas du tout *quand* il avait eu lieu précisément.

— Est-ce que tu sais que, quand tu es gênée, tu rougis de la pointe des oreilles jusqu'à ta poitrine ? lui demanda-t-il sur le ton de la conversation.

Il poursuivit sans lui laisser l'occasion de répondre.

— As-tu la chair de poule chaque fois que je te touche ? Je trouve ça vraiment fantastique, Lex, qu'un simple effleurement te fasse un tel effet.

— Tu ne veux être avec moi que parce que je suis vierge ? murmura-t-elle, essayant de comprendre.

— Regarde-moi, lui ordonna-t-il d'une voix ferme.

Elle secoua la tête, regimbant, ne souhaitant pas voir la suffisance de Blake.

— Ouvre les yeux, Lex. Regarde-moi, répéta-t-il dans un souffle.

Elle ne pouvait pas le lui refuser. Soulevant les paupières, elle le fixa. Il était toujours allongé au-dessus d'elle, plus proche à présent. Ses lèvres étaient à quelques centimètres des siennes, et il arborait une expression affectueuse.

— C'est parce que je t'admire que je veux être avec toi, Lex. Tu es forte et coriace, mais tendre et vulnérable au fond de toi. Tu fais toujours ce qui est juste, simplement parce que ça l'est. Tu ne réfléchis jamais aux conséquences que tes actes peuvent avoir sur toi, physiquement ou psychologiquement. Tu le fais, tout bonnement. Je vois bien toute la douleur qu'il y a en toi après la façon dont tu as été traitée au collège et au lycée, pourtant, tu refuses qu'elle soit un frein pour quoi que ce soit. J'aime le fait que tu souhaites contribuer à rendre ce monde meilleur.

» Je veux être le premier homme – et le dernier, je l'espère – à m'enfoncer en toi. Je veux être l'homme qui te donnera ton premier orgasme. Je veux que mon corps soit le premier corps masculin dénudé que tu verras, et je veux être l'homme qui verra ton corps nu pour la première fois. Je veux vénérer tes courbes et te montrer comment nous amuser avec tes sex toys. Je veux que ton sourire soit la dernière chose que je verrai avant de me coucher et la première à mon réveil. Je veux réaliser tous tes fantasmes pornos avec mes bras et être l'homme qui te câline tous les soirs.

Il s'interrompit quelques instants sans jamais détourner le regard.

— Est-ce que cela répond à ta question ?

— Je pense que je parle trop quand je suis bourrée, répliqua-t-elle sans réfléchir.

Il pouffa et frotta son nez contre le sien.

— L'alcool semble te délier la langue, ma puce, mais juste avec moi, manifestement. Avec Kelly et ses connards d'amis, tu as dit tout ce qu'il fallait. Je ne sais pas du tout pourquoi tu es encore vierge, mais je remercie ma bonne étoile que ce soit le cas. Ça me rend nerveux, aussi. Parce que je veux que ta première fois soit un souvenir mémorable. Cela dit, je mentirais si j'affirmais que ça ne m'excite pas également comme jamais de savoir que je serai le premier homme en toi. Je ferai tout ce qui est en mon pouvoir pour que ce soit agréable pour toi. Je te le promets.

— Je te crois, lui dit-elle.

Enfin, elle bougea ses mains et les posa sur ses biceps pour s'y agripper. Elle se lécha les lèvres.

— Je t'ai raconté tout ça et tu ne m'as même pas embrassée ?

— Non, ma puce. Même pas un petit bisou. Quitte à te rouler une pelle, autant que tu saches qui le fait.

— J'en suis parfaitement consciente à présent, déclara-t-elle, contente d'être allée se laver les dents un peu plus tôt.

— Veux-tu que je t'embrasse, Lex ? répliqua-t-il, avec une étincelle sournoise dans les yeux.

— Oui, Blake. J'aimerais que tu le fasses.

— Merci, Seigneur, souffla-t-il en comblant les derniers centimètres empêchant leurs bouches de se trouver.

Sans bouger les mains, toujours agrippés fermement l'un à l'autre, ils s'embrassèrent. Alexis gémit en se remémorant tout ce que Blake venait de lui dire. Elle devait forcément rêver ou être encore saoule. Il était impensable que Blake Anderson lui avoue vouloir lui faire l'amour. Qu'il était plus que ravi d'être l'homme lui ôtant sa virginité.

Il se tourna pour fusionner sa bouche avec la sienne sous un meilleur angle, et Alexis sut qu'il n'y aurait jamais rien de plus délicieux que cet homme s'abreuvant de ses lèvres comme s'il ne pourrait jamais se rassasier d'elle.

Leurs langues s'entremêlèrent. Il lui lécha le palais, l'intérieur des lèvres. Puis il fit des va-et-vient entre, comme pour mimer l'acte d'amour. Alexis se trémoussa, mais resta accrochée à ses bras.

Après un dernier coup de langue sur la sienne, Blake recula, déposa trois ou quatre baisers sur ses lèvres puis releva la tête. Comme la fois précédente, il nettoya avec son pouce l'humidité résiduelle. Cette caresse, Alexis en redemandait de plus en plus.

— Dors, Lex. Laisse ton corps se remettre. Nous poursuivrons un autre jour. Je te désire comme jamais, mais je veux que tu sois certaine. Si tu dois te donner à moi, sache que ce ne sera pas qu'une passade. Mon cœur ne le supporterait pas. Je sais que dès que je m'enfoncerai en toi, dès que je sentirai ton corps chaud autour du mien, je serai incapable de te laisser partir. Alors, tu dois être sûre, Lex. Absolument certaine.

— Je suis sûre, répliqua-t-elle immédiatement.

Il sourit.

— Prends quelques jours. Réfléchis-y quand tu ne seras pas épuisée et malade.

Elle acquiesça puis se mordit la lèvre et perçut l'essence unique de Blake qui s'y attardait.

— Tu restes ?

Il l'observa un long moment.

— C'est ce que tu veux ? demanda-t-il enfin.

— Oui. Si tu en as envie.

— Alors, je reste.

— Il me semble que j'ai une brosse à dents d'avance dans ma salle de bains, si besoin. Et sans doute un rasoir, aussi, si ça ne te dérange pas qu'il soit rose. Mais je n'ai aucun vêtement à te prêter. Je...

Il l'embrassa vivement puis recula à nouveau.

— Tout va bien, Lex. Crois-moi, si j'ai pu survivre à l'armée, je peux me remettre d'une nuit ici sans mon confort habituel. Ne t'en fais pas pour moi et dors. Tu te sentiras mieux demain matin.

— D'accord. Tu as besoin que je vienne au bureau pour parler du rendez-vous avec Logan et Nathan ?

Il secoua la tête.

— Non. Tu ne t'en souviens pas, et j'ai les enregistrements. Je peux leur rapporter ce que j'ai entendu. Et nous t'appellerons si nous avons des questions.

Elle détourna les yeux.

— D'accord.

Il posa la main sous son menton pour l'obliger à le regarder.

— Si ça ne tenait qu'à moi, je te garderais collée à moi à jamais. Mais je pense que tu as besoin de temps pour réfléchir à tout ça. Je vais t'en accorder un peu, mais pas trop. J'en suis incapable. D'accord ?

— D'accord.

C'était aussi bien. Elle se sentait submergée, déjà, alors lui laisser un peu d'espace était malin. Elle espérait simplement que cela ne lui donnerait pas la possibilité à *lui* de décider qu'il ne la voulait plus. Elle, en revanche, ne changerait jamais d'avis.

Il l'embrassa une dernière fois sur le front puis se redressa.

— Je vais aller regarder la télévision dans le salon quelques heures. Si tu as besoin de quoi que ce soit, tu sais où me trouver. Je vais te préparer quelques sandwiches et les laisser dans le frigo, si tu as faim.

— Comptes-tu dormir ici ?

— Oui, dit-il simplement, après l'avoir fixée un long moment.

Il ne lui demanda pas si elle était sûre. Il n'affirma pas que ce ne serait pas sage. Il dit oui, tout simplement.

Alexis s'endormit très vite, contente que l'homme qu'elle aimait semble vouloir sortir avec elle. Cela lui suffisait. Pour l'instant.

CHAPITRE 9

Deux jours après le déjeuner, Kelly envoya un texto à Alexis pour lui proposer de se revoir. C'était pour une « petite fête » chez elle, cette fois-ci.

Alexis, qui ignorait totalement quoi répondre, contacta Blake, paniquée.

Son premier réflexe fut de refuser tout net, mais après en avoir discuté avec ses frères, il la rappela.

— Alors, qu'est-ce que je dois faire ?

— La décision t'appartient, Lex. Je te préférerais loin de cette salope et de ses amis. Si ça ne tenait qu'à moi, je dirais hors de question, mais cette décision ne me revient pas. Et je sais combien tu as envie d'aider. La pression que tu t'es mise. Tu n'es plus une victime, contrairement au lycée, et tu as fait un long chemin. Quel que soit ton choix, sache que mes frères et moi te soutiendrons à cent pour cent. Si tu souhaites refuser, personne ne t'en voudra. Si tu comptes accepter, nous ferons tout notre possible pour t'aider, couvrant tes arrières, tes flancs et même tes avants !

Elle inspira profondément à l'autre bout du fil, puis déclara d'une voix sereine :

— Je n'ai pas très envie d'y aller, mais le travail me donne un goût d'inachevé. Si je n'y vais pas, je pense que je me décevrai. Pour avoir fait ce qui était sûr plutôt que ce qui était juste... comme je l'ai fait au lycée. Je sais que la situation est différente, totalement, mais tant que tu es là et prêt à intervenir en cas de besoin, je veux bien le faire.

— Bien sûr que je serai là, ma puce.

— Bien. Est-ce que tu crois que... je serai obligée de boire à nouveau autant ?

L'imaginer vulnérable et ivre dans la maison de Kelly, où n'importe qui pourrait être présent et l'amener dans une chambre, figea le sang dans ses veines. Cependant, il savait également qu'ils étaient à deux doigts de pouvoir faire tomber Donovan et tout son gang.

Ses frères et lui avaient discuté des dangers potentiels pour Lex, surtout dans une fête privée, mais Logan avait aussi souligné l'avantage non négligeable que leur apporteraient les informations qu'elle pourrait récolter. Cela n'avait pas été agréable à entendre, néanmoins il avait compris que son frère jouait les avocats du diable en essayant de leur montrer tous les aspects du problème, bons comme mauvais, avant de prendre une décision.

— Je ne pense pas. Comme tu seras chez elle, tu pourras garder le même verre dans la main. Je suis certain qu'elle souhaite te soutirer de l'argent, mais je ne sais pas du tout quelles ruse ou histoire larmoyante elle va te sortir pour que tu prennes pitié d'elle.

— Je m'y attends aussi, et peu importe ce qu'elle dira. Je ferai en sorte d'avoir beaucoup d'espèces sur moi et je leur donnerai tout ce qu'ils voudront.

— Quoi qu'il arrive, je serai là, Lex. Avec Logan, cette fois-ci. Et nous avons contacté la brigade antigang de Denver, qui sait ce que nous faisons. Ils n'ont pas été ravis, mais grâce à notre expérience en matière de sécurité et à l'armée, ils ont cédé.

— Mais moi, je n'ai pas les mêmes antécédents que vous. Ils y ont pensé ?

— Bien sûr que oui. Tu ne seras pas seule. Nous avons déjà longuement parlé de ce que tu dois et ne dois pas faire, et de ce que tu dois surveiller en leur présence. Tu nous as vraiment tenu tête dans ce cours d'autodéfense l'autre jour. Je crois en toi, Lex. Tu es intelligente. Trop pour faire quelque chose de stupide.

— Merci pour le vote de confiance, répliqua-t-elle sèchement. Je ne peux pas te promettre de me souvenir de tout ce que vous m'avez fourré dans le crâne, mais je peux te certifier de ne rien faire d'idiot et de me barrer de là par tous les moyens si je suis mal à l'aise.

— Bien. Au fait, leur transmettre l'enregistrement n'a pas fait de mal non plus. Si tu acceptes, ils sauront où tu es et à quelle heure tu y seras. Tu seras en sécurité, je te le garantis.

— D'accord, Blake. Je peux le faire. Je vais lui répondre, puis je t'enverrai les détails.

Elle raccrocha sans mentionner quand ils se reverraient. Cela dit, Blake n'avait pas abordé le sujet non plus. Ne pas pouvoir la voir le rendait fou. Il savait qu'elle avait peur, mais fidèle à elle-même, elle se jetait dans la mêlée sans montrer sa nervosité.

La semaine suivante fut atroce pour lui. Même si Alexis lui manquait, il évita volontairement de se retrouver en tête-à-tête avec elle, car il souhaitait qu'elle réfléchisse vraiment à ce qu'il lui avait dit chez elle. Perdre sa virginité était une étape importante, même pour une femme qui avait eu envie de connaître les joies du sexe depuis longtemps. Il voulait qu'elle soit absolument sûre de ce qu'elle désirait.

En plus de cela, ils avaient dû gérer Kelly et les Inca Boyz également.

La « petite fête » chez Kelly était prévue pour ce soir-là. Elle avait envoyé une adresse à Alexis, qui s'avéra être celle de Damian et non la sienne, ce qui ne fit plaisir ni à Blake ni à Logan.

Il était encore tôt ce jour-là, et Blake était déterminé à parler à Lex avant la soirée. Il en avait marre d'attendre qu'elle prenne une décision à leur sujet. Il avait failli se rendre plusieurs fois à Denver, si désireux de la voir que c'en était presque douloureux, cependant, il lui avait donné l'espace dont elle avait besoin, d'après lui. Comme il lui avait dit de ne pas venir au bureau, Nathan et elle avaient communiqué par e-mail et messagerie instantanée tandis qu'ils continuaient à surveiller le gang sur Internet.

Blake avait discuté pratiquement tous les soirs avec la jeune femme, et ils avaient échangé de nombreux textos au cours des sept derniers jours. Mais il ne l'avait pas revue. Ne l'avait pas touchée. Ne l'avait pas embrassée. Il avait prévu de lui donner plus de temps avant de l'emmener en rendez-vous comme promis. Cependant, lorsqu'il lui avait parlé la veille, elle lui avait demandé pourquoi il traînait autant des pieds.

— Si tu as des doutes, Blake, sois un homme et dis-le-moi. Tu m'as dit que tu aimais être le poursuivant, sauf que tu ne me dragues pas, et je ne comprends pas pour toi. Je t'ai déjà dit que je voulais coucher avec toi. Je ne sais pas comment me montrer plus claire. Si tu hésites parce que je suis vierge et que ce n'est pas ton genre, très bien, mais dis-le-moi. Je ne vais pas me briser ni m'entailler les poignets sous prétexte que tu te sentais juste protecteur et que ta déclaration n'était faite que dans le feu de l'action. Mais j'en ai assez d'attendre. Tu m'as affirmé que tu avais envie de m'emmener dîner, eh bien, je veux y aller.

Elle s'était exprimée sur un ton péremptoire, pourtant, il avait perçu la douleur derrière ses paroles. Il refusait qu'elle doute de sa volonté d'être avec elle. En outre, sa dernière phrase le fit rire.

— Je te veux, Lex. J'espère que tu seras chez toi demain matin. Il faut qu'on parle avant que tu n'ailles à la fête.

— Bien, il était temps. À demain, répliqua-t-elle simplement.

Et voilà qu'il se tenait dans le hall de son appartement. Osman appela Alexis pour s'assurer qu'elle était d'accord que Blake monte chez elle. Cela aurait dû l'agacer, mais comme l'agent de sécurité l'avait vu pratiquement porter Alexis enivrée la dernière fois, le caractère protecteur d'Osman ne le dérangeait pas. Au contraire, il était content que cet homme prenne soin d'elle.

Elle répondit après deux coups à sa porte. Blake dut se souvenir qu'il s'était promis de ne pas lui faire l'amour tant que toute cette histoire avec les Inca Boyz n'était pas terminée. Cela dit, c'était plus facile à dire qu'à faire. Surtout lorsqu'elle apparut plus désirable que jamais.

Elle portait un jean skinny qui mettait en valeur ses cuisses pulpeuses. Elle était pieds nus ; il eut très envie de la soulever pour la ramener à l'intérieur afin qu'elle n'attrape pas froid aux orteils. Elle avait enfilé un tee-shirt violet vif à l'encolure dégagée, légèrement à l'avant, largement à l'arrière. On ne voyait même pas le début du décolleté, mais il fut distrait par l'idée que s'il tirait sur le haut, il lui tomberait bien en dessous de ses seins magnifiques.

Ses mains le démangeaient, pourtant il les fourra dans les poches de son jean. Ce qui permit également de rajuster son membre dans son pantalon.

— Salut, Lex.

— Blake. Entre.

Elle lui tint la porte, ce qui fit glisser son tee-shirt et dévoila une épaule. Blake serra les dents en apercevant la bretelle du soutien-gorge de la même teinte que le vêtement. Il l'imagina debout devant lui habillée uniquement d'un ensemble de lingerie violet, et son sexe tressauta.

— Merci.

Il inspira profondément en passant à son côté et faillit manquer un pas. Elle venait de se doucher, et s'était badigeonnée d'un produit à l'odeur enivrante. Un peu fleurie. Pas trop prononcée, mais juste assez subtile pour le rendre fou. Les mots lui échappèrent.

— Tu sens très bon.

Elle referma la porte en souriant.

— Merci. C'est ma lotion au chèvrefeuille. Je ne la porte pas souvent, mais je me suis dit que ça m'aiderait à booster ma confiance en moi et à me sentir mieux, puisque je vais me jeter dans la gueule du loup ce soir.

Ses mots n'eurent pas sur lui l'effet escompté. Sans réfléchir, il alla poser les mains sur ses épaules dénudées, savoura le contact de sa peau douce, et caressa son cou avec ses pouces.

— Quitte à être honnête, je préférerais que tu sentes les chaussettes sales quand tu pénétreras dans cette maison.

Elle croisa son regard, une étincelle d'humour dans les yeux.

— Je ne suis pas sûre que cela serve notre cause ce soir.

— Sans doute pas, convint-il en se penchant pour inhaler son odeur. Mais je ne peux pas m'empêcher d'être énervé, jaloux et anxieux à l'idée que tu dégages cette odeur irrésistible en présence de ces connards. Et pour que ce soit clair, tu peux faire tout ce que tu veux pour te sentir bien, mais tu n'es pas obligée de faire quoi que ce soit pour avoir l'air belle à mes yeux. D'accord ?

Les yeux écarquillés, elle frémit.

— D'accord, Blake.

Il se força à reculer, mais remarqua la chair de poule que ses paroles et ses caresses avaient déclenchée. Bon sang, elle allait le tuer. Il s'était tellement masturbé cette semaine en pensant à elle qu'il croyait que cela suffirait pour qu'il puisse être en sa présence sans peine, mais il s'était trompé. Il semblait la désirer plus que jamais.

— Parlons de ce soir. De ce qui va se passer, déclara-t-il brusquement pour remettre son esprit sur les rails.

Savoir que la chambre de la jeune femme se trouvait au bout du couloir, qu'il avait tout le temps de l'y conduire pour lui enseigner ce qu'il connaissait en matière de sexe était une vraie torture. Cependant, il souhaitait démarrer leur relation dans les règles. Voulait l'emmener en rendez-vous plusieurs fois avant de lui tomber dessus comme un chien en rut.

— Bonne idée. Tu as faim ? Tu aimerais manger quelque chose ?

— Je veux bien. Mais on peut sortir, si tu préfères. Tu n'es pas obligée de me faire quoi que ce soit.

— Je suis trop nerveuse pour aller ailleurs... si ça ne te dérange pas. Je peux nous préparer des sandwiches.

— Parfait pour moi.

Si elle préférait rester chez elle, alors ils resteraient chez elle. Bien qu'il ait très envie de l'emmener dehors, ne serait-ce que pour se tenir à bonne distance du lit au bout du couloir, il ne voulait pas qu'elle se sente mal à l'aise.

Ensemble, ils se préparèrent des sandwiches jambon et fromage. Comme elle avait des chips, il en ajouta dans chacune des assiettes, puis ils apportèrent celles-ci dans l'autre pièce, pour manger sur le canapé. Enfin, ils évoquèrent la soirée à venir.

— Kelly m'a dit que la fête devait commencer vers 22 heures.

— Exact. Je sais que nous avons déjà parlé de sécurité, mais j'ai un mauvais pressentiment concernant cette soirée. Je déteste le fait que tu te mettes en danger... encore... sans moi à tes côtés. Jusqu'à présent, tu as très bien réussi à rester calme et à t'en aller quand la situation allait devenir incontrôlable, mais il y a tellement plus de choses qui peuvent mal se dérouler lors d'une fête privée que lorsque vous étiez au bar, dans un lieu public.

— Je sais, dit Alexis. Je ne vais prendre aucun risque. Dès que quelque chose me paraît bizarre, je me tire.

— Bien. Pour ce qui est des indices à repérer justement... Fais attention aux échanges de regards furtifs entre les hommes, comme s'ils mijotaient quelque chose. Fais gaffe s'ils sortent leurs armes ou insistent pour que tu t'enivres. Et s'ils tentent par n'importe quel moyen de te faire faire quelque chose de force – boire, manger, t'asseoir, les suivre au fond de la maison, t'embrasser, te toucher... *n'importe quoi*, Alexis –, tu te casses d'ici ou tu prononces le code, et Logan et moi créerons une distraction afin que tu puisses t'en aller.

— Promis, approuva-t-elle rapidement, puis elle posa une main sur son bras. Pouvons-nous parler d'autre chose ? Tu me files les jetons.

— Oui, ma puce. Dans un instant. C'était déjà important au bar, mais ça l'est encore plus dans ce genre de fête : tu ne dois accepter de boisson de personne si elle n'est pas fermée ou si tu ne l'as pas vue l'ouvrir et la servir elle-même. Il leur serait très facile, à ces connards, de te droguer et de t'enfermer dans une chambre. Nous pourrions refaire quelques mouvements d'autodéfense que nous t'avons enseignés la semaine dernière. Je veux que tu puisses te sortir de n'importe quelle prise, que ce soit par le cou ou par le bras, rapidement sans déclencher une bagarre de gang.

— Oui. Je n'ai absolument pas envie de me retrouver en plein milieu le cas échéant.

L'image l'effraya, et il ferma les yeux pour se reprendre. Puis il la fixa bien en face.

— Avec Logan, on pense qu'il vaudrait mieux que tu arrives un peu plus tôt… peut-être avant que trop de personnes ne soient présentes. Vers 21 h 30, par exemple. Tu pourras discuter avec Kelly, voir de quoi elle te parlera sans les autres autour. Puis, tu pourras déambuler dans la pièce, écouter autant de conversations que possible, et si l'ambiance te semble bonne, poser quelques questions faciles, et partir vers 23 heures. Avant que ça ne devienne trop n'importe quoi.

— Très bien. Une heure et demie sur place… Je peux le faire, déclara-t-elle, plus pour elle-même que pour lui, les yeux rivés à son sandwich.

Blake posa la main sur son genou.

— Tu peux tout faire, ma puce. Et souviens-toi que Logan et moi serons juste à côté de toi, dehors. S'il se passe quoi que ce soit, nous ferons diversion pour que tu puisses partir en douce.

— Tu as dit la même chose tout à l'heure. Tu fais référence à quoi ?

— À tout ce qui te permettra de te barrer, avoua-t-il honnêtement. Si la situation se gâte, tout ce que tu as à faire, c'est de sortir de cette maison et de filer au point de rendez-vous. Mais sois prudente et veille à ne pas être suivie. N'y va pas directement. Reviens sur tes pas plusieurs fois pour être sûre que personne ne se trouve derrière toi.

Écoute bien les bruits qui trahiraient la présence de quelqu'un – respiration, pas, objets bousculés. Si tu peux, coupe à travers les jardins, mais en restant loin des chiens éventuels.

— C'est vrai, tu ne peux pas venir me récupérer devant la maison, fit-elle remarquer, plus pour elle-même de nouveau. Marcher en silence, regarder derrière moi, écouter. Check.

Blake posa son assiette vide sur la petite table et fit de même avec celle d'Alexis. S'adossant au canapé, il tendit le bras.

— Viens là, Lex. J'ai besoin de te serrer contre moi.

Elle poussa un soupir soulagé et se blottit contre lui comme si elle n'attendait que ça. Elle remonta ses jambes sous elle et s'appuya contre lui en l'enlaçant.

Il l'embrassa sur le dessus de la tête et la tint bien fort. Ils restèrent de longues minutes sans parler, savourant simplement leur proximité.

Ce fut Alexis qui mit fin au silence.

— J'aime bien ça, déclara-t-elle à voix basse. Je n'ai jamais vraiment traîné avec un homme avant. C'est agréable et je me sens en sécurité avec toi. Mais t'avoir là, contre et autour de moi me donne envie de bien plus.

— Quand nous ferons l'amour, Lex, je te voudrai détendue et entièrement concentrée sur moi, et non inquiète de ce qui arrivera avec les Inca Boyz. Je compte bien prendre tout mon temps et te vénérer de ta jolie tête jusqu'à tes adorables orteils, et j'ai bien l'intention que tu fasses la même chose avec moi.

Elle écarquilla les yeux et lui lança un regard intrigué... et si empli de désir que ce fut comme un coup de poing en plein ventre.

— Tu veux que je te touche aussi ?

Seigneur, elle était tellement innocente parfois, et si blasée à d'autres moments.

— Oui, ma puce. Je veux tes mains partout sur moi. Chaque fois que je me suis masturbé cette semaine, je les imaginais sur ma queue à la place des miennes.

— Tu... t'es caressé en pensant à moi ?

— Oh que oui, confirma-t-il sans la quitter du regard pour qu'elle puisse voir combien il la désirait. Dès que je ferme les yeux, je ne pense qu'à ça. Et savoir qu'aucun homme n'a remarqué ta beauté... Je ne le mérite pas, mais je suis plus que reconnaissant d'être le privilégié qui t'initiera à la passion.

— J'ai déjà pris du plaisir, Blake, déclara-t-elle avec dédain. Je sais ce qu'est la passion.

— Tu t'es peut-être déjà fait jouir, Lex, mais il y a une différence entre les orgasmes que tu t'es donnés et ceux que tu auras grâce à moi.

Il ne cherchait pas à se montrer prétentieux, juste honnête.

— De même que je sais sans le moindre doute qu'à l'instant où tu enserreras mon sexe si fort que je ne tiendrai plus, je connaîtrai l'orgasme le plus beau et le plus puissant de toute ma vie.

Alexis se lécha les lèvres en un geste sensuel et se tortilla contre lui.

— Ça t'excite, ma puce ? Tu aimes entendre que je suis impatient de me glisser entre tes jambes ?

— Oh, oui, confirma-t-elle, haletante. Nous avons beaucoup de temps devant nous avant de devoir nous rendre ailleurs. Des heures et des heures.

— Je le sais, mais ce sera ta première fois. Je refuse que tu penses à autre chose que mes mains, ma langue et ce qu'elles te font ressentir. Que tu t'inquiètes de ce qui se passera dans quelques heures et de ce que tu auras à faire. Lorsque je te ferai mienne, tu ne songeras qu'à moi et à ce que tu donnes.

— Est-ce que tu aimerais savoir pourquoi je n'ai encore jamais couché avec personne ?

Il ne s'attendait pas à ce qu'elle dise ça, mais il était content d'être distrait de ses pensées, où il essayait d'imaginer combien elle serait étroite et humide quand il s'enfoncerait en elle pour la première fois.

— Je veux bien écouter tout ce que tu as envie de me raconter, lui dit-il honnêtement.

Plutôt que de rester assis, il s'allongea et entraîna Alexis avec lui. Il avait la tête sur l'accoudoir du canapé, un bras autour de sa taille pour la serrer contre lui, et de l'autre main, il lui caressait doucement les cheveux, le cou, le flanc, les fesses, avant de remonter.

Il percevait le souffle chaud d'Alexis contre la peau de son épaule, ses deux jambes passées par-dessus l'une des siennes, et son corps pressé contre son torse. Jamais il ne s'était senti aussi à sa place de toute sa vie... enfin, à part quand il l'avait tenue quelques heures contre lui dans le lit pendant qu'elle dormait agrippée à son bras.

— Je ne cherchais pas à me « garder » pour quelqu'un en particulier. Je comptais bien coucher avec un garçon au lycée. Découvrir pourquoi on en faisait tout un foin et m'en débarrasser, expliqua-t-elle tout bas, tout en jouant avec les boutons de sa chemise grise et noire. Mais je voulais le faire avec un type qui m'appréciait, au minimum. Je n'ai trouvé personne, cependant. J'ai cru qu'à la fac, une fois loin de ces gamins qui savaient que mes parents étaient riches, je pourrais sortir avec un homme qui m'appréciait pour moi-même. Mais je n'en ai pas rencontré un seul qui m'excitait.

Elle inspira profondément et inclina la tête pour pouvoir l'observer.

— J'ignorais ce que je cherchais à cette époque-là. Je savais juste que m'imaginer nue avec les types que je fréquentais me rendait plus nerveuse qu'émoustillée. Aucun d'eux ne m'a fait mouiller d'un seul regard. Aucun ne m'a fait me demander ce que je ressentirais à avoir ses mains sur ma peau. Je ne m'imaginais pas en prendre un seul dans ma bouche pour découvrir si j'étais capable de lui faire perdre le contrôle rien qu'avec mes doigts et ma langue.

— Lex...

Elle prit sa joue en coupe et caressa ses lèvres.

— La première fois que je t'ai vu, je t'ai désiré. Je voulais savoir ce que je ressentirais avec tes mains sur mes seins, ton corps sous mes cuisses tandis que je le chevaucherais, bref ce que ça ferait d'avoir enfin un homme, toi, à l'intérieur de moi. Je ne pouvais pas m'en empêcher. Quelque chose m'a tout de suite attirée chez toi. Tu savais que j'étais riche, mais tu ne m'as pas fait du plat. Tu ne voulais rien avoir à faire avec moi. Ça m'a fait t'apprécier encore plus, bizarrement.

— Bon sang, Alexis, arrête, la supplia-t-il, se sentant à la fois excité et le cœur brisé pour elle.

— Non, je n'arrêterai pas. Je t'ai désiré à l'instant où je t'ai vu, Blake. Pourquoi est-ce que j'ai proposé de travailler avec vous, d'après toi ? C'était de la torture, mais je ne pouvais pas m'empêcher de m'approcher de toi. J'ai passé le plus de temps possible à tes côtés à me torturer, à me convaincre que tu ne me regarderais jamais différemment. Une vierge, bon sang. Qu'avais-je à t'offrir ? Je pensais découvrir que tu n'étais qu'un connard, et tout serait terminé. Mais tu n'en étais pas un. Tu n'en *es* pas un. Nous sommes devenus amis. Tu sais comment je bois mon café et que je suis grognonne tant que je ne l'ai pas eu. Tu m'as fait confiance pour surveiller tes arrières sur le terrain et m'as traitée comme une personne normale.

— Tu *es* une personne normale, Lex, insista-t-il.

— Tu vois ce que je veux dire. Tu te fichais royalement de l'argent de ma famille. J'ai pensé que je n'aurais droit qu'à ton amitié. C'était douloureux, mais agréable en même temps... Je ne sais pas si c'est très logique. Et maintenant... nous en sommes là. J'ignore totalement comment c'est arrivé. Pourtant, j'ai peur que si nous n'allons pas dans ma chambre tout de suite, avant cette satanée soirée, quelque chose me glisse entre les doigts. Peur qu'il se passe quelque chose ce soir qui fasse que tu ne voudras plus de moi. Peur que tu reprennes tes esprits, comprennes que je ne suis qu'une nana grassouillette pas assez bien pour toi et que tu n'as pas la patience de m'apprendre comment faire l'amour. Peur que, si on attend, tu décides que tu ne veux rien avoir à faire avec moi. Avec ma famille. Avec ma virginité.

Sans répondre tout de suite, Blake se tourna pour s'installer sur elle. Elle écarta naturellement les genoux, et il se plaça entre elles, se frottant contre elle pour bien lui faire sentir comme son sexe était dur.

Elle se trémoussa pour plaquer ses hanches aux siennes, alors il se pressa davantage contre elle afin qu'elle ne puisse plus bouger. S'appuyant sur ses coudes, il prit son visage à deux mains et la fixa.

Elle lui rendit son regard, avec tellement d'inquiétude, de désir et d'anticipation dans le sien que Blake aurait aimé oublier toute volonté d'attendre. Il avait très envie de la débarrasser de ce tee-shirt bien trop sexy et de déguster ses tétons jusqu'à la faire jouir rien qu'avec sa bouche. Il voulait découvrir son goût, son odeur, se perdre entre ses cuisses. Il souhaitait réaliser chacun des fantasmes de la jeune femme. La remercier de s'être gardée pour lui. À cause du fait qu'il restait à l'écart, elle se posait des questions sur ses intentions, blessée, et il détestait ça. Puisqu'elle s'était montrée totalement honnête et ouverte avec lui, il lui rendit la faveur.

— Je te veux, Alexis Grant. Je bande tellement pour toi qu'une seule caresse de ta part sur mon entrejambe me ferait jouir. Il m'a fallu quelque temps pour apercevoir la femme merveilleuse que tu es. Je ne dis pas que je ne crois pas à l'amour au premier regard, car j'adore le fait qu'un seul sur moi t'ait suffi à me vouloir tout pour toi. Mais de mon côté, c'est le fait de travailler avec toi, de te voir chaque semaine, de te voir travailler dur, l'intensité que tu mets en toute chose, qui a attisé mon désir. Je t'ai dans la peau maintenant, et tu y es entrée si sournoisement que le temps que je découvre que tu y étais, j'étais fichu.

» Je te veux, Lex. Je te vois, la vraie toi, sortant la tête de cette coquille dont tu t'es entourée pour protéger ton cœur du monde cruel. Je ne te laisserai jamais partir. N'aie aucun doute là-dessus : je vais prendre ta virginité et en être très fier. *Rien* de ce qui se passera ce soir ne me fera changer d'avis. Nous ne sommes peut-être plus au XIIIe siècle où on accrochait les draps ensanglantés à la fenêtre, mais je suis plus qu'excité de savoir que mon pénis sera le premier à pénétrer ta petite chatte.

— Euh, ça fait très homme des cavernes, répliqua-t-elle en fronçant le nez, mais son sourire lui indiqua qu'elle n'était pas le moins du monde gênée par son discours vulgaire.

Il l'embrassa sur le bout du nez puis recula un peu.

— Oui, c'est vrai, et je ne vais pas m'en excuser. Cela dit, je n'ai jamais connu de vierge. Je suis nerveux. Tu n'as peut-être plus d'hymen, mais...

— Attends, quoi ? Pourquoi dis-tu ça ? demanda-t-elle stupéfaite, les yeux écarquillés et le rouge aux joues.

Blake sourit.

— Oh, c'est quelque chose que tu m'as avoué aussi la semaine dernière quand tu étais complètement ivre. Tu m'as parlé de tes sex toys et as déclaré que tu ne saignerais sans doute pas lorsque nous ferons l'amour, car tu t'en es déjà chargée seule. Tu as dit que tes vibromasseurs te faisaient mal et que tu aurais aimé que les hommes aient un clitoris pour savoir combien c'était agréable de le caresser.

— Oh mon Dieu. J'ai envie de mourir, gémit-elle en fermant les yeux pour ne plus le voir.

Elle posa même la main dessus pour être sûre.

— Je vais rejoindre un couvent et ne plus regarder un seul homme jusqu'à la fin de ma vie.

Ce fut dit sur un ton si mélodramatique qu'il pouffa puis écarta sa main de son visage. Il en embrassa la paume avant de la lâcher. Elle ouvrit alors les yeux et s'agrippa à son biceps tandis qu'il répondait.

— Je suis désolé de briser tes illusions, mais je ne crois pas que tu tiendrais une seule journée en tant que nonne. Pour en revenir à notre sujet, même si tu n'as plus de barrière physique, ça reste une expérience nouvelle pour toi. Je veux être sûr que tu ne ressentiras que du désir pour ta première fois.

— Je prends la pilule, lâcha-t-elle tout de go, puis elle se mordit la lèvre, gênée, avant de poursuivre. Donc si tu es clean, tu n'auras pas à porter de préservatif. J'ai envie que ce soit agréable pour toi.

— Dans un cas comme dans l'autre, ça le sera, ma puce. Ça fait deux semaines que je rêve de te pénétrer. Mais tu devrais *toujours* insister pour qu'un mec enfile un préservatif, surtout lors de votre premier rapport sexuel. Que tu sois ou non sous pilule. Nous n'avons pas parlé de mes relations précédentes.

— Mais j'ai confiance en toi.

— Et ça compte énormément pour moi, lui assura-t-il.

Il n'avait jamais fait l'amour sans protection. Égoïstement, il voulait accepter l'offre d'Alexis, mais il se sentait obligé de protester pour son bien à elle.

— Il n'empêche que tu devrais toujours insister pour qu'il porte un préservatif.

— Blake, si je peux te confier ma vie, pourquoi ne puis-je pas te confier mon corps de la même manière ? Si tu me dis que tu es clean, je te crois. Maintenant, si tu protestes autant parce que tu ne l'es pas, c'est une tout autre histoire.

Il inspira vivement. Il savait qu'elle lui faisait confiance, mais elle ne le lui avait jamais dit. Ses paroles révélaient très clairement son désir pour lui. Son attirance pour lui. Son besoin de lui. Oserait-il dire son *amour* pour lui ?

Son membre était si dur qu'il sentait son pouls battre dedans.

— Je suis clean, ma puce, confirma-t-il d'une voix rauque en la regardant sans faillir. Je n'ai couché avec personne depuis mon retour à Castle Rock, et avant ça, je n'ai eu que peu de relations sexuelles. Et je n'ai jamais fait l'amour à une femme sans préservatif.

— Alors, quel est le problème ? demanda-t-elle avec une expression perplexe.

Au lieu de répondre, il déclara :

— Je vais si bien te faire l'amour, Lex, que tu ne désireras jamais un autre homme. Jamais. Mes mains, mon pénis et ma langue seront les seuls que tu voudras près de ton corps si désirable. Je jure sur la vie de mes frères que ta première expérience sera si mémorable que tu t'en souviendras toute ton existence.

— Bien, répliqua-t-elle avec un sourire satisfait. Il me tarde.

Incapable de garder ses mains ou ses lèvres loin d'elle une seconde de plus, Blake alla prendre un de ses seins en coupe, les touchant pour la première fois. Il les serra doucement à travers le fin tissu, tout en posant la bouche sur son cou. Elle releva immédiatement le menton pour lui laisser de la place.

Il la lécha, lui suça la peau et lui effleura les tétons. Ils durcirent sous ses caresses, et Alexis se trémoussa. Puis elle arqua le dos, dévoilant encore plus sa gorge, en un geste suppliant pour qu'il lui touche la poitrine. Il décala sa bouche jusqu'à son oreille pour prendre le lobe entre ses lèvres. Il le suça fort, puis donna un coup de langue sur la peau charnue. Lex gémit et posa une main sur la sienne, sur son sein.

Après avoir embrassé et taquiné son cou et son oreille quelques minutes, Blake s'écarta enfin. Elle avait le visage rouge, empourpré par le désir et non plus l'embarras. Il tira sur le tee-shirt vers l'avant et sourit quand il obtint l'effet escompté. Il n'interrompit son geste que lorsque ses deux globes moulés dans ce très beau soutien-gorge violet furent visibles.

— Bon sang, Lex, tu es magnifique.

Il ne s'attendait pas à ce qu'elle arque encore plus le dos en réaction pour presser sa poitrine contre lui.

— Touche-moi.

C'était la première fois qu'il entendait ce murmure suppliant franchir ses lèvres.

— Je veux tes mains sur ma peau.

Désireux de faire durer l'attente, et sachant qu'il ne pourrait pas poursuivre trop longtemps sans avoir envie d'aller jusqu'au bout, Blake passa avec révérence ses pouces sur les mamelons dressés. Il savait que son soutien-gorge atténuerait un peu les sensations ; malgré tout, il fut content de l'entendre inspirer brusquement et geindre.

— Blake. C'est si bon, commenta-t-elle d'une voix rauque, tandis qu'il continuait ses attouchements. Plus, exigea-t-elle en haletant.

— Ça va être de mieux en mieux.

— Il me tarde, répliqua-t-elle en ouvrant les yeux pour le regarder droit dans les siens.

Quoiqu'elle y ait vu, cela fit naître sur son visage un sourire si grand et si sincère qu'il aurait voulu qu'elle le garde à vie sur ses lèvres. Ensuite, elle détourna le regard pour fixer ses bras tandis qu'il continuait à jouer avec ses mamelons.

— Qu'est-ce qui t'excite tant avec mes bras, Lex ? Tu m'as dit qu'ils t'attiraient depuis le début, mais ce ne sont que des bras. Je ne comprends pas.

Elle se lécha les lèvres.

— Je ne sais pas, répondit-elle d'une voix rauque. Ils sont juste tellement différents des miens, de ceux de tous les hommes que j'ai croisés. Ils sont musclés, mais je peux y distinguer tes veines. Chaque fois que tu les fléchis, je t'imagine penché au-dessus de moi, un peu comme maintenant, ajouta-t-elle en haussant les épaules, gênée. Je ne peux pas l'expliquer, mais crois-moi, ils sont carrément sexy.

— J'aime le fait que tu aimes me regarder. T'exciter m'excite aussi.

— Bien. Parce que tout ce que tu me fais m'excite. Ces derniers temps, peu importe que je te voie ou que je te parle simplement par téléphone. Je suis obligée de me caresser avant de pouvoir passer à autre chose... Puis je dois changer de culotte, car elle est toute mouillée.

Il poussa un grognement. Il était si émoustillé. Il adorait

le fait qu'elle n'ait pas peur ni ne se sente pas gênée de lui dire l'effet qu'il avait sur elle.

Il se pencha sur elle, car il était incapable de s'en empêcher, même si la pièce avait été en feu, et embrassa délicatement son sein gauche. Puis il fit de même avec l'autre. Il voulait tellement faire plus – les pincer entre ses doigts, les prendre dans sa bouche pour les sucer, découvrir si elle préférait les gentils coups de langue ou les succions plus appuyées –, mais, comme il le lui avait dit, ce n'était ni le lieu ni le moment.

Lorsqu'il recula et lui rajusta son tee-shirt afin qu'il la recouvre à nouveau, elle poussa un petit cri aigu de frustration et de protestation.

— Blake, s'il te plaît, tu ne peux pas t'arrêter maintenant.

— Je crois que nous devrions prendre l'air, ma puce. Ça te dirait d'aller manger une glace ? Puis on pourrait se promener un peu. Tu pourras me poser toutes les questions que tu veux, et moi aussi, afin que nous apprenions à mieux nous connaître. On peut dire qu'il s'agit de notre premier rendez-vous officieux. Je compte toujours t'emmener dîner après que la soirée sera passée, mais on peut quand même commencer par ça. Ensuite, nous retrouverons Logan chez toi et nous parlerons du plan pour ce soir. D'accord ?

Elle souffla de frustration.

— Tu as vraiment l'intention de t'arrêter là ?

— Malheureusement, oui. J'étais sérieux quand je te disais que je voulais attendre.

— Merde. Tu es bien plus fort que moi, c'est certain. J'ai toujours trouvé ton côté entêté sexy. Plus maintenant.

Il pouffa puis embrassa doucement chacun de ses seins recouverts.

— Tu me trouves quand même sexy, répliqua-t-il sérieusement, une étincelle dans les yeux. Alors, une glace, ça te tente ?

Elle secoua malicieusement la tête, puis acquiesça.

— Bonne idée.

Alors qu'il s'apprêtait à se redresser, elle l'interrompit.

— Blake ?

— Oui, ma puce ?

— Merci.

— Pour quoi ?

— D'être toi. De valoir la peine d'attendre.

Ses mots compromirent sérieusement sa volonté de quitter l'appartement, mais il serra les dents et tint bon.

— Je te promets que l'attente vaudra le coup.

— Je sais. Je n'en doute pas un instant. Alors, merci.

— Je t'en prie. Allez, viens. Arrête d'essayer de me séduire.

Elle sourit joyeusement.

— Je pourrais y arriver ?

— Sans l'ombre d'un doute.

Il bougea alors, se levant et lui tendant la main. Une fois qu'elle fut debout, il la serra longuement contre lui, mémorisant la sensation de son corps plus petit contre le sien.

Finalement, il s'écarta.

— Allons-y.

— D'accord. Mais, Blake ?

— Oui ?

— Je vais devoir changer de culotte d'abord.

Elle le dit sur un ton si terre-à-terre qu'il mit quelques instants à comprendre. Quand enfin les mots firent sens, il ferma les yeux et marmonna « Putain de merde. »

Il les rouvrit et remarqua le sourire espiègle de la jeune femme. Il espérait qu'elle pourrait toujours le surprendre lorsqu'ils seraient vieux et grisonnants.

CHAPITRE 10

Alexis prit une profonde inspiration et toqua à la porte de la maison délabrée, tout en se remémorant les consignes et les conseils de Blake pour rester en sécurité. La bicoque était telle qu'elle se l'était représentée : décrépite et effrayante. Pile le genre d'endroit où elle pourrait imaginer vivre Damian et les Inca Boyz. Plus vite elle en aurait terminé avec cette soirée, plus vite elle pourrait mettre Blake Anderson dans son lit. Elle le considérerait comme sa récompense après une nouvelle expérience atroce.

Blake et elle avaient tué le temps cet après-midi, en allant chercher de la glace et en se baladant dans le centre-ville de Denver en se donnant la main, échangeant parfois de petits baisers romantiques. Elle avait appris beaucoup de choses sur lui. Il adorait les livres non romanesques, surtout ceux parlant de bateaux militaires, et détestait les légumes verts. Elle en avait pourtant listé pas mal, lui demandant un par un s'il les aimait. Asperges, haricots verts, petits pois, brocolis, choux de Bruxelles, épinards, gombo, chou kale, haricots de Lima. Il avait ri et dit non chaque fois. C'était si... bizarre... et mignon.

Elle, de son côté, lui avait raconté des choses sur elle que peu de gens connaissaient en dehors de sa famille. Le fait que bien qu'elle adore la couleur rose, elle n'en porte jamais. Qu'elle était fascinée par tout ce qui concernait le *Titanic* et qu'elle rêvait de monter dans un sous-marin un jour pour pouvoir observer sous l'eau le célèbre bateau.

Après leur promenade, ils étaient rentrés chez elle pour y retrouver Logan, qui lui avait répété les mêmes choses que Blake à propos de sa sécurité et les indices à surveiller pour comprendre quand l'ambiance s'apprêtait à devenir dangereuse. Ils avaient aussi discuté du but de la soirée : rassembler autant de renseignements de l'intérieur que possible. Elle devait pour cela surtout écouter, afin de découvrir les boulots effectués par le gang, pour qui, comment ils étaient contactés, et, si l'occasion se présentait – ce dont personne ne doutait –, proposer de payer pour l'histoire, n'importe laquelle, qu'ils inventeraient pour la faire cracher aux bassinets.

Elle avait deux mille dollars en diverses coupures dans son portefeuille, et quatre cents autres dans la poche arrière de son pantalon... juste au cas où. Elle avait gardé le jean skinny qu'elle avait porté toute la journée ; hors de question d'enfiler une jupe, qui donnerait un accès trop facile à des parties intimes de son corps, sachant que Chuck avait été très clair au bar quant à ses intentions. Elle avait changé de haut, en revanche, mettant un top à paillettes et fines bretelles. Le micro était soigneusement fixé entre ses seins, et la caméra autour de son cou.

Bien que Blake et Logan soient près de la maison à assurer ses arrières, elle avait une frousse de tous les diables.

Kelly ouvrit brusquement la porte, la faisant sursauter. Elle ne parut pas ravie de la voir. Elle s'appuya d'une hanche contre le chambranle.

— Tu es en avance, déclara-t-elle avec mépris.

C'était vrai, néanmoins Kelly semblait déjà prête pour la fête. Elle avait revêtu une mini-jupe extrêmement courte et moulante et un petit chemisier noué sur le côté. Même sans y regarder de trop près, il était évident que l'autre femme ne portait pas de soutien-gorge. Ses tétons ressortaient claire-ment sous le fin tissu, volontairement assez moulant pour bien les montrer.

Alexis songea qu'elle méritait une médaille rien que pour le fait de réussir à fixer Kelly dans les yeux alors que ses nibards lui bloquaient presque la vue.

— Je sais ! s'écria-t-elle en gloussant. Je suis désolée ! J'étais tellement excitée à l'idée de te revoir et de passer du temps avec toi. Du coup, je me suis dit que ça nous donne-rait l'occasion de papoter avant que tout le monde arrive.

Elle lui décocha un sourire gigantesque, pencha la tête et ouvrit grand les yeux pour afficher une expression exagé-rément amicale.

— Comme tu veux. Entre, puisque tu es là, répliqua Kelly en levant les yeux au ciel et s'écartant.

— Merci ! s'écria joyeusement Alexis.

En pénétrant dans la maison délabrée, elle regarda autour d'elle. Un seul homme était visible, ce qui était tout aussi bien. Elle aurait été désarçonnée de découvrir beau-coup de personnes déjà présentes. L'homme était vautré sur un canapé marron qui semblait avoir connu des jours meilleurs et dont le rembourrage sortait par les coutures. Il avait les pieds posés sur une table basse qui paraissait en fin de vie. Le dessus était entaillé et taché de toutes les teintes imaginables. Le tapis usé était marron aussi, permettant de dissimuler en grande partie toutes ses taches de couleur également. Un vieux modèle de télévision grand format était installé sur une chaîne hi-fi et un meuble fabriqué à partir de planches de bois et de caisses de lait. Des chaises à l'allure inconfortable et à la saleté repoussante complétaient le tableau, sans doute trouvées un jour dans la rue.

Une odeur bizarre flottait dans l'air, provenant probablement du mélange d'herbe désormais légale dans le Colorado, de fumée de cigarette, d'alcool renversé, de fragrances corporelles – pour celles identifiables. Elle faillit vomir et sut qu'elle devrait s'y habituer. Elle porterait certainement cette odeur quand elle quitterait la maison. Elle se conseilla de prendre une longue douche chaude avant de laisser Blake l'approcher à nouveau.

Des couloirs partaient de chaque côté de la pièce menant Dieu sait où et une porte vitrée coulissante permettant d'accéder à un petit jardin entouré d'une grande clôture en bois. Les mauvaises herbes semblaient faire la taille d'un enfant en bas âge. Ce n'était vraiment pas un espace qui donnait envie d'y aller, pour se revigorer ou communier avec la nature. Blake et elle avaient bien sûr étudié les lieux via satellite, mais les voir en personne était bien différent. Ils n'avaient pu distinguer que l'extérieur de la maison. Découvrir l'intérieur et les odeurs était une expérience que la technologie n'avait pas pu lui offrir.

L'un dans l'autre, jamais elle n'avait observé de bicoque plus sale, dégoûtante et écœurante que celle-ci, cependant, elle fit bien en sorte que son expression ne trahisse pas ses pensées.

— Tu veux une bière ? lui demanda Kelly. J'ai rien de tous ces trucs nunuches dont tu parlais l'autre jour.

— Une bière, ça me va bien, la rassura Alexis, secrètement ravie que Kelly ne commence pas directement par la vodka, l'alcool de maïs ou, pire, la tequila.

Le souvenir de ses vomissements tandis que Blake retenait ses cheveux était encore trop vivace dans son esprit, et c'était une scène qu'elle ne voulait pas réitérer. Jamais.

Suivant Kelly, elles passèrent devant l'homme sur le canapé, qui ne se donna pas la peine de lui dire un mot, mais qui la transperça du regard comme s'il pouvait voir à travers elle. Il les fixa tandis qu'elles traversaient la pièce, empruntaient un petit couloir et arrivaient jusqu'à la minuscule cuisine sur la droite. Le linoléum était craquelé en plusieurs endroits et il y avait des taches d'origine indéterminée sur le sol. Préférant éviter de penser à ce qui avait pu le teindre en rouille, elle sourit à Kelly qui lui tendait une bière bon marché.

Ayant entendu son frère parler de son goût horrible, Alexis se prépara, ouvrit la canette et prit une gorgée. Oui, c'était atroce.

— Ah, ça fait du bien, lança-t-elle, en se retenant à peine de faire la moue et de plisser le nez.

— C'est pas cher, répliqua Kelly en haussant les épaules et décapsulant la sienne, avant d'en avaler la moitié.

— Alors, qui vient ce soir ? Damian et Chuck ? lui demanda Alexis pour entamer la conversation.

— Évidemment, puisque c'est sa baraque, comme je t'ai dit. Chuck a entendu dire que tu serais là, alors il nous rejoindra dès qu'il aura fini de s'occuper d'un truc.

— Génial. Qui d'autre ?

Elle prit une gorgée de bière et ravala son frisson à l'idée de revoir Chuck. Elle ignorait ce qu'était ce « truc » dont il devait s'occuper, mais dès lors qu'il était concerné, ce ne pouvait pas être bon.

— Ben, tout le monde. On est samedi, rétorqua Kelly comme si Alexis était idiote.

Elle s'appuya contre le plan de travail abîmé et la dévisagea par-dessus le bord de sa canette.

— Cool. Je suis contente de rencontrer tout le monde, s'exclama joyeusement Alexis, en faisant comme si elle n'avait pas perçu la critique. Ils font tous partie du gang ?

— Qu'est-ce que tu sais de tout ça ? lâcha Kelly, les dents serrées. Tu vis dans ton grand appartement distingué au centre-ville. T'aimes peut-être traîner dans nos bars, mais tu sais que dalle de ce que c'est que d'habiter ici.

— Tu as raison, acquiesça immédiatement Alexis, bien consciente de marcher sur des œufs.

Elle devait se montrer compréhensive sans en faire trop.

— Je n'y connais pas grand-chose. Ce que je sais, en revanche, c'est que cela m'énerve de voir tous ces gens obligés de travailler dur pour se payer le minimum pour vivre, alors que je n'en ai pas du tout besoin à cause de ma famille. J'imagine que Damian s'en sort bien, pour pouvoir avoir cette maison, ajouta-t-elle en englobant son environnement d'un geste de la main. Je ne sais pas ce que tu fais dans la vie, mais j'espère que ce n'est pas trop dur. Enfin, je veux dire... Je vais sans doute mal le formuler, mais il faut bien que je le dise. Si tu peux te faire de l'argent facile... Je ne parle pas de vendre de la drogue, puisque ça doit être difficile de se cacher des flics et des dealers malhonnêtes... mais en faisant diverses tâches pour des gens bourrés d'argent, alors tu as raison de le faire.

— De quoi tu parles, salope ? s'exclama une voix énervée à l'entrée de la pièce, qui fit sursauter Alexis.

Se tournant, elle découvrit l'homme qui traînait jusquelà sur le canapé et qui lui lançait à présent un regard menaçant.

— Oh, tu m'as fait peur, minauda-t-elle, adoptant son ton le plus joyeux possible pour ne pas lui montrer combien il lui avait effectivement fichu les jetons.

Elle posa une main sur son cœur.

— Nous ne nous sommes pas encore rencontrés. Je m'appelle Alexis.

Elle lui tendit la main comme s'ils se trouvaient à un dîner de charité à mille dollars la place.

Il ne la lui serra pas. Il s'appuya au chambranle et lui lança un regard assassin.

— J'aime pas me répéter, mais je vais le faire. Qu'est-ce que tu sais de notre façon de gagner du fric ?

— Alexis, intervint Kelly d'une voix traînante, avec un sourire de chat sur les lèvres, visiblement ravie que cet homme ne soit pas impressionné par Alexis, lui, c'est Dominic. Le frère de Damian et Donovan et le commandant en second pendant que Donovan est en prison.

Bordel de merde. Ils savaient qu'il y avait un troisième frère, mais ils n'avaient trouvé que peu d'informations sur lui et ignoraient dans quelle mesure il était impliqué. Manifestement, être commandant en second était un poste important. Son cœur se mit à battre plus vite et elle fit son possible pour masquer sa surprise et son état de choc.

Elle fit volontairement face à Dominic afin que la caméra puisse bien enregistrer son visage.

— Salut. Je suis tellement contente de faire ta connaissance, s'exclama-t-elle joyeusement.

Il arbora une mine encore plus renfrognée et serra les poings. Elle s'empressa de poursuivre avant qu'il ne décide que la frapper était un bon moyen de la forcer à répondre à sa question.

— Je ne sous-entendais rien de mal, promis. C'est juste qu'un jour je me baladais sur Facebook quand je m'ennuyais au travail, et j'ai trouvé votre page. Elle est géniale, votre photo de couverture, d'ailleurs. Bref, j'ai vu une nana disant qu'elle voulait vous engager. Je ne sais pas de quoi elle parlait, et le commentaire avait disparu le lendemain, mais ça m'a fait réfléchir. Vous êtes tous si forts, les gars, et vous connaissez tout le monde par ici. C'est donc parfaitement logique que vous offriez vos services.

Comme il semblait sur le point de la tabasser, elle leva la main tout en essayant de maintenir son masque d'écervelée alors qu'elle n'avait jamais eu aussi peur de sa vie. Elle espérait que les battements frénétiques de son cœur ne résonnaient pas dans le micro et ne noyaient pas la conversation.

— Je sais que tu sais qui je suis. Que tu sais que je suis la sœur du type qu'on vous a payé pour photographier avec cette nana il y a quelques mois. C'était dans tous les journaux. Bon sang, quelle mauviette, ce frère. Il n'a pas été blessé ni rien, alors franchement.

Elle leva les yeux au ciel, comme si Bradford l'agaçait, et avala une nouvelle gorgée de bière, faisant semblant d'en boire bien plus qu'en réalité

— J'en ai tellement marre qu'il me regarde de haut et me dise que je n'arriverai jamais à rien sous prétexte que j'aime m'amuser. Quel coincé ! Enfin bref, je me suis dit que c'était... plutôt malin de payer à prix d'or quelqu'un pour quelque chose quand on ne veut pas se salir les mains.

Alexis parlait de plus en plus vite pour en terminer rapidement avec cette conversation. Si Dominic était vraiment le frère de Donovan et Damian, tout ce qu'elle lui raconterait leur reviendrait aux oreilles en un rien de temps, aucun doute là-dessus.

— Donc tout ce que je disais, c'est que c'était intelligent de votre part. C'est de l'entrepreneuriat américain à son plus haut niveau. Vous offrez un service dont d'autres ont besoin. Ce n'est que justice qu'ils vous paient au prix du marché pour ça.

Dominic s'écarta du chambranle et s'approcha d'elle. Elle aurait aimé se montrer courageuse et rester immobile, mais elle recula d'instinct. D'abord d'un pas, puis d'un deuxième, jusqu'à se retrouver pressée contre le bord de la table branlante. *Merde.*

— Tu as un boulot à nous confier, salope ? C'est pour ça que tu traînes dans les quartiers chauds ? Un copain à qui tu veux donner une leçon ? Tu veux la bite d'un Inca Boyz au fond de ta gorge pour te venger de lui ? Qu'on le berce pour qu'il s'endorme de bonne heure ?

Le cœur d'Alexis battait si fort qu'elle était certaine que Blake et Logan ne pouvaient que l'entendre. Elle avait conscience qu'il lui demandait si elle souhaitait faire tuer quelqu'un. Elle ne comptait pas s'engager sur ce terrain-là. Oh oh. Elle pouffa – un rire qui lui parut faible et apeuré, mais elle ne pouvait pas faire mieux dans cette situation.

— Non, non, rien de ce genre. J'avais juste envie que vous sachiez tous que je ne vous en veux pas du tout pour ce que vous avez fait à mon frère et cette nana. Je m'en fiche, en fait. J'admire le fait que vous meniez la vie que vous avez choisie et fassiez ce que vous désirez. Tout le monde a le droit de gagner de l'argent, et en gagner en faisant le sale boulot d'autres personnes, c'est brillant. C'est tout. Je voulais juste vous assurer que je n'ai rien contre. Que vous n'avez pas besoin de le cacher en ma présence.

Quand il se pencha sur elle, elle perçut un mélange d'odeurs, celle de l'herbe qu'il avait consommée récemment, un fumet rance se dégageant de son torse, et de la fumée de cigarette sur ses vêtements. Elle tenait sa canette de bière entre eux comme s'il s'agissait d'un bouclier, et ses doigts effleurèrent le tee-shirt noir de Dominic. Il cherchait à l'intimider, et ça marchait, bon sang. La chaîne reliée à son jean bas sur les hanches et à son portefeuille cliquetait chaque fois qu'il bougeait.

— Pour ton information, A-lex-is, dit-il, prononçant son

nom sur un ton aussi odieux que son frère quand elle l'avait rencontré au *Bar du Serpent*, je me fous que tu traînes avec les Inca Boyz, mais *personne* profite de nous. Si tu veux traîner avec nous, boire notre bière, lécher nos bites, tu dois raquer pour ça.

— Oh, j'ai de l'argent, s'écria-t-elle joyeusement, comme si elle n'était pas à deux doigts de vomir ou de s'évanouir. Je peux payer ma bière, ajouta-t-elle, essayant de se montrer claire sur le fait que c'était tout ce qu'elle souhaitait – et non pas « lécher la bite » de qui que ce soit, pour reprendre ses paroles crues.

Dominic recula d'un pas, Dieu merci, et leva la main, paume vers le haut, en agitant les doigts en un geste particulièrement éloquent.

Alexis reposa la boisson infecte sur la table derrière elle et fouilla dans le petit sac luxueux en cuir à bandoulière. Elle en sortit son portefeuille, l'ouvrit et y attrapa un billet de cent dollars, veillant bien à ce que Dominic voie les autres coupures dans la manœuvre, un peu comme elle l'avait fait au bar la semaine précédente. Elle referma son portefeuille et le remit en place tout en lui tendant le billet.

— Tiens. Je pense que ça paiera plusieurs verres ce soir, déclara-t-elle avec un grand sourire, tout en espérant qu'il reculerait maintenant qu'elle lui avait donné de l'argent. Si tu as besoin de plus, dis-le-moi !

Dominic observa le billet qu'il avait dans la main, puis elle, et de nouveau le billet. Elle retint son souffle. Enfin, il lui décocha un sourire moqueur, et l'argent disparut dans sa poche arrière.

— C'est un bon début, princesse. À plus tard.

Sur ces mots, il retourna dans le salon.

Alexis poussa un soupir soulagé en cachette puis se

tourna vers Kelly, qui n'avait pas dit un mot pendant tout son échange avec Dominic.

— Je ne savais pas que Donovan et Damian avaient un frère, commenta-t-elle.

C'était la première chose qui lui était venue à l'esprit, et elle retint une grimace. D'une certaine manière bizarre, les trois frères lui rappelaient Blake, Logan et Nathan. On aurait dit une sorte de monde alternatif, où plutôt que d'être du bon côté de la loi, les frères se trouvaient du mauvais.

Par chance, Kelly ne sembla pas remarquer quoi que ce soit d'anormal dans son ton.

— Oui. Ils ont toujours été proches.

— Cool.

Elle ne savait pas quoi ajouter. Des voix se firent entendre dans l'autre pièce.

— On dirait que la fête va commencer, dit Kelly en finissant sa boisson avant de jeter la canette vide dans l'évier à côté d'elle.

— Ouiiii ! s'écria joyeusement Alexis en récupérant sa propre bière avant de suivre Kelly.

Deux heures plus tard – soit trente minutes de plus que le temps qu'elle comptait passer ici –, Alexis n'avait toujours pas trouvé de solution pour s'éclipser discrètement. Appuyée contre un mur, elle regardait autour d'elle en masquant à peine son dégoût. La fête battait son plein à présent, et cela faisait au moins une demi-heure qu'elle n'avait pas vu Kelly. Il y avait environ quinze hommes dans la pièce, manifestement membres des Inca Boyz. Ils portaient à peu près tous la même chose : un jean bas sur les hanches, des bottes et des tee-shirts noirs, mis à l'envers.

Elle ne distinguait pas bien le motif caché, mais cela ressemblait à deux personnages de dessin animé arborant un chapeau bizarre et levant deux doigts en l'air pour imiter une arme. C'était étrange, et elle avait beau souhaiter en avoir une image plus nette à offrir à l'antigang, elle n'allait certainement pas demander à quiconque. Hors de question. Ils devraient se contenter des aperçus discernables sur la vidéo.

Parmi les hommes se trouvaient des femmes... des filles, plutôt. La plupart semblaient avoir à peine l'âge du lycée. Toutes portaient des vêtements très échancrés, à l'instar de Kelly, qui ne laissaient aucune place à l'imagination. Alexis était clairement trop habillée, mais puisqu'on se servait surtout d'elle comme distributeur de billets, personne n'avait critiqué sa tenue.

Pendant toute la fête, des membres du gang s'étaient approchés d'elle pour lui quémander du fric. Chaque fois, alors même qu'elle n'avait pas été présentée à la plupart, Alexis acceptait et leur tendait vingt ou cinquante dollars sans se plaindre et avec un sourire écervelé aux lèvres, comme si l'argent était des friandises qu'elle distribuait pour Halloween.

La demi-douzaine de filles à peu près l'ignoraient complètement. Puisqu'elles étaient deux fois plus nombreuses que les garçons, leur travail consistait à les peloter puis à disparaître en compagnie du premier qui le leur demandait. Elle avait même vu une gamine, qui ne devait vraiment pas avoir plus de quatorze ans, s'enfermer dans une pièce du fond avec trois hommes différents. En moins d'une heure et demie. La fille ne se plaignait jamais, n'avait même pas l'air surprise ni énervée d'être traitée comme une prostituée. Elle suivait docilement chaque homme qui lui prenait la main et l'attirait hors du salon.

Une autre fille fut entraînée vers le couloir par quatre hommes d'un coup. Bien qu'Alexis n'ait entendu aucun cri ou pleur retentir de là où ils avaient disparu, elle frémit rien qu'à l'idée de ce qui se passait et de ce que cette pauvre fille était contrainte de faire.

Kelly, de façon plutôt étonnante, ne s'était enfermée avec personne, pas d'après ce qu'Alexis avait vu du moins. Elle lui avait tenu compagnie un moment, les bras croisés, la mine renfrognée, tandis que plusieurs membres du gang venaient lui réclamer de l'argent. Chuck était arrivé le dernier, trente minutes plus tôt.

Dès qu'il l'avait aperçue, un immense sourire lubrique était apparu sur son visage, et il avait foncé vers le coin de la pièce où elle se tenait. Sans un mot, il l'avait attrapée, avait posé une main sur son cou et l'avait tirée vers lui.

Elle en était restée bouche bée, ce qui avait donné à Chuck l'ouverture qu'il espérait. Il avait fourré sa langue entre ses lèvres pour caresser la sienne. Il avait si mauvaise haleine tandis qu'il lui bavait dessus qu'elle en avait eu des haut-le-cœur. Elle avait gardé sa langue plaquée sur son palais pour l'empêcher de s'enfoncer dans sa bouche. Alors, il avait reculé légèrement, lui avait léché et mordillé la lèvre. Il n'avait pas eu l'air énervé qu'elle l'ait repoussé.

S'écartant – tout en sachant qu'elle ne pouvait le faire que parce que Chuck l'y avait autorisée –, elle lui avait souri faiblement.

— Salut à toi aussi, Chuck.

— Alexis. Je suis content de te voir. Après la nuit que j'ai passée, tu es pile ce dont j'avais besoin.

Lorsqu'elle avait essayé d'aller un peu plus loin, il avait resserré sa prise sur sa nuque pour l'empêcher de bouger. Il l'avait maintenue d'une poigne ferme et effrayante, rien à voir avec les gestes de Blake.

Elle lui avait posé une main sur le tee-shirt, mais l'avait retirée en le sentant humide et avait distingué une tache marron sur ses doigts.

Chuck avait éclaté de rire, et une nouvelle fois Alexis avait fait tout son possible pour ne pas vomir à cause de l'odeur nauséabonde de son haleine. Il avait sérieusement besoin d'une brosse à dents et d'un bain de bouche.

— Désolé, poupée. Le travail. Je dois aller me changer et parler avec mes gars.

Il avait jeté un coup d'œil à la bière qu'elle avait gardée toute la soirée.

— On dirait que tu as besoin d'un truc plus fort.

Sans lui lâcher la nuque, il s'était tourné vers Kelly.

— Sois un amour, Kel, va nous chercher cette bouteille de vodka que Damian cache dans son freezer.

— Va te faire foutre, Chuck. Je t'appartiens pas, avait rétorqué l'intéressée avec mépris en se redressant du mur contre lequel elle était affalée depuis une heure.

Alexis n'avait jamais vu personne bouger aussi vite que Chuck en cet instant. Il avait passé sa main libre autour du cou de Kelly et serré. Elle avait essayé immédiatement de déloger les doigts tatoués, sans succès.

— Tu te prends peut-être pour une cador, salope, mais Donovan n'est pas là. Il ne peut pas te protéger, et il ne le ferait pas même s'il était là. Bon sang, femme, il ne veut plus de toi, de toute façon. Tout le monde sait qu'il en pince toujours pour son ex. Il t'a juste baisée parce que tu es une fille facile et qu'il avait besoin de tirer son coup. Lorsqu'il sortira et qu'on la retrouvera, tu verras que tu n'étais qu'une chatte pratique. Tu n'es *rien* pour lui, tu m'entends ? Rien. Si tu es encore là, c'est pour une seule raison...

Chuck s'était interrompu un instant, avait caressé Alexis du regard, puis était retourné à Kelly.

— Et tu sais laquelle. Maintenant, va me chercher cette putain de bouteille de vodka et prépare des shots. À mon retour, je compte bien montrer à notre nouveau bienfaiteur un peu de reconnaissance comme les Inca Boyz savent le faire. Tu as saisi ?

Kelly avait hoché la tête – du moins, avait semblé le faire, car c'était difficile à distinguer vu comme Chuck lui serrait la gorge –, et celui-ci l'avait lâchée. Elle était retombée contre le mur et, sans un mot ni un regard à l'un d'eux, avait filé en direction de la cuisine.

Pas une fois pendant cette violente confrontation Chuck n'avait retiré sa main du cou d'Alexis. Elle avait gloussé nerveusement.

— Ouah, Chuck, tu sais comment te faire obéir.

Il s'était approché d'elle et, d'une pression sur sa nuque, il lui avait incliné la tête pour lui lécher la gorge jusqu'à l'oreille. Elle avait frémi de dégoût, ce qu'il avait pris par erreur pour du désir. Il lui avait mordillé le lobe de l'oreille, si fort qu'elle avait tressailli, puis avait déclaré :

— Reste dans cet état, poupée. J'ai des affaires à gérer pour les Inca et je dois me changer. Puis je reviendrai pour te donner du bon temps. J'ai eu une nuit de merde, et tu es pile ce dont j'ai besoin pour décompresser. Crois-moi, ces connards n'ont que dalle sur moi.

Pendant son discours, il avait ondulé des hanches contre elle pour bien lui faire sentir ses intentions avec son membre raide. Il l'avait embrassée une nouvelle fois sur les lèvres, qu'elle avait veillé à garder fermées cette fois-ci, puis avait reculé.

— Je reviens tout de suite. Attends-moi là.

Ce n'était pas une question.

Elle avait dégluti avec peine et résisté à son envie de se frotter la bouche du dos de la main pour effacer le goût de

Chuck ; elle savait que ce serait mal perçu par les autres personnes présentes dans la petite pièce et qui l'observaient sans honte. Consciente que c'était sans doute pour lui une façon de se montrer séducteur, ses paroles lui étaient plutôt apparues comme des menaces. Dès qu'il l'avait quittée, un autre homme s'était approché d'elle.

— D'après Kelly, on a besoin d'alcool. Faut aller en acheter. Elle m'a dit que t'aimais les trucs chers, alors file-moi du fric.

Sans protester, comme tout le reste de la soirée, Alexis avait sorti son portefeuille et lui avait tendu ses deux cents derniers dollars. Elle avait encore les quatre cents dollars dans sa poche, mais elle comptait ne les utiliser qu'en cas de nécessité absolue. Si elle se trouvait à court d'argent, elle ne leur servirait à rien... Elle préférait éviter que ça arrive. Il était donc plus que temps de partir.

Trente minutes plus tard, elle savait que Chuck allait bientôt revenir. Elle avait fait de son mieux pour filmer un maximum de visages, s'était approchée autant que possible des hommes sans griller sa couverture pendant qu'ils parlaient. Il faudrait faire avec, car elle refusait d'être encore là au retour de Chuck.

Baissant la tête, elle remarqua que ce qui avait taché la chemise de celui-ci se trouvait toujours sur sa main. Elle tenta de l'essuyer sur son pantalon discrètement, mais constata, horrifiée, que le liquide avait séché et ne voulait pas s'en aller. Elle avait besoin d'une douche. Très longue. Néanmoins, elle doutait de se sentir à nouveau propre un jour.

Elle pencha la tête, comme si elle était fatiguée.

— Faites-moi sortir d'ici, prononça-t-elle aussi doucement que possible.

L'une des filles avait ouvert le pantalon d'un des mecs

pour le masturber sur le canapé, sans chercher à masquer son geste ni à se rendre ailleurs. Sans tenir compte des regards scrutateurs de plusieurs membres du gang qui éclatèrent de rire, Alexis respira profondément par le nez pour essayer de se calmer. L'atmosphère avait bel et bien changé, passant d'une ambiance de fête amicale à quelque chose de plus sombre et dangereux. Les hommes étaient ivres et en manque. Sous ses yeux, un type s'agenouilla sur le canapé derrière la fille qui masturbait l'autre type et la mit à genoux. Puis il remonta sa jupe courte et entreprit de déboutonner son propre jean.

Alexis détourna le regard et fixa avec envie la porte coulissante qui menait au jardin. En dernier recours, elle pouvait toujours sortir par là et s'éclipser, puis se rendre par des chemins indirects au point de rendez-vous. Elle devait juste tenir un peu plus longtemps ; puis elle pourrait s'en aller de cette maison affreuse avec ses horribles habitants, et essayer de se laver.

Quelques minutes après sa supplique à Blake, elle entendit des coups de feu et un bruit de moteur à l'extérieur de la petite masure. Tout le monde se figea instantanément. Puis les hommes se mirent en mouvement, se ruant vers l'entrée et dégainant des armes accrochées à divers endroits de leur corps. Les filles poussèrent des hurlements et filèrent dans les couloirs pour se protéger des balles avant qu'elles ne se commencent à pleuvoir.

Alexis entendit des cris à l'avant, là où les hommes s'étaient précipités, mais elle partit plutôt vers la fenêtre coulissante. Elle courut jusqu'au petit portail qu'elle avait remarqué au fond un peu plus tôt et tira. Il ne bougea pas d'un poil. Elle essaya dessus à nouveau, plus désespérément cette fois-ci. Rien. *Merde.* Elle n'avait rien sur elle pour casser la serrure.

Elle jeta des coups d'œil frénétiques vers la maison et la pièce à vivre où il n'y avait personne – pour l'instant. Les hommes ne tarderaient pas à y revenir ou bien les femmes à reprendre courage et venir voir ce qui se passait. Si quelqu'un la surprenait à tenter de partir en douce, cela aurait l'air suspect. C'était la dernière chose qu'elle voulait, car alors échapper aux avances de Chuck serait le cadet de ses soucis. Si jamais quelqu'un parvenait à remonter son tee-shirt, ils découvriraient tous le micro caché dessous, ce qui signerait son arrêt de mort. Elle devait *vraiment* sortir de ce jardin. Tout de suite.

Désespérée, elle observa les environs. Le portillon devait être verrouillé de l'extérieur, ce qui était n'importe quoi. Qui sécurisait son portail depuis l'extérieur, hein ? Des criminels prudents, voilà qui.

Elle repéra le tas de bois pourri qu'ils avaient vu sur les images satellites. Elle s'attendait à tout instant à sentir une main sur son épaule, et pouvait pratiquement percevoir l'haleine putride de Chuck sur sa peau. Blake avait mentionné la pile de bois en passant, indiquant qu'elle pourrait s'en servir comme arme si c'était nécessaire, mais aucun d'eux n'avait pensé à l'utiliser pour fuir les lieux. Cependant, dès l'instant où Alexis y avait posé les yeux, elle y avait vu une porte de sortie, et non des moyens de défense potentiels.

Sans réfléchir davantage au fait qu'elle quittait sans doute un danger pour en retrouver un autre, elle grimpa sur le tas instable de rondins de bois et ordures oubliées qui pourrissaient au fond du jardin, et atteignit le haut de la barrière. Grâce à l'adrénaline qui pulsait dans ses veines, elle se hissa jusqu'à ce que les lattes de la clôture lui arrivent au niveau du bassin. Ne remarquant personne – et surtout pas de chien énervé lui grognant dessus, la bave aux lèvres –, elle souleva une jambe, se tourna en ignorant les éclats de bois qui lui piquaient le ventre, leva la deuxième et se laissa glisser de l'autre côté.

Ce fut une chute assez longue et elle se fit mal à l'atterrissage. Ses chevilles cédèrent sous son poids et elle tomba violemment sur l'arrière-train. Elle en ressentit la secousse dans toute sa colonne vertébrale. Au son des cris qui résonnaient toujours à l'avant de la maison, elle s'éloigna le plus vite possible de la clôture à quatre pattes, et entendit alors la voix faible de Kelly hurler son nom.

Se tournant vers le son, elle rampa sur les fesses en reculant prestement vers un bouquet d'arbustes mal taillés, mais sans parvenir à s'y cacher, les yeux rivés sur le haut de la barrière, s'attendant à y voir Kelly ou n'importe quelle autre fille apparaître. Elle pourrait toujours prétendre avoir eu peur des coups de feu ; toutefois, elle n'avait pas du tout envie de retourner dans cette maison. Elle portait un couteau accroché à la cheville, mais elle sut d'instinct qu'elle aggraverait sa situation déjà précaire si elle le sortait. Blake avait beau être présent et prêt à faire ce qu'il fallait pour la garder en sécurité, il ne pourrait jamais combattre une dizaine de voyous, même avec Logan.

Alexis entendit s'ouvrir la porte coulissante et quelqu'un pénétrer dans le jardin qu'elle venait de quitter. La personne se trouvait de l'autre côté de la clôture, mais Alexis était bien trop effrayée pour faire un mouvement vers les arbustes. Elle ne voulait pas risquer de faire le moindre bruit qui trahirait sa présence.

— Putain, elle est partie où ? demanda Kelly.

— Je ne l'ai pas vue. On s'est toutes barrées en courant. Elle a dû prendre peur et aller dehors, avec les mecs, répondit une des filles qui avait assisté à la fête.

— Quelle sale conne, jura Kelly. Elle a toujours été qu'une imbécile.

— J'ai entendu dire qu'on lui avait pris deux mille dollars ce soir. C'est bien, non ?

— C'est que dalle, tu veux dire, rétorqua Kelly. Cette pétasse a des dizaines de milliers de dollars à sa disposition. Donovan a besoin de son pognon.

Alexis retint son souffle.

— Eh ben, tu peux toujours envoyer un message à ton ancienne copine et faire comme si tu t'inquiétais pour elle. Et tu lui proposeras de vous revoir. Je sais que Chuck veut se la taper. Alors, pendant qu'il se la fera, on pourra lui piquer sa carte bancaire et aller retirer du fric.

Alexis entendit le bruit d'une claque, puis Kelly reprit la parole.

— Tu es aussi bête qu'elle, sale garce. Tu crois vraiment qu'elle va me filer son code comme ça ? Bien sûr que non. Elle aime se sentir importante et distribuer son pognon au compte-gouttes pour nous obliger à la supplier. En plus, c'est terminé. J'en ai ma claque de traîner avec elle, et Donovan est d'accord. On va le faire à sa manière à présent. Il est prêt à se barrer de taule.

Alexis n'avait aucune idée de ce qu'était la « manière de Donovan », mais elle n'était pas certaine de vouloir le découvrir.

— Chuck ne va pas être content.

Elle était impressionnée d'entendre l'autre fille tenir bon face à Kelly.

— J'en ai rien à foutre. Il va se taper son petit cul. Après, Alexis aimera un peu moins Chuck quand il l'offrira à tout le gang.

Alexis resta accroupie au sol, horrifiée.

L'autre fille éclata de rire.

— Mieux vaut elle que moi.

Kelly changea soudain de ton, se montrant presque maternelle.

— Tu as raison. Continue à donner aux gars ce qu'ils veulent quand ils en ont besoin, et tout ira bien pour toi. Sucer des queues et les laisser te prendre n'est pas si terrible. Tu vas apprendre à aimer ça. Mais crois-moi, il vaut mieux éviter de se les mettre à dos.

— Tu m'étonnes. Un jour, je serai une vieille membre des Inca Boyz et j'aurai droit à un peu de respect. Viens, allons voir ce qui s'est passé et si nos mecs ont pu buter l'enfoiré qui a tiré sur notre baraque.

Alexis entendit les deux femmes rentrer dans la maison et refermer la porte coulissante. Elle lâcha le souffle qu'elle avait retenu et se mit à quatre pattes, sans tenir compte de la douleur qui irradiait de son dos et ses chevilles. Elle devait absolument rejoindre le point de rendez-vous... et Blake. Elle ramperait jusque-là si elle n'avait pas d'autre choix. Elle voulait s'éloigner de ce jardin, de ce quartier et de cette partie de la ville. Elle refusait d'y retourner un jour ou même de la traverser en voiture. Elle en avait sa claque.

CHAPITRE 11

Blake se trémoussait sur le siège passager à côté de Logan.

— Où est-elle ?

C'était une question inutile, puisqu'ils pouvaient voir l'un comme l'autre, grâce à la caméra qu'elle portait, qu'elle était toujours en train de se diriger vers le point de rendez-vous. Ils entendaient son souffle haché et les mots qu'elle marmonnait pour les tenir au courant de son avancée.

— Tiens bon, Blake, le prévint Logan.

— Si c'était Grace, là dehors, comment tu te sentirais ? répliqua-t-il.

Il comprit que c'était un coup bas au moment où il le dit, mais il ne comptait pas s'excuser.

— Tout à fait comme toi, répondit posément son frère. Et tu sais que je suis passé par là. Alexis a été géniale, ce soir. Elle est restée calme, elle n'a pas paniqué quand ça s'est corsé, elle a réussi à récolter un tas d'informations précieuses et elle a fait exactement ce qu'il fallait quand nous lui avons offert cette distraction. Elle sera bientôt là.

— Ce connard de Chuck a posé les mains sur elle, grogna Blake.

— Et Donovan sur Grace, lui rappela gentiment Logan. Grace s'en est remise, alors Alexis y parviendra aussi.

Blake ne fit pas remarquer que quand Donovan avait touché Grace, celle-ci était inconsciente et ne savait même pas ce qu'on lui faisait. Alexis, quant à elle, avait été plus que consciente des intentions de Chuck.

— Je l'aime, déclara Blake en se tournant vers son frère. Je ne supporte pas l'idée qu'il puisse lui arriver quelque chose. Ça me rend fou. Comment fais-tu pour vivre avec ?

Logan lui fit un grand sourire.

— C'est la misère, c'est certain. Et encore, attends qu'elle soit enceinte, tu verras. C'est cent fois pire.

— Putain, bougonna Blake, dont les lèvres s'étirèrent cependant en un demi-sourire.

Alexis attendant un bébé. Il imaginait très bien son ventre s'arrondir pour accueillir leur enfant en elle. Bon sang, il ne lui avait même pas encore fait l'amour qu'il la voulait déjà enceinte. Il n'était pas assez bien pour elle, néanmoins il avait le sentiment qu'elle serait une mère géniale. Elle prenait naturellement soin des autres et veillait toujours aux intérêts de Blake, mais aussi de ses frères. Il n'en pouvait plus d'attendre.

— La voilà, déclara Logan doucement en indiquant le petit écran qui retransmettait les images capturées par la caméra qu'elle portait autour du cou.

Quelques instants plus tard, Blake remarqua du mouvement au nord-est du parking désert.

— Coupe les enregistrements, ordonna-t-il à son frère.

Il n'avait pas envie que ce qu'Alexis lui dirait soit filmé. Puis il ouvrit sa portière et traversa le parking le plus vite possible. Il aurait aimé courir, mais il ne voulait pas attirer l'attention sur elle ou sur lui.

S'approchant, il remarqua qu'elle boitait. Quelques

secondes plus tard à peine, il lui passait un bras autour de la taille et la serrait contre lui. Puis il mit une main sur sa joue.

— Ça va, Lex ?

— Oui, répondit-elle immédiatement, d'une voix basse bien loin de son intrépidité habituelle.

Il se pencha pour poser les lèvres sur les siennes, mais elle se détourna brusquement pour l'en empêcher.

— Non, le supplia-t-elle en secouant la tête, avant de le repousser. J'ai besoin d'une douche, d'effacer le souvenir de ses attouchements. Je ne veux pas te souiller.

— Ma puce..., commença-t-il, mais elle le coupa.

— Emmène-moi loin d'ici, Blake. S'il te plaît ? Il faut que je quitte cet endroit.

Il y avait un tel malaise et une telle crainte dans sa voix, qu'il se tourna vers la voiture de Logan avant même qu'elle n'ait fini sa phrase. Il l'enlaça par la taille pour supporter une bonne partie de son poids et avança. Ils ne prononcèrent pas un mot, mais pour l'instant, Blake était simplement content de l'avoir dans ses bras, entière et relativement indemne.

Il ouvrit la porte arrière du pick-up et l'aida à monter.

— Décale-toi, Lex, je viens à côté de toi.

Elle s'exécuta sans protester, lui faisant assez de place pour qu'il puisse s'installer à côté d'elle et refermer la portière.

Logan démarra avant même qu'ils soient attachés. Blake accrocha sa ceinture et attrapa Alexis. Il l'attira contre lui et la sentit glisser un bras derrière son dos. De l'autre, elle s'agrippa à lui, posa la tête contre son épaule et frissonna sans pouvoir s'arrêter, comme s'il faisait moins un degré dans la voiture et non vingt-trois.

— Où va-t-on ? demanda Logan.

D'après le plan initial, Alexis rentrait chez elle et les

retrouvait le lendemain à l'entreprise. Cependant, Logan pouvait voir tout aussi bien que Blake que la jeune femme n'était pas en état de rester seule.

Blake l'embrassa sur la tête.

— J'aimerais bien te ramener chez moi, ma puce, si tu peux patienter un peu plus. J'ai une grande douche et une baignoire. Tu pourras y rester aussi longtemps que tu le voudras.

Elle ne répondit rien pendant un long moment.

— Si tu ne peux pas attendre, ce n'est pas grave. Nous pouvons aller chez toi. Mais je serai à tes côtés, dans un cas comme dans l'autre.

— Chez toi, déclara-t-elle.

Son souffle chaud effleura la peau sensible qu'il avait sous l'oreille.

Blake lui embrassa la paume de la main, avant de la remettre à sa place et de poser la sienne dessus.

— Je te remercie de me laisser rester à tes côtés cette nuit, ma puce.

Elle hocha la tête.

— Ferme les yeux et détends-toi. Nous y serons bientôt. Je suis vraiment fier de toi. Je ne connais aucune autre femme qui aurait pu faire ce que tu as accompli ce soir. Tu n'auras plus jamais à le refaire, mais je suis sacrément fier de toi.

Il crut entendre un petit rire lui échapper.

— C'est sérieux, Alexis, intervint Logan. Tu as réussi à filmer les visages de tous les hommes et à enregistrer leurs conversations sur les boulots à venir. Je n'en reviens pas qu'ils aient parlé comme ça en ta présence. Tueur à gages, ce n'est pas n'importe quoi. Je pense que grâce à toi, aujourd'-hui, nous allons pouvoir empêcher au moins quatre crimes d'être commis.

À ces mots, Alexis se blottit encore plus contre Blake. Il la serra contre lui tandis que Logan poursuivait.

— Dans tous les cas, ton rôle est terminé. C'était bien trop juste ce soir. Je ne veux pas te mettre en danger sous prétexte de faire tomber la pourriture qui s'en est pris à ma femme. Compris ?

Pour la première fois depuis qu'elle était montée en voiture, Alexis répondit, mais sans lever la tête.

— Oui, compris. Je n'ai *aucune* envie de revoir ces gens ou de leur reparler, déclara-t-elle en frémissant. Je suis contente d'avoir pu faire ça, mais je ne pense pas avoir ce qu'il faut en moi pour travailler sous couverture toute ma vie. Alors, heureusement que nous sommes sur la même longueur d'onde, sinon, tu aurais eu ma démission sur ton bureau à la première heure demain matin.

Logan renifla avec dérision.

— Même effrayée, elle continue à jouer les insolentes. Elle me plaît, frangin.

— Rien à foutre, rétorqua Blake, qui se détendit un peu en entendant Alexis pouffer tout bas.

Bien sûr qu'il ne se fichait pas de ce que pensait son frère, et il était ravi qu'elle « joue les insolentes » comme le disait Logan.

— Ça ne veut pas dire que je ne compte plus vous aider à faire de la surveillance au tribunal ou tous les autres trucs ennuyeux, les prévint-elle d'une voix étouffée par le tee-shirt de Blake. Je suis plutôt douée avec les réseaux sociaux, admettez-le.

— En effet, confirma-t-il sans l'ombre d'une hésitation. Tu es largement meilleure que moi dans ce domaine. Je sais écrire des codes et des programmes, mais chercher des mots-clés et fouiller Facebook ressemble à de la torture pour moi.

Il était content qu'elle indique vouloir continuer à travailler avec eux. Après la soirée intense qu'elle venait de vivre, il avait craint à moitié qu'elle ne souhaite plus rien avoir à faire avec *Ace Sécurité* ou lui.

Ils poursuivirent leur route sans un mot pendant quelques minutes. Blake croyait Alexis endormie, mais elle reprit la parole.

— Je n'ai pas préparé de sac, murmura-t-elle.

— Je vais m'arrêter à une droguerie ouverte toute la nuit, répliqua Logan, qui avait entendu sa remarque. On y achètera tous les articles de toilette dont tu auras besoin.

— Et je peux te prêter un tee-shirt, ajouta Blake. Nous trouverons une solution.

— D'accord. Ça me va. Mais il me faudra mes affaires dès que possible. Une fille ne peut pas vivre éternellement avec les fringues de son copain.

— Tu peux toujours refuser mes vêtements et vivre nue, la taquina Blake, pour essayer de lui changer les idées afin qu'elle ne pense plus à ce qui lui était arrivé ou aurait pu lui arriver.

Elle rit, comme il l'espérait, un son bien plus naturel cette fois-ci.

— Dans tes rêves.

— Oh, ça, oui, souffla-t-il. Tu tiens le premier rôle dans tous mes rêves depuis un mois.

Logan intervint avant qu'ils ne puissent poursuivre leur badinage.

— Tu crois que tu seras prête à discuter avec Nathan et la brigade antigang demain après-midi ?

— C'est trop tôt, protesta Blake, mais Alexis secoua la tête et desserra légèrement son étreinte.

— Non, c'est bon, Blake. Mieux vaut en finir au plus vite.

Mais... vous serez là, tous les deux ? ajouta-t-elle d'une voix incertaine.

Blake répondit avant son frère.

— Un peu, oui.

— Alors ça ira. Comme ça, ce sera encore frais dans mon esprit.

— Et un dîner chez moi avec Grace et Nathan ensuite, ça vous dit ? Elle n'arrête pas de me supplier de t'inviter. Elle meurt d'envie d'apprendre à te connaître.

— C'est vrai ? Je pensais qu'elle ne supporterait pas de me voir. Après ce qui s'est passé entre mon frère et elle, je croyais être la dernière personne qu'elle voudrait rencontrer, même si je fréquente son beau-frère.

— Elle n'a pas beaucoup d'amis, expliqua Logan, sans avoir l'air inquiet pour autant, en croisant brièvement son regard avant de se concentrer à nouveau sur la route. Felicity et Cole, les propriétaires de *Rock Hard Gym* en ville, et c'est tout. Ses parents étaient des connards qui l'ont empêchée d'entretenir la moindre amitié. Elle a été impressionnée par ta ténacité et ta volonté de prendre la défense de ton frère. Ce n'est pas le genre de loyauté qui s'oublie facilement.

— Alors, j'accepte avec plaisir. Je n'ai pas beaucoup d'amis moi non plus. Je serais ravie d'apprendre à la connaître.

— Affaire conclue, dans ce cas.

— Tu as faim ? demanda tout à coup Blake, mais Alexis secoua la tête.

— Non. Je ne suis pas certaine de pouvoir avaler quoi que ce soit. J'ai juste envie de me nettoyer. Et ensuite, je verrai comment je me sens.

— D'accord, ma puce. On sera très bientôt à la maison.

La maison. Voilà bien longtemps que Blake n'était pas impatient de retrouver la petite masure dans laquelle il avait grandi. Elle était remplie d'un tas de mauvais souvenirs, de sa mère les frappant tous les trois et également leur père. Ace Anderson avait été maltraité par sa femme toute sa vie, jusqu'à ce qu'elle le tue.

Penser à la violence qu'il avait subie le ramena aux événements de la soirée. Alexis avait été si proche du danger. Il avait vu les hommes entraîner les autres filles dans les chambres. Il les avait entendus discuter des compétences – ou de l'absence de talent – des femmes qu'ils venaient de s'envoyer. Il avait écouté Chuck parler à Alexis, l'avait entendu l'embrasser... embrasser *son* Alexis. Il n'avait pas pu voir tout ce qui se passait, puisque ce connard s'était tenu bien trop près de la caméra pour qu'elle enregistre tout, mais il était certain que cela avait été désagréable. Lex avait eu l'air si mal à l'aise et apeurée.

Il voulait effacer ce souvenir de son esprit.

La faire se sentir propre à nouveau.

Il ne pourrait le faire que lorsqu'elle serait en sécurité chez lui, voilà pourquoi il était impatient de rentrer à la maison. Maintenant.

Trente minutes plus tard, Logan se garait enfin devant. Nathan et lui n'y étaient entrés que deux fois depuis leur retour à Castle Rock. Trop de fantômes hantaient ces quatre murs pour qu'il s'y sente à l'aise.

Blake savait qu'il était étrange de sa part de *vouloir* résider là, pourtant, cela avait aussi été cathartique d'une certaine manière. Il avait prouvé à sa mère qu'elle ne pouvait plus contrôler ses émotions. Il s'était débarrassé de tous ses vêtements et de toutes ses affaires, et triait peu à peu les montagnes de papiers qui traînaient dans des cartons, dans le bureau.

Ce soir-là, il franchirait une nouvelle étape pour purger l'énergie néfaste que Rose Anderson avait laissée. Alexis dormirait dans son lit, dans la même pièce que sa mère et son père avaient partagée. Mais cette fois-ci, il n'y aurait qu'amour et tendresse. Non la haine et l'agressivité du passé.

— Demain, 15 heures, c'est bon pour vous ? lui demanda Logan avant qu'ils ne descendent de voiture.

Blake y réfléchit quelques instants, puis hocha la tête.

— Oui, ça nous laisse le temps de nous reposer et de traîner un peu avant le rendez-vous. On pourrait peut-être venir une heure plus tôt pour discuter avant l'arrivée de l'antigang, non ?

— Bonne idée, oui. Je vais dire à Grace de nous rejoindre à 17 heures. On pourra aller dîner ensuite.

— Tu veux que j'appelle Nathan ?

— Non, je m'en charge. Occupe-toi bien d'Alexis.

— Vous savez que je suis juste là, n'est-ce pas ? Je vous entends. Et je n'ai pas besoin qu'on s'occupe de moi, protesta l'intéressée.

— La plupart du temps, non, mais ce soir, si, affirma Blake sans hésiter. Et plus important encore : j'ai besoin de le faire.

Il ouvrit la portière sans lui laisser l'occasion de faire de l'esprit, descendit puis lui tendit la main pour l'aider.

— À demain ! lança Logan. Et encore une fois, tu as fait du beau travail ce soir, Alexis. Je suis fier de toi.

— Merci, murmura-t-elle en s'accrochant fermement à Blake une fois redressée.

Tout en tenant les achats faits plus tôt à la pharmacie, il l'enlaça par la taille et soutint une bonne partie de son poids jusqu'à la porte d'entrée.

— Tu t'es fait mal à quel point ? lui demanda-t-il.

— Non, ça va. Je suis mal retombée en passant par-dessus la clôture. J'ai mal aux chevilles et au dos, mais je pense que ça ira mieux après une bonne douche et des cachets d'aspirine.

— Mmmm, marmonna Blake, à nouveau énervé. Je vais te trouver des antidouleurs pour après ta douche. Avec un peu de chance, si tu les prends là, tu auras moins mal demain matin.

Elle acquiesça tandis qu'il déverrouillait la porte d'entrée, l'ouvrait et la laissait passer la première. Elle regarda autour d'elle et siffla tout bas.

— La vache. C'est magnifique, Blake. Tu as fait un tas de changements depuis la dernière fois que je suis venue. J'ai failli ne pas reconnaître la maison.

Elle avait logé chez lui quand Logan et Grace utilisaient son appartement après que Grace avait été kidnappée par les Inca Boyz. À cette époque-là, il n'avait pas fait grand cas d'elle ; il était trop soupçonneux à cause des événements survenus avec son frère. Il avait été stupéfait qu'elle veuille travailler chez *Ace Sécurité* et encore plus surpris qu'elle soit douée. Une fois qu'il avait vu combien elle bossait dur et était désireuse d'aider les autres, il s'était demandé s'il ne s'était pas fourvoyé sur elle. C'était à ce moment-là qu'il avait commencé à la considérer moins comme une collègue et davantage comme une femme magnifique qu'il était impatient de connaître.

— Oui, comme tu peux le constater, j'ai cassé le mur entre le salon et la cuisine pour dégager l'espace. Ensuite, j'ai arraché les moquettes. Le parquet est un peu frais en hiver, mais j'adore.

— Les canapés sont neufs, aussi, non ? demanda-t-elle en parcourant du regard la pièce chaleureuse.

— Allez, viens. Tu es à deux doigts de t'écrouler. Tu as besoin de te laver. Je pense que tu vas vraiment apprécier les rénovations de la salle de bains.

Il lui prit la main et l'entraîna vers la chambre principale. Il y avait également deux autres chambres à l'autre bout de la maison, ce qui n'était pas pour déplaire aux frères en grandissant – plus il y avait d'espace entre leur mère et eux, mieux c'était.

Ce n'était pas la première fois qu'il tenait la main de Lex, mais c'était chaque fois aussi agréable. Il l'avait prise dans ses bras, l'avait embrassée, pourtant, il était presque aussi intime de sentir la peau de sa paume et de ses doigts mêlés aux siens. Elle semblait minuscule dans sa poigne, et était glacée. Il ne faisait pas si froid que ça dans la maison, alors ce devait être dû à son état d'esprit.

Elle avait fait tout son possible pour ne pas avoir l'air affectée par les événements de la soirée, mais il était évident que sa nonchalance n'était qu'un leurre. Elle était effrayée à cause de tout ce qui s'était passé ce soir-là, et il détestait cela. Détestait qu'elle ressente le besoin de bâtir un mur entre eux pour l'empêcher de voir ce qu'elle éprouvait vraiment. Cela faisait trop longtemps qu'elle se cachait.

Il la guida jusqu'à sa chambre et la salle de bains attenante. Quand il avait fait appel à une architecte d'intérieur, il ne savait pas trop quoi faire, cependant, elle avait fait un travail épatant. La pièce était lumineuse et aérée. Des carreaux d'ardoise marron clair habillaient le sol et pouvaient être mis à chauffer en appuyant sur un simple bouton. Contre le mur se trouvait un long comptoir sur lequel étaient posés, comme des bols, deux lavabos en cuivre qui lui avaient coûté un bras – et une jambe. Le dessus du meuble en béton brun se mariait à la perfection avec la couleur des lavabos. Une douche immense occupait une partie du mur d'en face, assez grande pour deux personnes, munie de deux pommeaux et de deux télécommandes.

Son esprit conjura une image de Lex et lui se lavant ensemble, l'un en face de l'autre, tandis qu'ils se savonnaient. Son sexe durcit, et il se détourna pour qu'Alexis ne le remarque pas. Il était hors de question qu'elle constate son incapacité à contrôler son corps ce soir. Il la désirait sans l'ombre d'un doute, mais il savait aussi qu'elle avait besoin d'espace pour reprendre ses repères, et il ferait tout son possible pour qu'elle retrouve son assurance.

Le coin de la pièce était occupé par une immense baignoire triangulaire, avec des jets stratégiquement placés à chaque angle. Encore une fois, il s'imagina Alexis dedans, à se détendre. Il la vit aussi penchée sur le bord pendant qu'il la prendrait par-derrière, si clairement que cela ressemblait davantage à un souvenir qu'un fantasme. Dans le coin opposé à la baignoire, une petite alcôve menait aux toilettes.

Blake lâcha à contrecœur la main d'Alexis et se dirigea vers le placard contenant le linge de toilette. Il en sortit une serviette affreusement chère, achetée sur l'insistance de son architecte d'intérieur qui avait affirmé qu'il la lui fallait absolument, et l'apporta à Lex, qui observait toujours la pièce.

— Bon sang, Blake. C'est magnifique. Ça n'a rien à voir avec ce que c'était avant. C'est comme si tu étais passé d'un simple motel au *Ritz-Carlton*.

Il pouffa en haussant les épaules.

— Oui, j'ai dû sacrifier quelques mètres carrés dans la chambre, mais ça valait le coup, je pense.

— Carrément, oui, confirma-t-elle.

Elle parlait sur un ton révérencieux, mais à part cela, elle restait raide au milieu de la pièce, entourée de ses bras, comme si elle ne tenait plus qu'à un fil.

Blake mit la serviette entre les deux lavabos et, sans un

mot, retira à Lex son collier, le posant délicatement à côté de la serviette.

Ensuite, lentement, il déplaça ses mains vers l'avant du jean. Il défit le bouton du haut, qui lui donna un peu de marge de manœuvre, et glissa les doigts sous la ceinture. Alexis frémit, mais ne quitta pas sa posture défensive.

— Je vais t'enlever le micro, maintenant, ma puce. Tu veux bien ?

Elle leva des yeux écarquillés vers lui. Son regard trahissait tant d'émotions. Il la laisserait tranquille si elle avait besoin d'espace, même si ça le tuait. Il savait qu'elle était tout à fait capable de retirer le micro toute seule, mais il avait envie de prendre soin d'elle.

Enfin, après une éternité de silence, elle hocha légèrement la tête.

Sans la quitter du regard, il remonta les mains jusqu'au soutien-gorge. Elle laissa retomber les bras pour lui donner un meilleur accès. Sans soulever le tee-shirt, Blake trouva le petit micro niché dans le chaud creux offert par son décolleté. Son soutien-gorge lui relevait tellement les seins que le ruban adhésif maintenant le micro était presque superflu.

Lex frémit ; il sentit la chair de poule, comme chaque fois qu'il la touchait. Il était soulagé qu'elle réagisse encore à son contact, malgré sa vulnérabilité, cependant, il ne fit rien pour prolonger l'instant, veillant à agir vite, mais en douceur pour enlever l'adhésif. Il caressa du bout des doigts la peau irritée entre les seins. Il aurait aimé y passer la langue à la place.

Bien conscient que le besoin de se laver de la jeune femme était plus important que ses propres désirs sexuels, Blake retira sa main de sous le tee-shirt.

Toujours sans la quitter des yeux, il posa le micro à côté

du collier, puis s'appuya contre le comptoir, l'emprisonnant entre ses bras.

— Tu préfères une douche ou un bain ?

— Une douche.

— D'accord. Prends ton temps. Je vais nous préparer à manger.

— Je n'ai pas faim, lui rappela-t-elle, d'une voix toujours basse.

Plutôt que de l'enlacer, elle avait remis ses mains autour d'elle-même.

— Je sais, mais ce sera peut-être différent une fois ta douche terminée. Je vais préparer quelque chose juste au cas où. Si tu ne veux pas manger, ce n'est pas grave. D'accord ?

— D'accord, Blake.

Blake, qui se souvenait de son mouvement de recul dans le parking, veilla à ce qu'elle n'ait aucun doute sur ses intentions quand il se pencha délibérément vers son front pour y déposer un baiser. Il y laissa ses lèvres un long moment avant de s'écarter enfin, toujours sans la toucher, grâce à sa force de volonté.

— J'ignore ce qui se passe dans ta tête en ce moment, lui dit-il doucement, mais je veux que tu saches que tu es une femme incroyable. Je n'ai jamais été aussi fier, effrayé et inquiet à la fois que ce soir. Tu me stupéfies. Tu es la femme la plus altruiste, géniale et passionnée que j'aie jamais rencontrée. Rien de ce qui est arrivé ce soir ne m'a fait changer d'avis quant à mon envie de te faire l'amour jusqu'à ce que tu n'aies plus qu'une seule chose à l'esprit : moi, autour de toi, en toi.

Il prit son visage en coupe et l'embrassa sur le dessus du crâne.

— Prends ta douche, ma puce. Je vais te trouver un tee-shirt et un short et les poser sur mon lit. Je serai dans la cuisine. Prends tout le temps qu'il te faut.

Elle hocha la tête. Il ne tint pas compte des larmes qui brillaient dans ses yeux ; elle avait sans doute besoin de les verser pour se sentir mieux. Avant de s'écarter, il récupéra le micro et la caméra, puis, sans la quitter des yeux, il recula jusqu'à la porte, dont il attrapa la poignée, avant de la refermer doucement, pour laisser Alexis seule avec ses pensées.

CHAPITRE 12

Alexis retira son haut et son jean dans un brouillard et les laissa en tas sur le carrelage. Elle enleva rapidement ses sous-vêtements également et fit couler l'eau. Lorsqu'elle se fut réchauffée quelques secondes plus tard, elle la régla aussi chaude qu'elle pouvait le supporter, et entra dans la douche immense.

Lorsque son corps se fut habitué à la température, elle tourna le bouton d'un cran, rendant l'eau plus brûlante. Puis elle frotta. Si elle n'avait pas eu autant à cœur de se nettoyer, elle se serait amusée du fait que Blake possède – et utilise, visiblement – une fleur de douche, sur laquelle elle versa une grande quantité de produit, avant de faire tout son possible pour effacer le souvenir des caresses de Chuck et la répulsion qu'elle ressentait d'avoir vu ces hommes traîner les filles vers le fond de la maison pour se les taper.

Elle se frotta la peau jusqu'à ce qu'elle soit rose aussi bien à cause de la température de l'eau que de ses ablutions vigoureuses. Elle récura si fort la main qui avait été en contact avec le tee-shirt humide de Chuck qu'elle eut l'impression d'avoir retiré une couche d'épiderme. Puis elle

plaça son visage sous l'eau brûlante, ne reculant que lorsqu'elle dut respirer.

Enfin, les larmes qu'elle avait retenues toute la soirée se
libérèrent, comme de l'eau jaillissant d'un barrage. Elle était
incapable de les contenir plus longtemps. Elle s'adossa au
mur et se laissa tomber sur les fesses, puis elle s'entoura de
ses bras tandis que l'eau se déversait sur elle. Elle pleura de
la frayeur qu'elle avait ressentie, elle pleura de la certitude
qu'elle avait été à deux doigts d'être démasquée avant de se
faire violer et tuer violemment, elle pleura parce que Chuck
avait fourré sa langue dégoûtante dans sa bouche.

Elle pleura jusqu'à n'avoir plus une seule goutte d'eau
dans le corps. Les jambes tremblantes, elle se redressa en se
tenant au mur, puis tourna le dos au jet d'eau, le laissant
cascader une dernière fois sur ses cheveux et son visage.
Elle se balança sous l'eau qu'elle n'avait pas envie de quitter.
Même après sa douche, elle se sentait toujours sale.

Elle avait l'impression que leur caractère atroce et démo-
niaque lui collait à la peau comme un linceul. Elle n'arrivait
pas à s'en débarrasser, quel que soit le nombre de frotte-
ments ou la température de l'eau qu'elle utilisait. Démorali-
sée, elle coupa enfin l'eau, ouvrit la porte et attrapa la
serviette. Elle se sécha machinalement, sans minutie, et
retourna dans la chambre de Blake.

Un tee-shirt et un short l'attendaient comme promis sur
le lit. Elle les enfila en vitesse, ne s'interrompant que le
temps d'inhaler la fragrance masculine de Blake qui s'attardait sur le haut. Puis elle repartit se laver les dents avec les
articles que Logan lui avait achetés.

Elle se les frotta trois fois et fit quatre bains de bouche,
dans une vaine tentative de faire disparaître le goût horrible
et la sensation répugnante des lèvres de Chuck. À deux

doigts de s'écrouler de fatigue, elle accepta enfin de quitter la pièce embrumée pour rejoindre la cuisine.

Et s'arrêta net. Blake se tenait à côté de son lit, tout juste vêtu d'un pantalon en flanelle recouvert d'ours polaires. C'était totalement inattendu. Elle se demandait où il l'avait trouvé. Cependant, il lui tendit la main avant qu'elle n'ait l'occasion de lui poser la question.

— Approche, Lex, dit-il tout bas.

Elle s'avança vers lui sans hésiter et mit la main dans la sienne, poussant un soupir de soulagement lorsqu'il referma ses doigts autour des siens. Elle ignorait pourquoi, mais elle se sentait si équilibrée quand il lui tenait la main. Elle donnerait tout pour pouvoir s'y accrocher et ne jamais avoir à la lâcher.

De l'autre bras, Blake écarta les draps.

— Viens là, ma puce.

— Je croyais que tu préparais à manger, répliqua-t-elle d'une voix éraillée suite à sa session de larmes.

— Tu as plus besoin de mes bras que de nourriture, commenta-t-il simplement, de manière si directe et ô combien pertinente.

À contrecœur, elle lui lâcha la main et s'installa dans le lit.

— Décale-toi, j'arrive.

Soulagée, elle s'exécuta pour lui faire de la place. Les yeux rivés à lui, elle l'observa se pencher pour éteindre la lampe de chevet. Puis il se tourna vers elle et la prit dans ses bras.

Les jambes nues d'Alexis étaient posées sur les siennes recouvertes de flanelle, et elle soupira de satisfaction. Elle allongea la tête sur son torse dénudé. Quand il posa la main sur sa hanche, juste en dessous de la ceinture du short, son souffle manqua un battement. Mais il se contenta de la garder ainsi, de lui faire savoir qu'il était là avec elle.

Elle qui pensait avoir versé toutes les larmes de son corps se rendit compte qu'il en restait quelques-unes. Elle essaya de lui masquer son trouble, mais ne fut visiblement pas très douée.

— Laisse-toi aller, Lex. Je te tiens.

— Je v-v-vais b-b-bien.

— Non, et personne ne peut t'en vouloir. J'ai dû me retenir de toutes mes forces de faire irruption à cette fête pour t'en faire sortir. De même qu'il m'a été très dur de ne pas te rejoindre dans cette douche en t'entendant pleurer. Ça m'a tué, parce que je sais que ça ne te ressemble pas.

— Pas d-d-du tout. Je ne p-p-pleure jamais.

— Je sais, ma puce. Tu es la femme la plus forte de ma connaissance. Pleure autant que tu le veux. Je ne le dirai à personne.

Elle savait que c'était vrai. Il se montrait si compréhensif et sensible qu'elle arrêta de se retenir. Elle s'agrippa à lui et renonça à être stoïque. Elle brailla. D'horribles sanglots la déchirèrent, si bruyants qu'elle devrait en être gênée, mais Blake ne dit rien, se contentant de la serrer contre lui.

Dix minutes plus tard, ses sanglots se tarirent. Blake lui donna un mouchoir sorti de nulle part et le posa sur son nez.

— Souffle.

Elle s'exécuta sans hésiter.

Lorsqu'il se pencha pour jeter le mouchoir sur la table de chevet, elle en profita pour essuyer ses larmes, puis revint se blottir contre son torse.

— Tu te sens mieux ?

Elle confirma d'un signe.

— Désolée de t'avoir mis de la morve partout.

Il rit.

— Pas moi. Tu en avais besoin.

Elle hocha à nouveau la tête.

— En effet. Merci.

— Pas la peine de me remercier, Lex. Je serais un connard si je te disais de prendre sur toi ou de ne pas t'inquiéter parce que tout est terminé. Je préfère que tu sois toi-même avec moi. Si ça signifie te montrer forte devant tout le monde et me pleurer dessus dans notre lit, ça me va.

Elle frissonna en entendant ces mots – « notre lit ».

— C'était gentil de ta part.

— Non, rétorqua-t-il d'un ton ferme en la serrant contre lui. C'est ce que j'appelle prendre soin de la personne que j'aime. Être présent quand elle a besoin de moi. Je serai toujours ta force quand tu n'en auras plus assez pour toi, ta planche de salut si nécessaire, ou simplement ton supporter qui te soutient en coulisses. Le fait est que je sais que tu n'as pas vraiment besoin de moi, Lex. Tu es sacrément douée pour être autonome et te débrouiller seule. Alors, je me sens chanceux de t'avoir à mes côtés actuellement.

Cette déclaration était belle. Merveilleuse, à vrai dire. Cependant, un mot ne cessait de résonner dans son esprit. Elle craignit d'aborder le sujet, de découvrir qu'il n'avait été prononcé que dans l'ardeur du moment. Mais bien sûr, elle était incapable de laisser tomber. Elle devait savoir.

Levant la tête, elle le fixa dans les yeux dans la faible luminosité de la pièce. Elle tenta de déchiffrer ses pensées rien qu'en observant son expression.

— « Prendre soin de la personne que tu *aimes* » ? répéta-t-elle en haussant les sourcils d'un air interrogateur.

Blake n'hésita pas un instant. Il ne lui fit pas douter un instant d'avoir bien entendu.

— Oui. Je t'aime, Lex. Tu t'es glissée en moi. Chaque

jour, il me tarde de te parler. De te voir. J'ai découvert avant ce soir que je t'aimais, mais te savoir en danger et être incapable d'y faire quoi que ce soit a renforcé mes sentiments. Je t'aime. Pas parce que tu vas te donner à moi. Pas parce que tu es la première femme avec laquelle je passe du temps depuis mon retour à Castle Rock. Pas parce que tu fais quelque chose de formidable pour ma famille. Je t'aime pour *toi*. Pour la femme que tu montres au monde extérieur... cette femme forte qui ne s'en laisse pas conter, fille de milliardaires... autant que pour celle que j'ai le privilège de connaître en privé. Cette femme complexée, têtue au possible, mal à l'aise et effrayée à l'idée de montrer sa vraie personnalité au monde entier de peur de ce que les gens pourraient penser d'elle.

Ébahie, elle était incapable de faire autre chose que le fixer. Il l'aimait. Comme il n'avait plus rien à ajouter, elle ferma les yeux et inspira profondément. Elle n'arrivait pas à y croire. Elle n'aurait jamais pensé vivre ce moment un jour. Se retrouver ici, dans la maison de Blake, dans ses bras, dans son lit. Elle porta une main à son visage et la posa sur sa barbe légère, caressant la peau rêche.

— Je t'aime depuis des mois. Pratiquement depuis l'instant où je t'ai rencontré.

— As-tu évacué tes démons ? demanda-t-il avec un regard intense.

— Quoi ?

Elle ne s'attendait pas du tout à cette réponse.

— Tout à l'heure, tu refusais que je te touche. Tu voulais effacer le souvenir des attouchements de ce connard. J'ai envie de t'embrasser, j'en ai *besoin*, mais il faut que tu sois sûre de toi.

— Je le suis, confirma-t-elle sans hésiter. J'ai besoin de toi.

Il baissa la tête jusqu'à ce que ses lèvres flottent au-dessus des siennes.

— Tu es à moi, souffla-t-il. Et la réciproque est vraie. Tu es la seule femme que je veux toucher, fréquenter, embrasser, aimer. Tu n'auras jamais à t'inquiéter que je puisse te tromper, Lex. Tu es faite pour moi. Je le sais jusqu'au plus profond de mes os.

— Embrasse-moi. S'il te plaît.

Sans ajouter un mot, Blake posa ses lèvres sur les siennes. Cependant, au lieu de l'entraîner dans un baiser dévorant et passionné, il la dégusta. Il la parsema de petits baisers, lèvres fermées, puis lui lécha les siennes. Et lorsqu'elle haleta de désir, il glissa sa langue dans sa bouche. Alexis soupira de soulagement en sentant ses lèvres sur les siennes. Elle était entourée par Blake, par ses mains, sa fragrance. Elle ne songeait plus du tout à Chuck. Tout le temps passé sous la douche et les nombreux lavages de dents n'avaient pas permis de le chasser de son esprit, pourtant il avait suffi d'un effleurement de Blake sur les siennes pour que, *pouf*, Chuck ait disparu comme s'il n'avait jamais élu domicile dans ses pensées.

Alexis et Blake contrôlèrent le baiser à tour de rôle. D'abord, sa langue à lui se lança dans un duel avec la sienne, puis il recula pour la laisser entrer dans sa bouche et prendre les commandes du baiser.

Lorsqu'elle eut le sentiment que ses poumons allaient exploser, elle s'écarta à contrecœur. Blake cala immédiatement sa tête contre son torse et la serra fort contre lui. Elle sentait son membre dur et long contre elle. Pendant qu'ils s'embrassaient, elle avait passé une jambe autour de ses hanches et s'était frottée à lui. Quant à Blake, il avait glissé la main dans son short pour la poser sur ses fesses nues.

Elle resta plusieurs instants sur lui, haletante, s'attendant à ce qu'il fasse le premier pas. Cependant, il se contenta de demeurer allongé sous elle sans bouger, le cœur battant à tout rompre dans son torse musclé et légèrement poilu. Elle s'écarta un peu pour pouvoir le regarder.

— Tu dois m'aider, là, Blake. Je n'ai jamais fait ça avant.

Elle sourit, parce qu'elle savait qu'il en était parfaitement conscient.

— Il est une heure et demie du matin, Lex. La soirée a été longue. Je suis fatigué, toi épuisée, et tes émotions ont connu le grand huit ce soir. Dors. Il n'y a pas d'urgence. Nous ferons l'amour, aucun doute. Mais nous ne sommes pas obligés de le faire à l'instant présent.

Pendant une seconde, elle craignit qu'il ne la désire plus, mais son bon sens refit surface. C'était l'ancienne Alexis qui avait peu confiance en elle qui parlait. Blake avait raison. Elle était épuisée. Et entre la frayeur qu'elle avait ressentie et le dégoût de sentir les mains de Chuck sur elle, puis sa crise de larmes et enfin l'euphorie d'entendre Blake lui avouer son amour... elle était éreintée. Il lui suffit de songer à dormir pour que ses paupières s'alourdissent instan-tanément.

— D'accord, souffla-t-elle en se remettant contre son torse, les yeux fermés. Mais sache que je serai redevenue moi-même après une bonne nuit de sommeil. Je dis ça comme ça.

— C'est noté, répliqua-t-il, amusé.

Elle était certaine qu'il arborait un grand sourire.

— Tu es bien installée ? Tu veux changer de position ? demanda-t-il au bout d'un moment.

— J'aimerais bien bouger, dit-elle en ouvrant les yeux et soulevant la tête péniblement.

— Tourne-toi sur le côté, dos à moi, lui ordonna-t-il gentiment.

Elle s'exécuta.

— Comme ça ?

— Exactement comme ça, confirma-t-il en se blottissant derrière elle pour l'entourer de son corps.

Il positionna son avant-bras entre ses seins et plaça la main sur sa joue. Il glissa son autre bras sous l'oreiller d'Alexis, qui se retrouva totalement envahie de sa chaleur. Il plaqua son nez contre son cou et huma.

— Tu sens comme moi, commenta-t-il tout à coup.

— J'ai utilisé ton gel douche.

— Même si j'aime beaucoup ton odeur de chèvrefeuille, je crois que je préfère celle-ci. C'est carrément sexy, et j'ai l'impression d'être encore plus proche de toi.

Alexis nota mentalement de se servir de son produit de temps en temps. Elle ne s'en badigeonnerait sans doute pas le matin, puisqu'il n'avait pas une fragrance vraiment féminine, mais elle devait admettre qu'elle prenait presque autant de plaisir que lui à sentir son parfum sur elle.

Ils restèrent enlacés un long moment sans parler. La sensation était familière à Alexis, comme s'ils avaient déjà dormi ainsi... ce qui était impossible, n'est-ce pas ?

Il répondit à sa question non formulée comme s'il savait exactement à quoi elle pensait.

— On a dormi comme ça l'autre jour quand tu étais ivre. Tu t'es agrippée à mon bras comme si tu ne comptais pas le lâcher un jour. Je n'avais jamais aussi bien dormi. Ça te dérange si on se met comme ça ? Tu es bien installée ?

— Oui. J'ai l'impression d'être faite pour tes bras.

— Très bien. Parce que j'adore ça. J'ai le sentiment de te protéger contre le reste du monde, comme ça, et ça me plaît.

— Je t'aime, Blake.

— Je t'aime aussi, Lex. Dors. Je te tiens.

— Hummm.

Elle ferma les yeux. Elle pensait que les événements tourbillonneraient dans son esprit et l'empêcheraient de dormir, mais au contraire elle sombra instantanément dans un profond sommeil.

Elle ne découvrit jamais que Blake resta éveillé encore une heure à simplement respirer son odeur et savourer le plaisir de la sentir s'agripper à son bras comme si elle était prête à se battre contre quiconque essaierait de le lui arracher.

CHAPITRE 13

Blake était en train de rêver qu'il était en vacances dans les Caraïbes avec Alexis. Il ne saurait dire sur quelle île précisément, mais il faisait chaud et le sable était doux sous son corps. Tous deux étaient nus, et jamais il n'avait bandé aussi fort et douloureusement qu'en cet instant.

Il ouvrit brusquement les paupières en réalisant que ce n'était pas du tout un songe. Il faisait chaud dans la pièce, il transpirait, et Lex était à genoux à côté de lui sur le matelas, nue comme au jour de sa naissance, les yeux rivés sur son membre qu'elle tenait dans la main.

Blake ignorait quelle heure il était exactement, mais cela semblait être le matin. Le soleil apparaissait à travers les fentes des stores. Toute pensée concernant l'heure disparut de son esprit à l'instant où Alexis se pencha pour lécher timidement le bout de son sexe. Il poussa un grognement impossible à retenir quand il vit sa langue passer sur son gland tandis qu'elle le regardait.

— C'est salé et un peu amer en même temps.

— Putain, Lex, tu me tues.

Il souffla tout à coup. Il posa une main sur sa nuque pour l'attirer à lui.

— Bonjour, ma puce. Viens là, viens m'embrasser.

Sans hésiter, et sans lâcher son sexe non plus, elle se redressa pour rapprocher sa tête.

Blake prit tout son temps, excité de sentir son goût diffus sur sa langue. Nonchalamment, il explora la bouche de Lex, alors qu'il mourait d'envie d'accélérer les choses, de la retourner et de s'enfoncer si fort en elle qu'elle serait incapable de bouger pendant des heures.

Ce fut sa virginité qui le retint. Il aurait plein d'occasions de la pénétrer comme il le voudrait, mais ce matin, cet instant lui était réservé... *leur* était réservé. Il n'y aurait aucune autre prochaine fois, et il comptait bien rendre celle-ci aussi inoubliable que possible... pour tous les deux.

C'était incroyablement érotique de sentir sa petite main hésitante caresser son membre. Elle leva la tête et, en lui lançant un regard empli d'adoration, de désir et d'une légère incertitude, elle demanda :

— Tu peux me faire l'amour ?

— Avec plaisir, ma puce.

Il écarta sa main de son sexe puis roula sur lui-même pour se retrouver au-dessus d'elle. Ensuite, il retira entièrement son pantalon de flanelle.

Blake se redressa sur ses coudes et plongea les doigts dans les cheveux d'Alexis pour la maintenir immobile. Son corps nu était chaud et malléable sous le sien, et il sentait ses mamelons durs contre son torse. Les poils rasés de son intimité lui effleuraient le ventre comme si elle frottait inconsciemment les hanches contre lui. Elle passa alors une jambe autour de lui, et il perçut l'humidité qui avait coulé contre l'intérieur de la cuisse de Lex se transmettre à sa propre peau. Elle enfonça ses ongles dans ses biceps, puis se lécha les lèvres.

Elle se trémoussait sous lui, comme si la seule pensée de ce qui allait arriver l'excitait.

— J'ai conscience que ça fait de moi un crétin, murmura Blake en jouant avec ses mèches de cheveux, mais je ne peux pas m'empêcher d'être content de savoir que je serai ton premier. Je serai le premier à te regarder jouir et le premier à sucer tes seins et ta chatte magnifiques. Le premier à toucher ton clitoris puis à enfoncer mes doigts en toi pour sentir combien ton vagin est chaud et humide quand tu prends ton pied.

Sa voix descendit d'une octave, et il s'appuya un peu plus contre elle, contre ses mamelons durs comme la pierre.

— Le premier à te pénétrer. Tu n'as pas idée du cadeau que tu me fais. Je te promets que tu ne le regretteras pas.

— Tu n'es pas un crétin, le rassura-t-elle en lui serrant doucement les bras. Un homme des cavernes, peut-être, mais je peux le gérer. Maintenant, tu veux bien arrêter de parler de toutes ces choses et me les faire ?

Blake pouffa et sourit. Il pouvait compter sur Lex pour faire d'une étreinte amoureuse un moment aussi amusant qu'excitant.

— Oui, ma puce. Je peux arrêter de parler. Mais n'oublie pas que c'est donnant donnant. Tu peux me toucher autant que tu le souhaites. Je te laisserai m'explorer avec plaisir.

Ses yeux s'illuminèrent.

— C'est vrai ?

— Oui. Je veux découvrir tous les endroits qui t'excitent, et j'ai envie que tu fasses de même avec moi. Je serai ton cobaye avec joie. Commençons par ça, dit-il en effleurant ses mamelons du pouce. Les tétons peuvent être soit extrême-ment sensibles, soit pas du tout. Ça dépend de chacune. Je pense que tu fais partie des femmes sensibles à cet endroit-là. Il me reste maintenant à déterminer si je pourrais te faire jouir rien qu'en les suçant et jouant avec eux.

Il passa ses ongles sur les petits bourgeons et sourit en la sentant arquer le dos et s'agripper plus fort à ses biceps. Ses seins n'étaient pas énormes, mais d'une taille agréable dans ses grandes mains. Il les malaxa, veillant à ne pas appuyer trop fort. Il les remonta un peu, tout en les caressant du plat du pouce.

Alexis gémit.

— C'est bon ?

— Oh que oui ! Pourquoi est-ce que je ne ressens pas la même chose en les serrant moi-même ?

À cette image, son membre tressauta.

— Tu t'es déjà fait ça ?

— Oui, quelques fois. Parfois, juste avant de jouir, je me pince un téton. Ça fait venir mon orgasme plus vite.

— Bon sang, souffla-t-il. C'est sexy. Il me tarde de te regarder te caresser.

Elle ouvrit de grands yeux.

— Ça te plairait de voir ça ?

— Oh, oui, j'adorerais. Nous, les hommes, sommes des créatures aimant les visuels. T'imaginer te masturber devant moi fait définitivement partie de mes fantasmes.

Elle ne répondit rien, mais le fixa avec un petit sourire aux lèvres, haletante.

— Voyons voir ce que tu penses du fait de les sucer.

Il se décala un peu, pressant son érection sur le matelas entre ses jambes. Il espérait parvenir à maintenir ce rythme calme, à lui enseigner le plaisir dont son corps était capable, sans perdre la tête. C'était à la fois un bonheur et une plaie que les femmes puissent jouir plusieurs fois en très peu de temps. Un bonheur, car cela signifiait qu'il pourrait la regarder se laisser aller à plusieurs reprises, et une plaie parce qu'il savait d'instinct que l'observer en train de jouir le mènerait au bord du gouffre.

Alexis bougeait les mains contre ses flancs, comme si elle ignorait où les mettre.

— Lève les bras et accroche-toi à la tête de lit, lui suggéra-t-il. Ce sera plus facile que d'essayer de te tenir aux draps.

Elle lui obéit immédiatement, et il inspira vivement, saisi d'une flambée de désir. Il n'avait jamais été du genre à donner des ordres aux femmes, encore moins au lit, mais il y avait quelque chose d'incroyablement érotique à voir Alexis, qui ne s'en laissait conter par personne, faire ce qu'il voulait dès qu'il en formulait la demande.

Il se pencha pour prendre tout de suite l'un de ses mamelons roses dans sa bouche. Il lui donna de rapides coups de langue, ravi des petits bruits qu'elle émettait. Elle arqua le dos pour se presser contre lui, le suppliant, sans un mot, de continuer à la toucher.

Tandis que ses lèvres et sa langue s'occupaient d'un téton, il pinça doucement l'autre entre son pouce et son index. Il le fit rouler et mordilla le premier, en veillant à ne pas y aller trop fort.

Les hanches de Lex tressautèrent, et elle chercha à frotter son clitoris contre lui de nouveau.

— Tu as besoin de quelque chose, Lex ? la taquina-t-il, en portant immédiatement la main au sein délaissé par sa bouche.

Il poursuivit son tourment sur les deux en même temps et se lécha les lèvres. Elle était vraiment magnifique.

— Blake, s'il te plaît.

— S'il te plaît quoi, ma puce ?

— C'est si bon, gémit-elle en fermant les paupières alors qu'il continuait de la torturer.

— Veux-tu découvrir si tu es capable de jouir avec juste mes lèvres et mes mains sur tes nichons, Lex ? lui demanda-t-il, utilisant volontairement le mot grossier pour savoir si elle était excitée par les paroles cochonnes.

Elle ouvrit les yeux, lâcha la tête de lit et saisit ses seins par les flancs pour les rapprocher de lui. Puis elle le regarda en face.

— Ça ne devrait pas être un problème, Blake. S'il te plaît, remets ta bouche sur moi. Tes dents étaient vraiment agréables. N'aie pas peur de te montrer un peu brusque. Je crois que j'aime ça.

— Bon Dieu, Lex, jura-t-il en se léchant les lèvres. Si je fais quoi que ce soit que tu n'aimes pas, ajouta-t-il en s'exprimant d'une voix ferme, qui ne te fait pas du bien, tu dois me le dire absolument. Je me haïrais si je te faisais du mal.

— Je te le dirai, souffla-t-elle. S'il te plaît, fais-moi jouir... J'en ai vraiment besoin.

Sans prononcer un mot de plus ni rompre le contact visuel, Blake se rapprocha à nouveau de ses seins. Il mit ses mains sur les siennes pour relever encore plus sa poitrine, puis posa la bouche autour de l'aréole et du téton pour sucer... fort.

Alexis ferma les yeux et poussa un gémissement aigu, en s'arquant toujours plus contre lui. D'instinct, elle voulut serrer les jambes, mais Blake s'installa entre ses cuisses pour l'obliger à les garder ouvertes, accroissant par la même le désir de la jeune femme.

Il lui suça la poitrine, tout en se servant de ses doigts à elle et des siens pour malaxer les globes pulpeux. De son autre main, il tripota le deuxième téton pour le faire durcir, tirant dessus jusqu'à ce qu'il ressorte bien. Lex recommença à se tortiller contre lui en gémissant son prénom.

Puis il utilisa sa bouche sur le mamelon qu'il avait pincé, tout en tirant, attrapant et serrant l'autre cette fois-ci. Blake passa sans arrêt de l'un à l'autre, changeant chaque fois de rythme et de caresses.

Enfin, il lâcha le petit bourgeon qu'il suçait encore et se servit simplement de ses doigts sur les deux en même temps.

— Tu es tellement sexy, Lex. Regarde-toi, tu es trempée. Je n'avais jamais vu autant de mouille. Tu as inondé mes draps, et tu sens si bon... Un mélange de savon et de sexe. Je suis impatient d'enfoncer ma langue en toi et de lécher ton doux miel. Ton corps me veut ; il me supplie d'y plonger ma queue. Et tes nichons... Bon sang, ma puce. Je n'en reviens pas qu'ils soient aussi sensibles. C'est génial. Tes tétons sont si durs qu'ils pourraient couper du verre. Est-ce que c'est agréable quand je fais ça ? demanda-t-il en tirant autant que possible sur les deux mamelons en même temps.

Elle inclina immédiatement la tête en arrière et remonta tellement ses seins vers lui que ses phalanges blanchirent. Il ajouta un pincement à chaque bourgeon, puis recommença à les tirer vers le haut. D'abord, les deux ensemble, puis l'un après l'autre, modifiant chaque fois son schéma, mais sans jamais les lâcher. Baissant les yeux, il vit le ventre de la jeune femme se contracter et ses jambes trembler.

— Vas-tu jouir, Lex ? Vas-tu me montrer combien tu aimes ça ? Tu aimes quand je torture tes jolis nichons, n'est-ce pas ? Je pense que l'on pourrait essayer d'utiliser des pinces. Ce serait super de t'emmener dîner à l'extérieur en sachant que tu les porterais... qu'à chaque mouvement que tu ferais, tu aurais l'impression que je tire légèrement sur tes seins...

Il lui fit une démonstration, ajoutant des pincements sur ses bourgeons ultrasensibles.

— Et je parie qu'il suffirait alors d'un seul passage sur ton clitoris sous la nappe pour que tu jouisses.

— Blake, s'il te plaît... Bon sang, je suis si proche.

Il avait tellement envie de s'enfoncer dans son fourreau étroit, qu'elle ne cessait de lever dans sa direction. Mais il voulait qu'elle prenne son pied sans le moindre contact physique contre son clitoris ou sa chatte. Il savait justement comment faire.

— Regarde, Lex. Regarde mes avant-bras pendant que je joue avec tes nichons. Regarde-moi.

Elle ouvrit brusquement les yeux et baissa tout de suite le menton pour observer son bras droit. Blake le fléchit volontairement tout en tirant et pinçant le mamelon. Les pupilles de Lex se dilatèrent, son souffle s'accéléra.

Il continua à tourmenter le sein et à contracter les muscles.

— C'est ça, Lex. Attends un peu de voir quand je te doigterai. Tu pourras m'observer te faire jouir, et après ça, tu ne pourras plus jamais contempler mes bras sans te souvenir de mes doigts au fond de ta chatte.

Cela marcha. Blake put pratiquement sentir l'orgasme partir des seins, descendre dans le ventre puis atteindre le petit paquet de nerfs entre les cuisses. Tous les muscles de Lex se contractèrent, ses hanches se soulevèrent frénétiquement, et elle serra les fesses, la tête rejetée en arrière, puis se libéra dans une plainte. Son bassin tressautait au rythme de son plaisir. Elle lâcha son buste pour s'agripper aux bras de Blake, qui savoura la légère morsure des ongles qui s'enfoncèrent dans sa peau. Pas suffisamment fort pour entailler la chair, mais assez pour qu'il sache qu'il garderait quelques heures les marques en demi-lune sur lui.

Sans émettre un son, elle ouvrit les lèvres, perdue dans l'euphorie de sa libération. Dans un premier temps, Blake continua de pincer les tétons, puis il les caressa plus gentiment, avant de passer les paumes sur toute sa poitrine. Sur sa clavicule, il descendit vers les perles mammaires, le ventre un peu rond, et remonta. Il poursuivit ses tendres attouchements le temps qu'elle revienne de son orgasme.

Lorsqu'elle reposa enfin les fesses sur le matelas, elle était recouverte d'un voile de sueur et haletait.

Extrêmement fier de lui et d'elle, Blake se décala vers le haut pour nicher son sexe raide contre les plis humides.

— Alors, que penses-tu de ton premier orgasme donné par un homme, ma puce ?

Elle entrouvrit les yeux, lui caressa les bras et remonta les mains pour les fourrer dans ses cheveux, qu'elle serra légèrement.

— Tu me demandes de *penser* maintenant ? lança-t-elle en poussant un soupir tremblant.

Blake lui adressa un immense sourire.

— Tu es incroyable, Lex. Je voulais que tu le saches.

Elle lui adressa un sourire tendre.

— Tu en veux plus ou tu te sens bien ?

Cela le tuerait d'arrêter là, mais il le ferait et la laisserait se prélasser dans sa brume post-orgasmique si c'était ce qu'elle désirait. Pour la première fois, il comprit que même si elle croyait peut-être que c'était *lui* qui dirigeait les opérations, en réalité, seul le contraire était vrai. Il se laisserait mener par le bout du nez avec grand plaisir.

— Plus, répondit-elle immédiatement.

Elle releva les hanches pour se frotter contre son érection.

— Je te veux en moi. Maintenant.

— Il y a tellement de choses que j'ai envie de te faire.

Tellement d'explorations à entreprendre, lui dit-il, incapable de s'empêcher de faire de lents va-et-vient contre sa fente avec son membre, lubrifiant ainsi sa longueur.

Il adorait la sentir si chaude et humide à cet endroit-là. Il veilla à donner un petit coup de gland contre le clitoris à chaque passage de ses hanches.

— Plus tard. Tu as dit que je pourrai jouer moi aussi, et j'ai envie de le faire. Mais pour l'instant, j'ai besoin de toi, Blake. Même si j'ai joui, je me sens encore vide. On dirait que mon corps sait ce qu'il veut, et c'est toi. À l'intérieur. S'il te plaît. J'ai assez attendu.

La verge de Blake se durcit et du liquide préséminal devait goutter du bout sur le bas-ventre et les boucles intimes de Lex. Il n'avait jamais été aussi excité de toute sa vie.

— Veux-tu que je mette un préservatif? demanda-t-il, les mâchoires contractées.

Ils avaient déjà eu cette conversation, mais il souhaitait qu'elle soit sûre. Il se redressa sur les coudes et serra les poings. En attendant sa réponse, il continua à frotter son sexe contre ses lèvres humides. Il glissait sans peine, grâce à l'excitation de la jeune femme, son orgasme, et son propre liquide préséminal.

— Non, affirma-t-elle en le regardant droit dans les yeux. Nous en avons parlé. Je prends la pilule et j'ai confiance en toi. Je te veux. *Juste toi.* S'il te plaît, Blake. Baise-moi.

— Bon sang, souffla-t-il. Je ne peux pas résister. Je n'ai jamais été aussi excité. Jamais. Tu dois me croire, ma puce.

Elle ne répondit pas verbalement ; elle écarta simplement les jambes le plus possible et posa les pieds à plat sur le matelas, puis ouvrit les cuisses, s'exposant complètement à son regard. Sans rien cacher, elle lui offrait sa virginité sur un plateau d'argent.

Blake l'observa et gémit. Elle avait les bras étendus, les jambes relevées, et sa chatte suintait. Le plaisir de la jeune femme luisait non seulement sur sa verge, mais aussi sur l'intérieur de la cuisse de Lex.

Il attrapa un oreiller et le glissa sous les hanches de Lex afin de l'aider à rester dans cette position. Puis il saisit son membre par la base et passa l'extrémité spongieuse le long de sa fente, avec plus de vigueur, appuyant plus fort sur le clitoris à chaque remontée, la faisant frémir à chaque fois.

Elle releva les genoux par en dessous, pour s'ouvrir encore plus à lui.

— Fais-le, Blake, ordonna-t-elle d'une voix rauque. Fais-moi tienne.

Incapable de se retenir davantage et excité par ses paroles au point de non-retour, Blake ajusta le bout de sa verge dégoulinante contre les plis humides, qui l'aspirèrent. C'était une vision si érotique qu'il inspira vivement.

— Tu es tellement bandante, lui dit-il, en passant ses mains sous ses fesses pour la relever un peu plus.

Les muscles intimes d'Alexis se contractèrent contre lui, essayant de l'attirer au fond de son corps. Blake recula les hanches d'un centimètre à peine, puis s'enfonça légèrement plus loin qu'avant. Il se mit à suer de ses efforts pour s'empêcher de plonger entièrement son membre à l'intérieur de ce conduit chaud et humide. Mais il ne voulait pas lui faire de mal. Se décalant pour soutenir les fesses de Lex d'une seule main, il posa l'autre pouce sur son clitoris. Une seule caresse suffit pour que les muscles intimes se contractent autour de lui, les faisant gémir de concert.

Lex descendit brusquement le bassin, le faisant entrer un peu plus en elle. Blake voyait les sécrétions de son plaisir alors qu'il la pénétrait.

— Plus, Blake. Encore, le supplia-t-elle en baissant les yeux pour regarder le point de fusion de leurs corps.

Blake recula, puis s'enfonça à nouveau en elle. Il répéta la manœuvre à plusieurs reprises tout en lui caressant doucement le clitoris, afin de maintenir son excitation sans l'emmener au bord du précipice pour l'instant.

— Est-ce que ça te fait mal, Lex ? Même un peu ?

Elle secoua frénétiquement la tête, et ses cheveux se répandirent autour de son visage.

— Non. Je me sens remplie, mais ce n'est pas douloureux. J'aime ça. Continue.

Elle passa les jambes autour de sa taille, et il s'enfonça encore plus. Une goutte de sueur coula sur sa propre tempe. Il était ébahi par la jeune femme. Elle était étroite. Humide. Chaude. Il n'avait jamais rien ressenti de tel.

— Ouiiiii, gémit-elle en essayant de remonter le bassin pour qu'il la pénètre entièrement.

Blake décida de changer de position ; il passa les bras sous les jambes de Lex puis se redressa sur ses mains. Ainsi, elle avait les siennes libres, mais, plus important, cela permit de relever ses hanches dans la bonne inclinaison pour qu'il puisse prendre le contrôle total de leur étreinte.

— Continue à regarder, ma puce, ordonna-t-il, même si les yeux de Lex n'avaient pas quitté son membre. Pose une main entre nous et sens-moi. Attrape mes bourses.

Elle se redressa rapidement et se pencha jusqu'à pouvoir glisser une main sous son corps. Une nouvelle giclée de liquide préséminal jaillit de son sexe quand les doigts hésitants effleurèrent ses bourses, puis il gémit de plaisir quand elle se montra plus confiante. Elle caressa les parties de sa verge qui n'étaient pas en elle.

— C'est incroyable, tu n'es même pas totalement entré.

— Es-tu prête pour moi, Lex ? À me prendre entièrement ?

— Oh que oui !

Elle le regarda dans les yeux avec une telle tendresse et un tel amour qu'il faillit en jouir immédiatement.

— Fais-moi tienne, Blake.

Plus capable de se contrôler désormais, il remua sans réfléchir et ne s'arrêta que lorsque ses bourses reposèrent contre les fesses de Lex, son sexe à présent plongé au maximum dans son vagin.

Tous deux gémirent lorsqu'il fut entièrement rentré. Il resta immobile, la tête penchée, à observer leurs poils pubiens qui se mélangeaient.

— Tu... C'est... balbutia-t-il.

Il n'avait plus les mots. Elle était parfaite. Il n'avait pas envie de bouger, souhaitant graver cet instant dans sa mémoire. Sa façon de s'accrocher intimement à lui, celle dont ses doigts lui caressaient les bourses, celle dont le souffle lui manquait chaque fois qu'il inclinait les hanches. Bon sang. Il pourrait mourir demain en sachant qu'il avait tenu la perfection au creux de ses mains.

— Je t'aime, Blake, murmura Alexis. Je t'aime tellement.

— Lex, grogna-t-il, ressentant l'irrépressible besoin de bouger.

Il avait peur d'esquisser même le plus faible des mouvements ; il craignait de se décharger prématurément.

Mais ce fut elle qui remua sous lui, et il fut perdu. Il recula jusqu'à être presque entièrement sorti, puis se renfonça en une ferme poussée. Il recommença, puis une fois encore, gémissant tout bas face aux sensations qui l'assaillaient. Il était si près du gouffre. Et lorsqu'il songea qu'il allait la remplir de sa semence, son orgasme se rapprocha du point culminant.

— Caresse-toi, Lex. Frotte ton clitoris et fais-toi jouir.

Sans hésitation ni modestie, elle posa ses doigts entre ses jambes, les passa sur sa verge lorsqu'il se retira, les inonda de leurs sucs mêlés, puis les porta à son bouton et le toucha. Vite et fort.

Elle n'y alla pas doucement ; elle se caressa avec détermination, sachant précisément ce qu'elle aimait.

Les mouvements de sa main amplifièrent son propre orgasme.

— Putain, Lex. J'y suis. Fais-toi jouir.

Elle ondula des hanches.

— Baise-toi sur ma queue, ma puce. Prends ce dont tu as besoin.

— Bon sang, Blake, c'est si... ungh... bon. Mes godes n'ont rien à voir avec ça. Rien du tout. Putain, tu me remplis tellement... tu es enfoncé si loin... Je vais jouir...

Sans un mot de plus, elle ferma les yeux et partit pour la seconde fois de la matinée.

Elle enserra si fort le membre de Blake qu'il fut incapable de bouger pendant un instant. Il sentait chaque pulsation de la jeune femme, chaque tressaillement de ses muscles internes lorsque son orgasme explosa autour de lui.

Perdue dans l'extase, elle lâcha son clitoris, alors Blake se décala pour reposer une de ses jambes sur le matelas afin de pouvoir remplacer son doigt. Il fit rouler la perle dure, désormais décalottée, prolongeant la libération de la jeune femme. Elle cria et s'agrippa à deux mains à ses biceps, rajoutant des marques en demi-lune à celles laissées précédemment.

Pendant qu'elle jouissait, Blake s'enfonça violemment en elle. Ses bourses claquaient contre les fesses à chaque poussée qu'il donnait en grognant. Il n'avait qu'une seule idée en tête : atteindre cette euphorie qui accompagnait l'orgasme. Il savait toutefois que cet orgasme serait plus puissant et plus intense que tous ceux qu'il avait déjà connus... simplement grâce à Lex.

Après le sixième va-et-vient, Blake resta aussi profondément que possible en Alexis et jouit. Et il jouit encore, et encore, emplissant son canal de son sperme. Il n'avait pas le souvenir d'en avoir un jour déversé autant. Sa semence s'écoulait même hors de la jeune femme, au niveau du point de fusion, mais il s'en fichait.

Leur ébat avait été désordonné, sale, et la chose la plus incroyable qu'il ait expérimentée. Si c'était déjà aussi bon avec Alexis la vierge, alors il serait un homme brisé chaque fois qu'ils feraient l'amour à l'avenir.

Une fois qu'il se fut vidé entièrement, Blake reposa doucement l'autre jambe de Lex, qu'elle passa immédiatement autour de sa taille, et s'allongea sur son corps. Ils étaient humides de transpiration, mais il s'en fichait. Tout en faisant attention à ne pas sortir d'elle, il se tourna pour qu'elle se retrouve sur lui une nouvelle fois.

Alexis remonta les genoux contre ses hanches et se blottit contre son cou. Elle avait les bras étendus, paumes vers le haut.

Blake sentait son souffle chaud contre sa peau et les battements frénétiques de son cœur. Sa propre semence s'écoulait de l'endroit où ils étaient toujours reliés, mouillant ses bourses et les draps en dessous, mais il s'en fichait. Il était si repu d'amour pour la femme allongée sur lui qu'il était incapable de bouger.

Il passa doucement les doigts sur sa colonne vertébrale et l'embrassa sur le front.

— C'était sans conteste le meilleur orgasme de ma vie, murmura-t-il. Merci, ma puce. Je n'oublierai jamais ce moment de toute ma vie.

Elle leva la tête pour le regarder. Des larmes brillaient dans ses yeux, et il craignit un instant de lui avoir fait mal.

— Je suis tellement contente que tu aies été le premier. Je t'aime, Blake Anderson.

— Je t'aime aussi, Alexis, dit-il en allant à la rencontre de ses lèvres.

Ils s'embrassèrent avec paresse tandis qu'ils retombaient lentement de leur euphorie.

Lorsque son membre ramollit enfin et glissa du fourreau humide, Alexis fit la moue.

— J'aime te sentir en moi.

— J'aime être en toi moi aussi, ma puce, pourtant il faut me donner un peu de temps pour récupérer. Tu m'as complètement défait.

Elle gloussa puis fronça le nez.

— Euh... on est tout transpirants... et...

Elle se trémoussa, sentant sans doute son sperme couler d'elle.

— Une douche ? lui proposa-t-il.

Elle acquiesça immédiatement.

— Oui. J'ai très envie d'essayer une douche commune avec toi. C'était déjà génial toute seule, mais j'ai dans l'idée que ce sera encore mieux avec toi.

Blake sourit, et son membre tressauta à ces paroles. Incroyable. Il jeta un coup d'œil au réveil sur la table de chevet. Satisfait, il constata qu'ils avaient largement le temps de jouer avant de devoir se rendre chez *Ace Sécurité*.

Il s'assit brusquement sans tenir compte du petit cri de surprise d'Alexis, l'attrapa par les hanches et sortit du lit avec elle. Quand il se leva, elle riait toujours, accrochée à lui, tandis qu'il se dirigeait vers la salle de bains.

— Une douche pour deux. Ça arrive tout de suite, madame, répliqua-t-il, alors qu'elle s'agrippait à lui.

CHAPITRE 14

Ce matin-là, pendant la douche, Alexis avait indiqué à Blake qu'elle n'avait jamais vraiment vu de pénis d'aussi près. Cela avait mené à une leçon d'anatomie, complétée par une pour lui montrer comment il aimait être caressé, comment le faire jouir... avec ses mains et sa bouche.

Et *cette* leçon avait conduit Blake à s'agenouiller aux pieds d'Alexis pour lui prouver comme la réciproque était agréable. Il lui avait donné un nouvel orgasme spectaculaire avec sa bouche et ses doigts, qui l'aurait rendue faible s'il ne l'avait pas soutenue autant.

Alexis sourit en songeant avec quel naturel ils avaient passé la matinée. Elle avait eu peur d'être mal à l'aise en sa présence après avoir couché avec lui, mais au contraire, elle s'était sentie mieux près de lui. Il était toujours le même homme qu'avant : prévenant, attentionné, un peu farceur.

Après avoir déjeuné, ils s'étaient installés sur le canapé, à rire et plaisanter, en attendant que le jean d'Alexis sèche. Elle portait pour l'instant un boxer et un tee-shirt de Blake. Ils avaient parlé, aussi. De la soirée. De la frayeur qu'elle avait ressentie. Des Inca Boyz. Des parents de Blake. De ses frères, et même de Grace et de ce qui lui était arrivé quelques mois plus tôt.

Dans l'ensemble, la matinée avait été détendue, normale... et cela leur avait fait du bien.

— Ça va, ce matin ? lui demanda Blake en caressant sa cuisse nue. Tu n'as pas mal ?

Bien qu'elle rougisse, Alexis secoua la tête.

— Non. Tu ne m'as pas du tout fait mal hier soir. C'est un peu sensible, juste... Tu es plus gros que mes vibromasseurs, mais rien de désagréable. Je sais que je l'ai déjà dit hier soir, mais je suis contente d'avoir attendu. Tu as fait de ma première fois un moment vraiment spécial, Blake. Merci.

Il embrassa la main de la jeune femme et sourit.

— Non, Lex, merci à *toi*. Je n'avais jamais fait l'amour à une vierge et j'étais nerveux. J'ignorais quelle importance ça aurait pour moi. Comme ce serait intense.

— C'était intense, hein ? reprit-elle. Tu crois que c'était parce que c'était notre première fois ?

— Peut-être. Mais j'ai l'impression que chaque fois avec toi le sera, répliqua-t-il en repoussant une de ses mèches derrière son oreille, avec un regard tendre et amoureux.

— Je l'espère, dit-elle sincère en penchant la tête pour s'amuser à coincer la main de Blake entre son oreille et son épaule.

Le sèche-linge sonna, annonçant la fin du cycle.

— Tu es prête à partir ? On peut s'arrêter à la boutique du centre-ville avant le rendez-vous pour que tu puisses t'acheter un nouveau haut, si tu veux. Je me moque de ce que tu portes – tu es belle dans tous les cas –, mais tu te sentiras sans doute plus à l'aise pour le dîner avec quelque chose qui t'ira mieux que mon tee-shirt.

C'était incroyablement attentionné de sa part de le proposer, et elle fut plus que ravie d'accepter. Elle n'avait pas envie d'arriver au rendez-vous avec les frères, l'enquêteur de l'antigang, et plus tard au repas avec Grace, vêtue du tee-shirt de Blake qu'il tenait de l'armée et qui faisait deux tailles de trop. Cet habit suggérait en outre qu'elle avait passé la nuit avec lui et n'avait rien à se mettre.

Alors, sur le chemin du bureau, ils s'arrêtèrent au magasin où elle opta pour un chemisier bleu marine, manche trois-quarts et boutonné à l'avant. Il possédait également un col en V et devenait fuselé au niveau de la taille.

Ils se présentèrent chez *Ace Sécurité* vers 14 heures.

Nathan et Logan les attendaient dans la grande pièce au fond.

— Salut, Alexis, la salua Logan.

— Salut, répliqua-t-elle, amusée de voir que Nathan ne levait pas les yeux de son écran à leur arrivée.

Ce n'était pas un homme s'exprimant beaucoup lorsqu'il n'avait rien à dire. Quand Alexis avait commencé à travailler ici, elle pensait que Nathan ne pouvait pas la supporter, mais elle avait appris au fil du temps que c'était simplement sa manière d'être.

— Vous avez visionné les enregistrements ? demanda Blake.

— Oui, on a fini il y a une heure, à peu près.

— Je suis désolé de n'avoir pas été là hier soir, dit tout à coup Nathan à Alexis. Tu as très bien géré la situation. Tu as gardé ton calme et tu n'as pas vomi sur ce connard de Chuck.

Ce fut plus fort qu'elle, elle éclata de rire. Elle n'aurait pas cru possible de rire un jour du baiser de Chuck fait avec son haleine répugnante, et pourtant, ce le fut grâce aux paroles de Nathan.

— Euh, merci. Enfin, je crois.

Les autres frères pouffèrent et tous allèrent s'installer autour de la grande table qu'ils utilisaient pour les réunions avec leurs clients et leurs avocats, et parfois avec la police. Blake lui écarta une chaise, et elle s'y assit, non sans remarquer qu'il rapprochait la sienne.

— Est-ce que tu veux te joindre à nous, Nathan ? s'écria Logan avec impatience.

— Débutez sans moi, rétorqua-t-il sans lever les yeux de ce qui le captivait tant.

Logan et Blake secouèrent légèrement la tête, habitués aux excentricités de leur frère. Lorsqu'il avait quelque chose à l'esprit, il ne le lâchait pas tant qu'il n'était pas prêt à le faire.

— J'ai commencé à faire la liste des membres du gang présents hier soir, ainsi que des femmes. J'ai essayé d'y ajouter une description physique faite à partir de la vidéo, y compris des infos sur leur accent et leurs tatouages. Je n'ai pas pu aller très loin avant que vous n'arriviez, et comme Nathan est distrait par autre chose, votre aide ne serait pas de refus, leur dit Logan.

Blake lui toucha le genou. Alexis se rendit compte qu'elle serrait les poings si fort que ses doigts étaient devenus blancs.

— Et si tu allais t'installer avec Nathan pour lui filer un coup de main ? Je peux me charger de ça avec Logan, suggéra Blake, l'air inquiet.

Elle aurait vraiment aimé protester et lui dire qu'elle serait plus que ravie d'écouter et visionner les enregistrements de la veille, mais elle en était incapable. Elle n'avait pas *du tout* envie de voir Chuck, Kelly ni aucun autre membre du gang.

— Oui, merci. Enfin, si ça te va, Logan ? lui demanda-t-elle en haussant les sourcils.

Il était le plus dur à cuir des trois frères, néanmoins, son regard ne comportait que compassion en cet instant.

— Pas de problème. Essaie de voir si tu peux convaincre Nathan de te confier ce qui le tracasse, d'accord ? Je te dirai quand on aura fini, et tu pourras passer nos notes en revue et ajouter les détails dont tu te souviendras.

Elle acquiesça, soulagée. Elle s'apprêtait à se lever quand Blake la prit par le bras et se pencha vers elle. Sans hésiter, elle alla à la rencontre de ses lèvres.

Personne ne commenta, et elle suivit l'exemple, un sourire sur le visage, en s'avançant vers Nathan. Attrapant une chaise, elle la rapprocha de lui.

— Est-ce que je peux t'aider ?

Elle n'était même pas sûre qu'il répondrait. Étonnamment, il le fit.

— Oui. Raconte-moi ce que Kelly et les autres t'ont dit à propos de l'ex de Donovan, exigea-t-il en se détournant de son clavier pour poser le coude sur sa table de travail.

Il la fixa avec une intensité inédite. Nathan était généralement le plus décontracté des trois frères, celui qui ne semblait pas prendre les choses aussi à cœur que les deux autres. Visiblement, elle s'était totalement trompée à son sujet. Certaines choses lui passaient peut-être complètement au-dessus de la tête, mais quand il s'intéressait à d'autres, ouah, c'était percutant.

— Voyons voir... Je croyais que Kelly sortait avec lui, mais un des types, je ne sais plus lequel, a dit un truc sur le fait que Donovan était encore entiché de son ex et qu'il essaierait de la récupérer quand il serait libéré de prison. Je me trompe peut-être, mais j'ai eu l'impression que personne n'était vraiment ravi qu'elle soit partie. Un peu comme si elle avait quitté le gang en douce.

— Est-ce qu'ils ont prononcé son prénom ?

Alexis y réfléchit un moment, puis secoua la tête.

— Non, je ne pense pas. Kelly n'était pas contente. Il était clair qu'elle voulait être avec Donovan et était énervée qu'il soit toujours obsédé par une autre femme.

— Kelly était un peu plus âgée que les autres femmes présentes hier soir, n'est-ce pas ? interrogea Nathan, sans la quitter de son regard perçant, si scrutateur qu'elle se retint de se trémousser.

— Oui. Évidemment, je ne leur ai pas demandé leur carte d'identité, mais elles ressemblaient plutôt à des adolescentes. Lorsque je me cachais de l'autre côté de la clôture, Kelly donnait des conseils à l'une d'elles sur le fait de laisser les gars lui faire ce qu'ils voulaient sur le plan sexuel, car ça l'aiderait à grimper les échelons du gang.

Nathan hocha la tête et reporta enfin son attention sur son ordinateur.

— C'est bien ce que je pensais. Je n'ai trouvé nulle part mention d'une ancienne copine. J'ai fait quelques recherches qui j'espère aboutiront, mais c'est étrange qu'une femme ayant fréquenté le leader d'un gang disparaisse ainsi sans laisser de traces.

— Maintenant que tu en parles, c'est vrai que c'est bizarre. Je veux dire que si elle était sortie avec le big boss, elle aurait dû rester, non ? Même s'ils ne sont plus ensemble, elle aurait eu un peu de pouvoir sur les autres filles. Tu crois qu'elle est en vie ?

Nathan hocha la tête.

— Oui, sinon, pourquoi Donovan aurait-il tellement envie de la récupérer ?

— C'est vrai, médita Alexis, avant de se taire et d'observer les doigts de Nathan qui couraient sur le clavier. Est-ce que je peux t'aider ?

— Oui. Si tu pouvais fouiller sur Facebook, ça me rendrait service, dit-il, toujours concentré sur son écran. Je déteste ce site.

Ravie d'avoir quelque chose à faire, Alexis repoussa sa chaise et se dirigea vers son propre bureau. Elle mit son ordinateur en route, contente de se perdre dans ses recherches sur l'ex-copine en fuite de Donovan.

Plus tard, Blake l'appela à travers la pièce. Trente-cinq minutes s'étaient écoulées, et elle n'avait toujours rien trouvé sur l'autre femme. Elle n'avait pas vu passer le temps. Elle retrouva les deux frères, et Nathan se joignit à eux cette fois-ci.

— Très bien, déclara Logan en lui tendant un iPad comportant une liste de noms et de caractéristiques. Nous avons étudié les vidéos et fait de notre mieux. N'hésite pas à rajouter tout ce que tu veux ou tout ce qui t'interpelle. Nous en donnerons une copie à Ross, l'inspecteur de l'antigang, quand il arrivera, et conserverons aussi le fichier chez nous, pour le cas où. Et, pour info, Alexis ?

Elle le regarda.

— Tu as fait du super boulot. Il y avait une dizaine de membres du gang hier soir, et nous avons une description de leur apparence, des captures de leurs tatouages, et leurs noms. Nous avons même une assez bonne image de ce croquis à base de personnages de dessins animés. Je ne sais pas du tout pourquoi ils les portaient à l'envers, cela dit. Abrutis. Par contre, je ne pense pas que l'antigang puisse faire grand-chose de plus pour les filles qui étaient présentes, mais on a autant d'infos que possible sur elles jusque-là. Et c'est déjà énorme, et j'espère que ça va nous permettre un pas de géant pour mettre un terme à leur petit business de services. Grâce à ce que tu as fait, beaucoup d'innocents, comme ma Grace, ne se retrouveront pas embarqués dans leurs horreurs à l'avenir. Merci.

C'était agréable de n'avoir pas fait tout ceci en vain, et savoir que Logan, Blake et Nathan étaient contents l'aida à se sentir bien mieux.

— Vous n'êtes pas fâchés que je ne veuille pas recommencer ?

— Putain, non, répliqua Blake les dents serrées, en même temps que Logan disait « Pas du tout » d'une voix plus calme.

Nathan s'assit à côté d'Alexis et posa la main sur la sienne, sur la table.

— Nous t'interdirions de les revoir, Alexis. C'est dangereux, et tu as fait bien plus que ce que nous te demandions en premier lieu.

— Vous n'avez rien demandé, dit-elle. Je me suis portée volontaire.

— Peu importe. C'est terminé, maintenant, conclut-il d'une voix ferme, mettant fin à la discussion.

Alexis hocha la tête et regarda à nouveau la tablette pour étudier les notes. Elles étaient extrêmement détaillées, et elle n'avait pas grand-chose à rajouter. L'haleine putride de Chuck n'était sans doute pas une information qui intéresserait grandement l'antigang.

Elle fit quelques annotations ici et là, mais ne changea pas grand-chose dans l'ensemble.

Ross Peterson, leur contact au sein de la brigade antigang de Denver, arriva enfin, et ils passèrent l'heure et demie suivante à parcourir les notes et à discuter de ce que la police de Denver pourrait faire pour mettre un terme aux activités illégales des Inca Boyz. Ross était un homme bien, qui faisait de son mieux pour faire de Denver une ville plus sûre pour ses concitoyens, et qui fut extrêmement ravi de recevoir une copie des deux enregistrements vidéo et audio. Il promit de les contacter s'il avait des questions ou des inquiétudes. Blake et ses frères indiquèrent très clairement qu'Alexis ne ferait plus de missions sous couverture auprès du gang et ne les rencontrerait sous aucun prétexte, quoi qu'en pense la police de Denver.

Lorsque Ross partit, Grace Anderson entra dans le bureau.

Alexis n'avait pas côtoyé souvent l'autre femme, même si elle travaillait pour *Ace Sécurité* depuis des mois à présent, et elle était ravie d'avoir une chance d'apprendre à mieux la connaître.

— Grace, murmura Logan en la prenant dans ses bras. Tu as passé une bonne journée ?

Elle hocha la tête, un sourire aux lèvres.

— J'ai passé l'après-midi avec Felicity à discuter marketing concernant *Rock Hard Gym*. Je pense qu'on a réussi à élaborer un super projet, et que Cole et elle devraient voir leurs revenus augmenter d'ici un mois, à peu près.

— Génial, s'écria Logan, clairement heureux pour sa femme.

Il l'embrassa avec passion et intensité, un peu comme Blake et Alexis quelques heures plus tôt.

— Je suis contente de te revoir, dit Alexis à Grace quand Logan la laissa enfin respirer.

Grace posa la main sur son ventre légèrement arrondi, comme le faisaient les femmes enceintes, et lui sourit.

— Moi aussi. Je suis ravie de pouvoir te découvrir un peu plus. On aurait dû faire ça avant.

— Je suis d'accord. Et je sais que je l'ai déjà dit, mais j'ai besoin de le redire... Je suis contente que tu veuilles bien, après tout ce qui s'est passé en début d'année.

Grace balaya son excuse d'un geste de la main.

— Ce n'était pas de ta faute, alors ne t'en fais pas. Comment va Bradford ? Ça fait longtemps que je ne l'ai pas vu.

— En fait, ça va paraître dingue, mais après ce qui est arrivé, il a démissionné et décidé de changer de vie. Il a postulé pour travailler sur un bateau de croisière.

— Quoi ? C'est vrai ? s'écria Grace, bouche bée.

— Oui.

— Mais... il était l'un des meilleurs architectes du Colorado... peut-être même des États-Unis.

— Je sais. Mais il a dit qu'il n'avait plus le cœur à ça et voulait faire quelque chose de différent. À terme, il espère devenir directeur de croisière, et est tout excité, leur raconta Alexis.

— Mince alors, j'ai l'impression que c'est de ma faute, répliqua Grace en agitant les mains.

— Non ! Ne te sens pas coupable ! la supplia Alexis, désolée d'avoir parlé. Je ne l'avais pas vu aussi passionné depuis bien longtemps. Ça va lui faire du bien de faire quelque chose de différent... En plus, il a déjà rencontré quelqu'un... un danseur du bateau. Denver est une ville si conservatrice ; je pense qu'il a renoncé à y trouver l'homme de sa vie et non un type qui n'en aurait qu'après son argent. Je le comprends totalement.

— Est-ce que tu pourrais me donner son adresse e-mail pour que je lui écrive ? demanda Grace.

— Bien sûr, accepta Alexis en hochant la tête avec enthousiasme. Ça lui fera plaisir.

— Ce qui *me* ferait plaisir, ce serait de manger quelque chose, intervint Nathan. Je meurs de faim.

Tout le monde éclata de rire.

— Tu as toujours faim, le taquina Blake en lui filant une petite tape sur le bras.

— On devrait essayer le restaurant qui a ouvert à la place du cabinet de mes parents, déclara Grace, qui leva la main pour interrompre les protestations de Logan. Je sais que tu penses que c'est trop rapide et que j'aurai des sortes de flash-back en y retournant, mais je vais bien. Je suis sérieuse, Logan. J'y serai avec mon mari, ses frères et ma nouvelle amie. Tout ira bien.

Visiblement, Logan et elle avaient déjà eu cette conversation récemment.

Il passa un bras autour de la taille de sa femme et la serra contre lui, puis posa une main sur son ventre.

— Très bien, mais si tu te sens mal à l'aise à n'importe quel moment, dis-le-moi, et on partira.

Grace leva les yeux au ciel, mais mit la main sur celle de son mari.

— Ça va aller. Allez, allons nourrir ton frère avant qu'il ne commence à se grignoter le bras.

Tout le monde pouffa de nouveau. Ils sortirent du bâtiment pour se rendre au nouveau restaurant italien, le *Scarpetti*, qui avait déjà reçu des critiques élogieuses de la part du *Denver Chronicle*.

Ce n'était pas bondé, puisqu'il s'agissait d'un soir de semaine, si bien qu'ils purent avoir une table très vite. La soirée fut emplie de rires et de taquineries. Cela faisait bien longtemps qu'Alexis ne s'était pas sentie aussi à l'aise. Elle avait enfin le sentiment d'avoir trouvé un groupe d'amis qui l'appréciaient pour la personne qu'elle était, et non à cause de ses parents ou de son compte en banque.

Tout se passa bien, jusqu'au café qu'ils prirent après le dessert, alors qu'ils traînaient à table à discuter et rire.

Un groupe d'hommes et de femmes étaient installés de l'autre côté de l'allée, et avaient visiblement bien profité de leur vin au cours du dîner. Leurs voix s'élevèrent au point d'être parfaitement audibles dans le restaurant à moitié plein.

— Je n'en reviens pas qu'elle ait le culot de venir manger ici après ce que ses parents ont fait.

— Je ne sais pas pourquoi elle traîne avec Alexis Grant, après ces photos avec son frère.

— C'est vrai, hein ? Ça n'a pas de sens. On pourrait croire qu'elle n'aurait pas envie de la revoir.

— En tout cas, elles aiment s'encanailler l'une comme l'autre. Les frères Anderson doivent être doués au pieu. Sinon, que feraient-elles avec ces va-nu-pied ?

— Rien à foutre que ces nanas soient banales ; je veux bien me les faire si ça me permet de toucher à leur fric.

Alexis s'apprêtait à leur répliquer que Logan, Blake et Nathan étaient des hommes dix fois meilleurs qu'eux, mais, à sa grande surprise, Nathan la battit de vitesse. Il recula sa chaise si fort qu'elle faillit basculer et se dirigea à grands pas vers l'autre table.

Elle n'avait jamais vu le plus jeune des Anderson aussi énervé. Inquiète, elle se tourna vers Blake.

— Tu devrais peut-être...

— Ne t'en fais pas, la coupa-t-elle. Nathan s'en charge. J'ai presque de la peine pour ces gens.

Blake s'adossa à sa chaise, totalement détendu, et posa un bras sur celle d'Alexis, sans chercher à regarder son frère étriller les clients de l'autre table.

— Vous croyez que Grace Anderson ne devrait pas mettre les pieds dans ce bâtiment où ses parents l'ont obligée à travailler ? s'écria-t-il d'une voix qui résonna fort dans le restaurant.

Elle suintait du mépris que trahissait aussi sa posture raide.

— Grace et Alexis ont bien plus de bonté dans leur petit doigt que vous quatre réunis. Vous ne voyez visiblement que des billets de banque en elles, mais ce sont des femmes magnifiques. J'aurais aimé que mes frères les rencontrent plus tôt. Et puisque vous voulez le savoir, oui, nous sommes doués au pieu.

— Écoute, mec, je ne pense pas... commença l'un des hommes.

— C'est exact, vous ne pensez pas, le coupa Nathan. Vous êtes dans un lieu public à commérer bruyamment sur des gens que vous ne connaissez pas. Si vous croyiez que nous n'étions pas du genre à défendre nos femmes, vous vous trompiez. Nous sommes parfaitement conscients de l'opinion des habitants d'ici à notre sujet, pourtant, nous sommes revenus ici pour aider notre communauté. Si vous voulez bien m'excuser, nous allons partir. L'atmosphère est devenue infecte.

Sur ces mots, Nathan se précipita vers la porte du restaurant, l'ouvrit et disparut dans la nuit.

— Viens, dit Blake en aidant Alexis à se lever.

Logan fit de même avec Grace, en veillant bien à piocher plusieurs billets de cent dollars dans son propre portefeuille pour les poser sur la table avant de s'en aller.

Alexis jeta un regard mauvais au groupe de quatre en passant, et elle était certaine que Grace l'imita. Logan échangea quelques mots avec l'hôtesse d'accueil qui acquiesça vigoureusement et accepta sa carte de visite.

Une fois sortis du restaurant, Grace se mit à pouffer.

— Franchement, Logan, j'adore Nathan. J'aurais aimé pouvoir filmer leurs visages quand il s'en est pris à eux.

Ils retournèrent lentement à *Ace Sécurité*.

— Ça lui arrive souvent ? demanda Alexis, à personne en particulier.

— Il y a une chose que tu dois savoir à propos de mon frère. Il se fiche complètement qu'on le dénigre. On peut le taquiner à longueur de journée, l'insulter, peu importe. Ça ne l'atteindra jamais. Pendant toute notre enfance, Blake et moi étions épatés par sa manière d'ignorer totalement les diatribes de ma mère contre lui. On aurait dit qu'il ne les entendait même pas. Mais dès l'instant où quelqu'un s'en prend à une personne qu'il estime plus vulnérable que lui, il devient un tout autre homme.

» Je me souviens d'une fois, à l'école, où il s'en est pris à trois garçons de CM2 alors qu'il n'était qu'en CE1. Ils se moquaient d'une fille de CE2, lui disant qu'elle était stupide et moche, et ils ont fait tomber ses livres. Elle pleurait et essayait de les contourner, mais ils se sont placés autour d'elle et se sont mis à lui donner des petits coups. Nathan n'a pas hésité une seconde. Il s'est approché calmement et leur a crié dessus.

— La vache. Que s'est-il passé ? demanda Alexis, les yeux écarquillés.

Ce fut Blake, sur sa droite, qui répondit.

— La fille est partie, totalement indemne. Nathan, lui s'est pris une bonne raclée... du moins, avant que nous nous joignions à la bagarre.

Logan éclata de rire.

— Oui, nous avions beau avoir trois années de moins que les autres garçons et être plus petits, nous étions doués pour éviter les poings de notre mère à cette époque, alors nous nous sommes défendus.

— Vous avez eu des problèmes ? intervint Grace, qui entendait manifestement cette histoire pour la première fois.

— Non. Les autres garçons ont eu trop honte d'admettre qu'ils s'étaient fait frapper par des gamins en CE1.

— Et la fille ?

Blake haussa les épaules.

— Elle a eu le béguin pour Nathan jusqu'au lycée, mais je ne pense pas qu'il s'en soit rendu compte. Il n'avait pas agi par attirance pour elle, mais simplement parce que c'était ce qu'il fallait faire. Alors, il aurait pu sans peine écouter ces imbéciles dire des conneries sur nous trois sans sourciller. Il n'en aurait rien eu à cirer. Mais dès l'instant où ils s'en sont pris à vous, c'était fini.

Arrivés devant les bureaux de l'entreprise, ils remarquèrent les lumières allumées à l'intérieur.

— Devrions-nous aller voir comment il va ? demanda Alexis.

Logan secoua la tête.

— Non, il va bien. Je te le promets. Si tu en parles, tu ne feras que le gêner. En outre, il s'est sans doute replongé dans ce qu'il faisait avant le dîner.

— Il essaie de dénicher l'ex de Donovan, leur expliqua Alexis. Il m'a demandé mon aide, parce qu'il est plus doué avec les chiffres qu'avec les recherches en ligne.

— Je vais mettre une alerte sur Google dans les jours à venir, on verra si ça l'aide, déclara Blake. Je le connais. Ne pas savoir comment la trouver va le rendre fou.

Puis il replaça une mèche d'Alexis derrière son oreille.

— Tu es prête à partir ?

Elle se tourna vers lui et pressa son ventre contre sa hanche. Elle sentit sa longueur puissante contre elle.

— Oui.

Elle regarda du côté de Grace et Logan, qui n'écoutaient cependant pas leur conversation ; ils marchaient bras dessus bras dessous vers le parking. Alors, Alexis se mit sur la pointe des pieds, fixa Blake dans les yeux et murmura :

— Je veux que tu me fasses l'amour dans mon lit.

Un immense sourire apparut sur le visage de Blake, et elle sentit la protubérance qui grossissait dans son pantalon.

— Tu as toujours ce vibromasseur que tu aimes ?

Elle hocha timidement la tête en rougissant.

— Bien. J'ai envie de te regarder te faire jouir, puis je te prouverai combien mon pénis est cent fois meilleur.

— Je sais déjà que ce sera meilleur. Il n'y a aucune comparaison possible.

— Tu as bien raison, confirma-t-il en se dirigeant vers le parking. Plus vite on partira d'ici, plus vite on pourra se retrouver dans ton lit.

En sentant l'humidité qui envahissait son entrejambe, Alexis comprit que le trajet jusqu'à Denver allait être long. Mais au moins, elle n'irait pas seule ; Blake serait à ses côtés.

Arrivées aux voitures, Alexis se tourna vers Grace pour lui dire au revoir, cependant, à sa grande surprise, celle-ci l'attira dans ses bras. Ce ne fut pas facile, avec le ventre de femme enceinte entre eux, mais cela faisait bien longtemps qu'Alexis n'avait pas été étreinte avec autant de sincérité par une amie.

— Il faut qu'on se revoie bientôt, déclara Grace. Ça te dirait de sortir avec Felicity et moi un jour ? ajouta-t-elle en indiquant vaguement le centre-ville d'un geste de la main. Je suis certaine que vous vous entendrez très bien.

— Oui, avec plaisir, confirma Alexis en souriant.

— Cool. Je t'envoie un message.

— Il me tarde.

Elles s'enlacèrent une dernière fois, puis Logan aida Grace à s'installer sur le siège passager du pick-up. Ensuite, il fit un signe de main à Alexis et son frère, monta côté conducteur et quitta le parking.

— Tu es prête à partir ?

Elle acquiesça, et ils grimpèrent à bord de la Mustang.

— Je me suis bien amusée ce soir. Merci.

— Je t'en prie. Pour ce que ça vaut, j'ai adoré te voir avec ma famille. C'était... agréable.

Alexis savait parfaitement où il voulait en venir.

— Je suis d'accord.

— Malgré tout, ça fait bien trop longtemps que je ne t'ai pas vue nue.

Elle éclata de rire.

— Blake, ça ne fait que cinq heures.

— Comme je l'ai dit, c'est beaucoup trop long.

Elle leva les yeux au ciel.

— Je croyais que l'anticipation était bonne pour l'âme ?

— Non. Pas du tout. Celui qui a dit ça ne devait pas avoir de femme qu'il désirait bien plus que son prochain souffle, rétorqua Blake en souriant.

Elle adorait leur badinage. Elle n'aurait jamais pensé que Blake pourrait la faire rire si facilement, sachant combien il était sérieux au travail, mais elle aimait cette facette de sa personnalité.

— Comment te sens-tu ? lui demanda-t-il gravement. Ça va, après tout ce dont nous avons parlé aujourd'hui ?

— Je vais bien, Blake. Je ne vais plus jamais les revoir, alors je vais bien.

Le sourire sexy et aguicheur de son amant refit son apparition.

— Et ta chatte ? Toujours sensible ?

— Blake ! s'écria-t-elle en lui pinçant légèrement le bras.

— Et donc ? répliqua-t-il, une étincelle de désir dans le regard. Il faut que tu me dises, pour que je sache comment te faire l'amour ce soir. Si c'est encore un peu endolori, je serai doux et gentil, comme ce matin. Mais sinon, je pourrai te prendre vite et fort, avant de te faire l'amour avec langueur et tendresse.

À ces mots, elle se trémoussa sur son siège. Bon sang, ce type voulait sa mort.

— Je ne suis pas endolorie, déclara-t-elle en se sentant rougir.

Néanmoins, elle avait envie de le voir perdre le contrôle.

— Bien. Alors baise brutale avant de faire l'amour. C'est noté.

Elle se lécha les lèvres et observa l'entrejambe de Blake. Visiblement, il était aussi excité qu'elle par leur conversation.

— Et si tu continues à te lécher les lèvres comme ça, nous n'arriverons sans doute même pas à ton appartement. Le trajet en ascenseur est long, après tout.

Elle gloussa.

— Je n'aurais jamais cru que le sexe pouvait être amusant, déclara-t-elle sérieusement, tout en souriant. Ça me plaît.

— Moi aussi, ma puce. Je pense qu'il faudra de nombreuses années avant que nos étreintes deviennent ennuyeuses.

— J'espère.

— Je le sais, affirma-t-il avec confiance. Et maintenant, que dirais-tu de changer de sujet histoire que ma queue se calme avant que je me présente devant ton agent de sécurité ?

Elle n'était pas sûre d'avoir envie de parler d'autre chose, néanmoins elle prit pitié de Blake. Pour sa part, son excitation ne se trahissait que par une culotte mouillée, elle ne ressortait pas – littéralement – comme celle de Blake.

Lorsqu'il se gara devant chez elle, elle avait presque oublié ses projets pour la nuit... presque.

De nombreuses heures plus tard, après qu'elle se fut masturbée pour Blake avec le vibromasseur et qu'il lui eut montré la différence entre baiser et faire l'amour, Alexis gisait sans force et repue dans ses bras, à l'écouter respirer profondément. Elle avait presque peur de le dire, mais sa vie était absolument parfaite.

CHAPITRE 15

Les trois semaines suivantes furent les plus belles de la vie
d'Alexis. Elle passait pratiquement chaque journée aux
côtés de Blake et chaque nuit dans son lit. Ils ne faisaient
pas toujours l'amour, mais rien que se blottir contre lui avec
son bras en travers de sa poitrine était presque aussi
agréable que le sexe. Presque.

Ils restaient essentiellement à Castle Rock, chez lui ou
au travail. Elle l'accompagna à quelques reprises à Colorado
Springs pour du travail, servant une nouvelle fois de guet-
teur pendant qu'il escortait un client au tribunal.

Elle continuait à faire des recherches pour *Ace Sécurité*.
Elle était aussi allée chez *Rock Hard Gym* pour rencontrer
Cole et Felicity. Elle avait immédiatement accroché avec
celle-ci. Felicity était directe, recouverte de tatouages et une
fervente supportrice de Grace. Cole était plus imposant que
Blake, mais son sourire l'avait tout de suite mise à l'aise.

Alexis avait également échangé plusieurs textos avec
Grace. C'était plaisant de pouvoir écrire à quelqu'un pour
parler de tout et de rien, en sachant que l'autre femme ne
lui répondait pas juste pour lui soutirer de l'argent.

Cela faisait bien longtemps qu'Alexis n'avait pas été aussi heureuse. Elle avait trouvé un groupe d'amis qu'elle aimait fréquenter, et qui ne s'attendaient pas à ce qu'elle paie sans arrêt. Même si cela l'agaçait que Blake et ses frères refusent purement et simplement de la laisser régler sa part, au fond d'elle, elle s'avouait combien c'était agréable.

Ce jour-là, elle retournait à son appartement. Blake devait la rejoindre plus tard, après avoir escorté un client chez son avocat, pour une médiation ordonnée par le tribunal. Il était en plein divorce avec sa femme, qui tolérait mal la séparation et l'avait menacé à plusieurs reprises.

Elle était plus que ravie de le laisser gérer seul. Les hommes énervés lui faisaient moins peur que les femmes incontrôlables. Peut-être à cause de cette facette de Kelly qu'elle avait vue et qui l'avait effrayée, peut-être à cause des histoires de Blake sur sa mère qui le frappait quand il était enfant. Dans un cas comme dans l'autre, Blake avait visiblement compris ce qu'elle ressentait et ne lui avait pas demandé de l'accompagner.

Elle devait mettre son linge à laver et récupérer des habits de rechange. Elle n'avait pas officiellement emménagé avec Blake, mais c'était tout comme. Elle avait son propre nécessaire de toilette chez lui, les placards de la cuisine étaient remplis d'aliments qu'elle adorait, et Blake avait fait de la place dans une partie de son armoire et de ses tiroirs pour qu'elle puisse y ranger certains vêtements. Lui aussi avait laissé des affaires chez elle, mais puisqu'ils passaient l'essentiel de leur temps à Castle Rock, il était plus logique qu'elle reste chez lui.

Ils retourneraient de bonne heure à Castle Rock le lendemain, car Blake devait rencontrer un jardinier paysagiste. Il voulait remplacer les mauvaises herbes et la pelouse impossible à ressusciter, par du gazon, pour repartir à zéro.

Ses parents ne s'étaient jamais occupés du jardin. Blake lui avait dit qu'il espérait que ses enfants pourraient jouer dehors sans qu'il craigne qu'ils avalent une herbe toxique.

Elle n'avait pas tiqué quand il avait mentionné les enfants, et elle en était fière. L'étincelle de désir dans les yeux de Blake lui avait indiqué qu'il songeait à la *procréation* elle-même... avec elle. Grace était certes tombée enceinte très vite, mais Alexis n'était pas prête à franchir cette étape tout de suite. Elle voulait avoir des enfants un jour, cependant, égoïstement, elle préférait encore garder Blake pour elle toute seule un long moment. Il devrait se contenter d'être tonton quelques années.

Elle arrêta sa Mercedes devant son immeuble et tendit les clés au voiturier en souriant. Elle se dirigeait vers les portes, avec un nouveau sourire à l'intention d'Osman, quand elle aperçut Kelly sur le côté. Elle était dans un sale état. Elle avait un œil au beurre noir et les cheveux en désordre. Elle arborait un pantalon de survêtement noir et un tee-shirt, si moulant qu'il était clair qu'elle ne portait toujours pas de soutien-gorge, néanmoins, ce n'était pas le genre d'accoutrement dans lequel Kelly aimait sortir.

Le plus inquiétant dans l'histoire, à part le fait qu'elle se tenait devant chez Alexis alors que celle-ci ne lui avait jamais dit où elle habitait, c'était les bleus sur son bras, qu'elle avait en écharpe. Kelly fit la grimace lorsqu'elle s'approcha.

— Oh, mon Dieu, Kelly, tu vas bien ?

Elle ne savait pas du tout ce que l'autre femme faisait là. Elle aurait aimé l'ignorer totalement, mais elle en était incapable, à cause de leur amitié passée et de son travail auprès de femmes battues chez *Ace Sécurité*.

— Ça va, répliqua-t-elle d'une voix rauque, bien plus

que d'habitude, ce qui n'était pas peu dire. Il faut que je te parle.

— Vas-y, dit Alexis, inquiète.

— Pas ici, insista Kelly en regardant autour d'elle avec angoisse. Ce n'est pas sûr.

Alexis l'imita et observa leur environnement, mais ne remarqua rien qui sorte de l'ordinaire.

— Veux-tu entrer ?

Ce n'était sans doute pas la chose la plus intelligente à faire, mais Kelly se déplaçait avec raideur et semblait souffrir. Alexis pouvait toujours l'accueillir dans le hall et découvrir ce qui s'était passé.

Kelly secoua la tête.

— Non, je veux pas qu'on me voie entrer dans ton bâtiment. Damian et Dominic te surveillent. Ils sont énervés que tu ne sois pas revenue. Ils ont appelé le cabinet de tes parents et ont convaincu quelqu'un de leur dire où tu habites. Ils m'ont demandé de leur raconter tout ce que je savais sur toi, mais j'ai refusé alors, ils m'ont tabassée. Je sais que j'ai pas été gentille avec toi à l'école, mais tu es en danger. Je connais un endroit dont ils ignorent l'existence. On peut y aller.

Elle lui posa une main sur le bras.

— Je suis désolée de ce que je t'ai fait quand on était enfants. Désolée aussi de t'avoir entraînée dans mes histoires avec mes amis. Si je t'ai demandé du fric, c'était parce que Dominic et Damian m'ont forcée à le faire. Je détestais te faire ça. J'espérais qu'on pourrait redevenir amies, que je pourrais me racheter d'avoir été aussi horrible avec toi. Mais au lieu de ça, tu t'es retrouvée dans tout ce merdier. Je me sens mal, j'ai pas envie que tu finisses comme moi, ajouta-t-elle en montrant son bras en écharpe. Je veux tout te raconter sur les garçons pour que tu puisses être en sécurité.

Alexis était partagée. Elle n'avait aucun doute sur le fait que Kelly s'était fait tabasser. Les bleus sur son visage et les parties visibles de son corps, sans oublier son bras blessé, en étaient les preuves formelles. Cependant, se retrouver encore plus embarquée dans les histoires de Kelly n'était pas vraiment en tête de ses priorités. Et ce ne serait pas très malin non plus.

D'un autre côté, Kelly avait l'air contrite. Vraiment désolée de ce qui avait eu lieu autrefois et de la position dans laquelle elle pensait avoir mis Alexis. Elle lui rappelait les femmes désespérées et effrayées qu'*Ace Sécurité* aidait chaque semaine. Elle était indécise.

— Quand Chuck a posé la main sur mon cou à la fête, j'ai eu très peur, poursuivit Kelly d'une voix basse et tremblante d'émotions. J'arrivais pas à respirer, j'ai cru qu'il allait me tuer sur place. Je voudrais pas que tu vives la même chose.

Sauf qu'elle l'avait déjà vécu. À quatorze ans, quand les garçons l'avaient tabassée à l'école, elle avait vraiment pensé qu'elle allait mourir. Pour la première fois depuis le début de cette conversation, elle ressentit une certaine affinité avec Kelly.

— Les coups de feu m'ont fait peur, lui dit Alexis. J'aime mettre un peu de piment dans ma vie, mais je crois que je vais m'en tenir aux types qui sont *un peu* des mauvais garçons, à partir de maintenant. Les Inca Boyz sortent carrément trop de ma zone de confort.

C'était en partie vrai.

— Ça m'étonne pas, répliqua Kelly, avec juste une pointe d'hostilité et non le dégoût auquel Alexis s'était attendu. Je t'imaginais pas du genre à vouloir être la pute d'un gang.

Mais sérieusement, t'es pas en sécurité. Fais-moi confiance. Je vais tout te raconter, comme ça, tu sauras quoi faire. On était amies, autrefois, non ?

La résolution d'Alexis faiblit. C'était vrai. Elles avaient même été les meilleures amies du monde. Elle avait souffert du fait que Kelly s'était éloignée d'elle et l'avait fait tabasser. Beaucoup. Mais à présent, elle était tout autant une victime que toutes celles qu'*Ace Sécurité* aidait... peut-être même plus. Elle céda.

— D'accord, mais je n'ai pas beaucoup de temps.

— Ça sera pas long. Promis, ajouta-t-elle avec un sourire un peu de guingois.

Alexis fit signe à l'agent de sécurité, qui était sorti, les bras croisés, et qui jetait des regards désapprobateurs à Kelly.

— Je reviens tout de suite, Osman, lui dit-elle, pour lui confirmer que tout allait bien.

Sans répondre, il continua à la fixer avec inquiétude tandis qu'elle s'éloignait avec Kelly.

Celle-ci ne prononça plus un mot, mais dévala la rue comme si les hordes de l'enfer étaient à ses trousses. C'était très étrange de la voir porter des baskets. D'accord, des talons aiguilles n'iraient pas franchement avec sa tenue, néanmoins, Alexis ne se souvenait pas qu'elle soit sortie une seule fois, même à l'époque du lycée, sans des talons hauts.

Elles avaient parcouru trois pâtés de maisons environ quand Alexis indiqua qu'elles s'étaient sans doute assez éloignées.

— On y est presque, la rassura Kelly. Je voulais juste être certaine d'être loin de chez toi. Il faut pas qu'on nous voie ensemble.

Alexis acquiesça en silence. Mentalement, elle faisait la

liste des services auxquels adresser Kelly pour l'aider à sortir du gang afin de démarrer une nouvelle vie.

Elles prirent un dernier virage, et Alexis se figea brusquement. Devant elle se tenaient Chuck, Damian et Dominic. Bordel de merde.

Alexis attrapa immédiatement Kelly par son bras indemne et la tira en sens inverse en sifflant « Cours ! »

Mais l'autre femme ne bougea pas, se contentant de lui arracher son bras et de reculer, un sourire mauvais aux lèvres.

Avant qu'Alexis ne parvienne à prendre la fuite, Chuck la saisit par le biceps et la traîna dans une allée entre deux grands bâtiments du centre-ville. Elle se débattit et essaya de se libérer. Elle faillit y arriver, mais Dominic l'attrapa par l'autre bras. Ils la guidèrent ainsi ensemble dans la ruelle, la soulevant pratiquement du sol.

— Laissez-moi partir ! s'exclama-t-elle. Kelly, qu'est-ce qui se passe ?

— Je fais juste mon travail, *mon amie*, railla-t-elle.

— Mais tu m'as raconté que tu étais effrayée et désolée de ce que tu m'avais fait. Et tu es blessée. Je ne comprends pas. Attends. Tu les as laissés te faire ça ? demanda Alexis en maudissant sa petite taille.

— Oui, A-lex-is. C'est ce qu'on appelle la loyauté. Ce truc que tu connais pas. Tu as disparu. On en avait pas terminé avec toi et ton fric. C'était pas très malin de ta part, ajouta Kelly en plissant les yeux, la bouche pincée.

Sa haine était plus qu'évidente.

Alexis était incapable de réfléchir posément. Elle ne voulait pas risquer d'avouer quelque chose que les Inca Boyz ignoreraient, mais elle était sous le choc. Elle avait du mal à gérer ses propres émotions, la compassion ressentie envers Kelly jusqu'au moment où elle avait saisi que celle-ci l'avait conduite droit dans un piège, qui pouvait être mortel.

— Pas terminé avec moi ? Je ne comprends pas.

Visiblement énervé par cet échange, Dominic la récupéra de la poigne de Chuck et la plaqua violemment dos au mur le plus proche. Sa tête rebondit sur la surface en brique dure, et elle poussa un gémissement de douleur. Elle vit même des points noirs envahir sa vision, mais elle refusa de sombrer dans l'inconscience. Impossible de dire ce qui lui arriverait si elle s'évanouissait. Surtout avec Chuck qui se léchait les lèvres, l'air aussi agacé qu'excité.

— On veut ton fric, salope, grogna Dominic. Mon frère est resté en taule assez longtemps. Il s'est enfin dégoté un nouvel avocat qui a réussi à convaincre le juge qu'il n'est pas une menace pour la société. Il a le droit de sortir sous caution, mais on doit d'abord trouver le pognon. C'est là que tu entres en jeu.

— Je peux vous obtenir tout ce dont vous avez besoin, accepta-t-elle immédiatement, plus que désireuse de donner à ces connards tout ce qu'ils voulaient tant qu'ils la laissaient partir.

Pour la première fois de sa vie, elle était contente d'avoir de l'argent. Elle serait ravie de tout remettre aux Inca Boyz si cela lui permettait de revoir Blake.

— Ouais, tu vas le faire, confirma Dominic dans un grondement effrayant. Mais malheureusement pour toi, ça va pas se finir comme ça.

Un petit cri aigu lui échappa, qu'elle fut incapable de retenir.

Dominic lui lâcha un bras pour lui serrer le cou, un peu comme Chuck l'avait fait avec Kelly, et souleva, jusqu'à ce qu'elle se retrouve sur la pointe des pieds à essayer de s'écarter de sa poigne, afin de faire entrer de l'air dans ses poumons, sans succès. Il fourra son autre main sous son débardeur et malaxa son sein si fort qu'elle comprit qu'il y laisserait des marques. Son geignement se mua en cri choqué.

— Je ne sais pas ce que tu es venue foutre avec les Inca Boyz, mais je vais le découvrir avant qu'on en ait terminé avec toi. J'ai l'impression que tu nous as servi de fausses excuses, trésor. Tu vas devoir me dire la vérité avant qu'on te laisse partir. On aime pas les balances. Oh, et Chuck pense que tu es une allumeuse. C'est lui qui aura droit au premier tour dans ta petite chatte précieuse avant qu'on y passe tous. Et alors, si on est satisfaits, on te laissera peut-être reprendre ta route. Peut-être.

Alexis essaya d'inspirer, mais seul un filet d'air parvint à pénétrer dans ses poumons. Quelqu'un coupa les lanières de son sac à main. Elle baissa les yeux vers ceux de Dominic, puits sans fond implacables et antipathiques, et sut sans l'ombre d'une hésitation qu'elle souhaiterait mourir avant qu'ils en aient fini avec elle.

À cet instant, elle prit la décision de tout faire pour rester en vie. Alors, elle devint aussi molle que possible, comme si son corps avait abandonné la partie. Elle avait appris beaucoup de choses pendant le temps passé chez *Ace Sécurité*. Elle allait écouter, récolter le maximum d'informations, et se protéger du mieux possible.

Dominic lâcha brusquement son cou, et elle trébucha. Il lui tordit violemment le bras dans le dos et la mena jusqu'à une Cadillac garée dans une allée non loin. Elle avait l'impression que son membre allait se détacher de son articulation, et ce fut d'une démarche claudicante qu'elle avança aux côtés de l'homme qui tenait sa vie entre ses mains. Elle pria de trouver le moyen de sortir de ce bourbier.

Damian ouvrit le coffre, et Chuck l'arracha à Dominic

pour la jeter dans le petit espace, comme si elle n'était qu'un sac de pommes de terre. Elle atterrit violemment et cria sous l'emprise de la douleur qui irradiait de sa hanche jusqu'à sa jambe. Puis Damian referma le coffre, l'enfermant dans l'obscurité.

Elle resta allongée calmement un moment, essayant de reprendre son souffle et d'entendre ce qui se passait à l'extérieur. Elle était contente de ne plus être entre les griffes de Chuck ou de Damian et d'être seule dans le coffre. Cela lui donnait l'occasion de se détendre un peu et d'élaborer un plan. Toute information serait précieuse pour aider à son sauvetage.

Les portières de la voiture s'ouvrirent puis se refermèrent, et elle pouvait même distinguer parfaitement les paroles de Kelly et des hommes. Ils se demandaient à quel distributeur l'amener et de combien d'argent ils avaient besoin.

Sans hésiter, Alexis récupéra son portable dans la poche avant de son pantalon. Elle le gardait là afin de ne manquer aucun appel ou texto de Blake. Heureusement qu'il n'était pas dans son sac à main.

Consciente qu'elle ne pouvait pas prononcer le moindre mot sous peine qu'ils entendent sa voix tout aussi clairement qu'elle percevait la leur, elle pria pour avoir du réseau et ouvrit l'application des messages. Elle tapa frénétiquement sur le clavier, sans se soucier de faire des fautes, ignorant le temps dont elle disposait. Elle savait qu'il était bien plus important de transmettre le plus d'informations possible à Blake. Elle envoya un maximum de textos, espérant que les nombreux bips l'alerteraient de l'urgence et le pousseraient à répondre plus vite.

• • •

Alexis : *« jai des pbm »*

Alexis : *« gang ma enlevée »*

Alexis : *« peux pas parler »*

Alexis : *« pense quils vont mtuer »*

Alexis : *« veulent $ pour payer caution donovan »*

Alexis : *« kelly ma convaincue de la suivre »*

Alexis : *« idiote »*

Alexis : *« désolée »*

Alexis : *« dans coffre dune cadillac noire »*

Alexis : *« cherchent distributeurs billets »*

Blake : *« Où es-tu ? »*

Alexis : *« jsais pas 3 blocs de mon appt peu près »*

Blake : *« Je suis en route. Je vais te trouver. »*

Alexis : *« jai peur »*

Blake : *« Je viens te chercher. »*

Alexis : *« dominic veut me torturer »*

Alexis : *« veut savoir pq jétais là-bas »*

Alexis : *« je dois lui dire ou pas ? »*

Blake : *« Fais confiance à ton instinct. Si tu penses que ça peut t'aider, fais-le. Si tu penses qu'il te fera quelque chose de pire si tu avoues ça, alors mens ou gagne du temps. »*

Alexis inspira profondément et essaya de refouler ses larmes. Bon sang. Elle n'était pas faite pour ce genre de choses. La voiture ralentit.

Alexis : *« voiture ralentit »*

Alexis : *« cache tel dans coffre »*

Alexis : *« écris pas peur quils entendent »*

Blake : *« OK. JTM »*

· · ·

Les larmes lui montèrent aux yeux. À l'aide de la lumière de l'écran, elle regarda dans le coffre puis fourra le portable au fond d'une pochette, sur le côté, qui contenait un cric et un truc gluant.

Les larmes débordèrent quand le coffre fut ouvert. Ils étaient dans une nouvelle allée. Damian la saisit violemment pour la sortir, puis remonta son deuxième bras dans son dos, tirant sur les tendons et les muscles.

— Voilà le plan. On va aller au distributeur au coin de la rue. Tu vas prendre cinq cents dollars sans faire d'histoire. Aucun signe à la caméra, rien à part retirer l'argent. Tu m'entends ?

Elle hocha rapidement la tête. Elle espérait qu'ils la traiteraient mieux si elle se montrait coopérative. Et plus ils feraient d'arrêts, plus elle aurait d'informations à transmettre à Blake pour qu'il puisse la trouver.

— Je suis sérieux, salope. Si tu fais un seul geste de travers, je te mets une balle dans la tête ici et maintenant. Compris ?

— Oui. Je ne ferai rien. Promis, dit-elle entre deux sanglots.

— Allons-y.

Damian la poussa, la faisant trébucher tandis qu'elle essayait de ne pas tomber. Il lui tendit une carte de crédit récupérée dans son propre portefeuille et lui fit signe d'avancer. Il resta derrière elle lorsqu'elle se précipita jusqu'au distributeur. Il se tint hors du champ de la caméra, avec une main dans la poche et l'autre dans son dos. Il avait sans doute une arme dans celle-ci, prêt à lui tirer dans la tête si elle faisait quoique ce soit de mal. Il ne semblait pas se soucier qu'ils soient dans une rue passante.

Aussi calmement que possible, elle glissa sa carte dans la fente et entra son code. Elle ignorait pourquoi ils ne lui avaient pas simplement soutiré le code pour s'en servir eux-mêmes, mais à cheval donné, elle ne regarderait pas les dents. Plus elle pourrait sortir du coffre et voir où elle était, plus il serait facile à Blake et ses frères de les trouver. *« Ne les contrarie pas. Fais ce qu'ils veulent tant que ça te permet de rester en sécurité. »* Les mots de Logan lui revinrent à l'esprit. *« Parfois, il vaut mieux se battre, parfois, il vaut mieux être docile. À toi d'analyser la situation et de déterminer la meilleure manière de procéder. »*

La transaction fut terminée sans peine et en un rien de temps, et elle se retrouva très vite avec cinq cents dollars en main. Elle fit immédiatement volte-face pour les donner à Damian, ainsi que la carte. Il les lui arracha des doigts, puis l'attrapa à nouveau par le bras pour la ramener à la voiture, où les autres attendaient. Il la fourra de nouveau dans le coffre et le claqua. Peu après, ils recommençaient à bouger.

Alexis récupéra le portable dans la pochette et cliqua sur l'option de messagerie.

Alexis : *« distributeur sur 5e et main str »*

Blake : *« Bien joué. »*

Blake : *« On essaie de localiser ton téléphone. Où en est ta batterie ? »*

Alexis : *« moitié »*

Blake : *« Bien. Ça devrait durer un peu. Tiens bon. »*

La voiture s'arrêta à nouveau, et Alexis remit le portable dans sa cachette. Cette fois-ci, ce fut Chuck qui ouvrit le coffre. Elle eut un mouvement de recul quand il avança la main. Elle aurait préféré n'importe lequel des frères. Alors il l'attrapa par l'avant du débardeur, enfonçant quatre ongles en elle. Elle cria lorsqu'il la tira brusquement et la jeta par terre. Elle atterrit à quatre pattes et tressaillit de douleur quand le ciment lui râpa la peau. Même si tout son corps souffrait du traitement brutal auquel il était soumis, l'adrénaline qui pulsait dans ses veines l'empêchait d'y accorder trop d'importance.

— Lève-toi, pétasse. Si tu trouves que ça, ça fait mal, on va bien s'amuser plus tard, commenta-t-il en ricanant avec mépris.

Il l'attrapa par le poignet et la releva si brusquement qu'elle crut qu'il allait lui casser les os du bras.

Il répéta les menaces que Damian avait énoncées plus tôt et la poussa en direction d'un nouveau distributeur. De nouveau, elle retira machinalement cinq cents dollars et les lui tendit dès qu'elle fut hors du champ des caméras.

Chuck la remit dans le coffre de la voiture, mais envahit son espace personnel dès qu'elle se retrouva allongée à sa merci. Il l'attrapa par le menton et lui serra si fort la mâchoire que des larmes coulèrent de ses yeux.

— Personne ne se paie la tête des Inca Boyz, douce Alexis. Sache que je m'enfoncerai dans ce joli petit corps de toutes les manières possibles avant la fin de la soirée. Je vais prendre ta chatte, ton cul, et tu m'accueilleras au fond de ta gorge. J'adore voir la panique dans les yeux d'une pute que j'empêche de respirer grâce à ma queue. Je me fous de ce que Donovan a prévu pour toi. Je reviendrai après le départ de tout le monde et réclamerai mon dû. Tu me supplieras de te tuer quand j'en aurai fini, mais ce serait trop clément pour toi. Sale petite pute pleine de fric.

Sur ce mot, il lui repoussa violemment la tête et referma le coffre.

Alexis lâcha un sanglot, puis se mordit la lèvre pour retenir le reste de ses larmes. D'une, parce qu'elle n'était pas certaine de pouvoir arrêter si elle commençait, et de deux, parce qu'elle ne voulait pas donner à Chuck et aux autres la satisfaction de l'entendre pleurer. Dès que la voiture repartit, elle récupéra le portable.

Alexis : *« banque en face de grosse sculpture »*
Blake : *« Je vois laquelle c'est. Ça va ? »*

Elle ne répondit pas. Ça n'allait pas, non. Ça n'allait vraiment pas du tout, mais le dire à Blake ne l'aiderait en rien. Elle inspira à plusieurs reprises pour tenter de reprendre le contrôle de ses émotions.

Elle remit le portable dans sa cachette et patienta jusqu'à l'arrêt suivant. Elle regrettait de transporter à la fois ses cartes de débit et de crédit. Le gang pourrait la traîner de distributeur en distributeur un long moment avant qu'elle n'ait atteint son maximum journalier.

Elle refusa de se dire qu'elle ne s'en sortirait pas. Blake essayait de pister son portable, et elle lui indiquait où elle se trouvait. Elle devait se concentrer sur cela plutôt que sur ce qui l'attendait. Même si Blake et ses frères la retrouvaient, que pourraient-ils faire contre trois gangsters armés ? Ils tireraient sur les Anderson à vue.

La valse des arrêts se répéta quatre fois supplémentaires. Comme prévu, quand elle eut atteint le plafond de retrait maximum d'une carte, ils choisirent simplement une autre banque. Entre deux pauses, Alexis précisait du mieux possible sa localisation à Blake, mais le paysage lui devenait de moins en moins familier, et très vite, elle ne sut plus où ils se trouvaient. Lorsqu'elle sortit son portable après le dernier arrêt, elle constata, à son grand désarroi, qu'elle ne captait plus que d'une seule barre.

Alexis : « *plus quune barre avt de te perdre* »

    Alexis : « *encore arrêté* »

    Alexis : « *jsais pas où on est* »

    Blake : « *Tiens bon, Lex. Tu m'entends ?* »

    Alexis : « *je taime* »

    Blake : « *Ne fais pas ça. N'abandonne pas.* »

    Blake : « *Je suis sérieux. Je viens juste de te trouver, je ne compte pas te perdre.* »

    Blake : « *Logan est en route. On termine toute la paperasse nécessaire pour pouvoir pister ton portable. Toute la police de Denver te cherche.* »

    Blake : « *Lex ?* »

    Alexis : « *OK* »

    Blake : « *Quoi qu'il arrive, sache que je t'aime. Rien de ce qu'ils feront n'aura d'importance. Reste forte.* »

    Blake : « *Je viens te chercher, ma puce.* »

Et ce fut fini. Le téléphone ne capta plus tout à coup. Alexis tapa un dernier message, consciente qu'il ne partirait que lorsque le portable aurait de nouveau du réseau. Mais comme ils semblaient se diriger vers les montagnes, impossible de dire quand ce serait.

Elle rangea à nouveau le téléphone au fond de la pochette, se tourna sur le côté et essaya de respirer calmement. Quoi que Dominic et Chuck aient prévu pour elle, ce ne serait pas une partie de plaisir. Elle avait lu entre les lignes du message de Blake. Il lui disait clairement que même si elle se faisait violer, cela ne ternirait pas les sentiments qu'il avait pour elle. Cependant, *elle*, elle ne se sentirait plus la même. Si elle se faisait violer, elle ne serait plus la même femme. Elle était reconnaissante à Blake de lui avoir montré combien faire l'amour pouvait être agréable. Au moins, le viol ne serait pas sa première expérience sexuelle.

Toutefois, le moment venu, elle se débattrait de toutes ses forces. Elle ne laisserait pas ces enfoirés faire d'elle ce qu'ils voulaient. Elle était plus forte que cela. Peut-être parviendraient-ils à la violer quand même, cependant elle ne comptait pas leur faciliter la tâche.

CHAPITRE 16

Blake passa au peigne fin le dernier endroit signalé par Lex et jura. Puisque le distributeur précédent était situé dans la ville de Golden, il semblerait qu'ils étaient en train de filer vers la montagne. Alexis n'avait pas reconnu la dernière banque et n'avait donc pas pu lui dire où elle se trouvait exactement, et ça craignait. Blake tourna sans but sans découvrir la moindre Cadillac noire. Il jura.

L'imaginer à la merci des Inca Boyz, surtout à celle de Chuck, le rongeait. Il était clair qu'elle était effrayée, et il ne pouvait pas lui en vouloir. Pourtant, elle tenait bon, se montrant forte comme toujours.

Son portable se mit à sonner, le faisant sursauter. Il décrocha, et la voix de Nathan résonna dans les haut-parleurs de la voiture.

— Je l'ai trouvée.

— Putain. Merci, souffla-t-il. Où ?

— Tu as raison, ils se dirigent vers la montagne. Ils sont pris la Route 6, vers Clear Creek Canyon Park. Où es-tu ?

Blake fit demi-tour et tourna vers l'ouest.

— À quelle distance ?

— Quarante-cinq kilomètres à peu près, déclara Nathan d'une voix calme. Ils se sont arrêtés. Le signal ne bouge pas.

— Merde, jura Blake. Je vais mettre trop longtemps à arriver. Où est Logan ?

— À vingt minutes derrière toi, je dirais.

— Les flics ? demanda-t-il, de plus en plus désespéré.

— J'ai appelé Ross. Il réunit une équipe du SWAT, mais il leur faudra environ une heure avant de prendre la route.

— Nathan, lança-t-il dans un sanglot avant de se racler la gorge. Nathan, je ne peux pas la perdre.

— Tu ne la perdras pas.

— Ils ont une demi-heure pour la torturer, grogna-t-il.

— Elle sait que tu arrives, répliqua calmement son frère. Elle tiendra bon pour toi, Blake. Écoute, je ne prétends pas comprendre ce qu'est l'amour, mais entre Grace et maintenant Alexis, je commence à saisir. J'ai assisté en première ligne à vos interactions. Depuis des mois, elle te regarde en douce pendant que vous travaillez, et dès que tu lui demandes quelque chose, elle le fait. Pas seulement parce que c'est son boulot, mais parce que c'est *toi* qui le lui demandes. Parce qu'elle t'aime. Maintenant que c'est réciproque ? Cette fille n'abandonnera pas alors qu'elle t'a enfin. Elle est forte, et je sais qu'elle ne renoncera pas, donc s'il te plaît, ne renonce pas à elle. Ne pense pas que c'est fini pour elle, tu m'entends ?

La réprimande de Nathan était pile ce dont il avait besoin.

— Oui, je t'entends, dit-il d'une voix plus ferme et mesurée. Il y a des raccourcis pour la rejoindre ?

— Non, mais je vais indiquer aux policiers de Denver que si l'un d'eux essaie de t'arrêter, ils devront te coller au train jusqu'à la montagne pour y parvenir.

— Merci, frangin. Je t'en dois une.

— N'importe quoi. Tiens-moi informé. Et dis-moi quand ma future belle-sœur sera en sécurité.

Blake ne cilla même pas à ces mots. Il savait au plus profond de sa chair qu'il passerait le reste de sa vie avec Alexis. Peu importe ce que ces enfoirés lui feraient dans la montagne. Il voulait voir son alliance à son doigt, avait envie de faire d'elle sa femme. Sa détermination renforcée, il lança « Ça marche » dans le téléphone puis raccrocha et inspira profondément. Ensuite, il se focalisa sur Alexis et le moyen de la rejoindre. Nathan se chargerait de contacter Logan et la police. *Lui*, tout ce qu'il avait à faire, c'était retrouver sa femme.

Vingt-quatre minutes plus tard, et après avoir conduit comme un dératé, Blake quitta la Route 6 pour s'engager sur un chemin de terre. Il avait l'estomac noué à l'idée de se trouver littéralement au milieu de nulle part. Un coup d'œil à son portable lui confirma qu'il n'avait pas de réseau. Il ne pouvait même pas appeler Nathan pour lui dire qu'il était arrivé.

Conscient que chaque seconde comptait, Blake gara sa Mustang en travers du chemin, espérant que cela ralentirait un peu le gang s'ils essayaient de s'en aller. Il attrapa ensuite son Glock posé sur le siège passager, s'assura qu'il était chargé, prit des munitions supplémentaires, puis sortit de sa voiture. Il referma sa portière en silence et s'approcha rapidement de l'endroit où le portable d'Alexis avait été repéré pour la dernière fois.

Huit minutes plus tard, Blake observait à travers les arbres. Il ne voulait pas risquer de s'avancer davantage et les alerter de sa présence. Il y avait quatre personnes, Dominic, Damian, Chuck et Kelly, qui regardaient quelque chose au sol.

Il était incapable d'entendre ce qu'ils disaient. Il jeta des coups d'œil frénétiques autour de lui à la recherche d'Alexis, mais il ne la vit nulle part et son cœur cessa de battre un instant. Était-elle toujours dans le coffre ? L'avaient-ils tuée avant de balancer son corps quelque part ? Cela n'avait aucun sens, car ils ne resteraient pas ici s'ils l'avaient déjà assassinée, n'est-ce pas ?

Il rampa un peu plus près pour pouvoir percevoir leurs paroles. Ils semblaient railler quelqu'un.

— Alors comme ça, tu essayais d'obtenir des informations sur les Inca Boyz pour les fournir aux flics ? se moqua Damian. C'est pas logique.

— Ils savent déjà que Margaret Mason nous a engagés pour prendre des photos de sa fille et de ton frère. Les preuves qu'ils avaient contre Donovan sont minces. C'est bien pour ça qu'il va bientôt sortir, ajouta Chuck.

Dominic s'agenouilla et fixa la petite silhouette sombre à leurs pieds. Il se décala, bloquant la vue de Blake, et inclina la bouteille qu'il tenait dans la main.

— Bois un peu plus, sale pute, ordonna-t-il. Plus tu seras bourrée, plus tu parleras... Enfin, si tu sais ce qui est bon pour toi. Voilà ce qui arrive aux balances, pétasse, poursuivit-il d'une voix basse et mesurée, d'autant plus effrayante qu'il gardait son calme. Tu vas rester ici, et bientôt, tu prieras pour mourir. Je sais que Chuck ici présent est impatient de te baiser, mais il va devoir attendre deux jours. Lorsqu'il reviendra, tu le supplieras de fourrer sa queue où il veut pourvu qu'il te file de l'eau. Puis, il s'enfoncera dans ton gros cul et peut-être que si tu le traites vraiment bien, il dira aux autres où tu es afin qu'ils puissent venir te niquer le visage aussi.

Damian se mit à quatre pattes afin de pouvoir observer de plus près la forme sombre au sol.

— Tu n'es rien. Juste un trou à baiser et un moyen d'arriver à nos fins, comme toutes les femmes sur cette planète. Tu vas connaître une mort lente, ici, à souhaiter n'avoir jamais croisé la route des Inca Boyz.

Blake comprit tout à coup que la petite forme sombre et indistincte au sol était la tête d'Alexis. Les quatre voyons avaient réussi à l'enterrer jusqu'au cou. Damian l'obligeait à boire de la vodka directement à la bouteille, en lui pinçant le nez afin qu'elle ouvre la bouche pour respirer et n'ait d'autre choix que d'avaler l'alcool qu'il lui versait dans la gorge. Blake vit rouge et observa la scène comme au ralenti. Il ignorait totalement ce qu'ils avaient fait à Lex avant de l'enterrer, mais ils regretteraient d'avoir posé un seul doigt sur elle.

Quoi qu'ils aient fait, cela n'avait pas été sans mal. Du sang coulait du nez de Damian, Dominic boitait et Chuck avait la lèvre fendue. Son Alexis leur en avait fait voir de toutes les couleurs. Elle s'était sacrément défendue. Il était extrêmement fier d'elle. Sans attendre d'être secourue, elle s'était battue bec et ongles contre pas moins de trois hommes. Il ne l'abandonnerait pas maintenant.

Logan et la police arrivaient, mais ils étaient encore trop loin pour leur être d'aucune aide. Alors, il fit ce qu'il avait à faire. Il visa calmement la jambe droite de Dominic et fit feu. Le tir atteignit sa cible, et l'homme tomba dans un cri en se tenant la cuisse.

— Enfoiré ! hurla Chuck en se tournant vers l'endroit d'où provenait le tir et en répliquant furieusement avec son pistolet.

Se servant des techniques apprises à l'armée, Blake se déplaça rapidement de plusieurs mètres sur la gauche et lâcha une nouvelle balle, qui toucha Chuck à l'épaule, interrompant efficacement ses salves.

Damian, qui n'était pas stupide, attrapa son frère, l'aida

à se lever et se dirigea immédiatement vers la Cadillac.

Chuck courut après les deux hommes en se tenant le bras et jurant à voix haute.

Kelly, manifestement pas aussi maligne que les autres, s'accroupit à côté d'Alexis plutôt que de chercher à fuir. Elle dégaina un couteau et l'appuya contre le cou d'Alexis en regardant autour d'elle avec frénésie pour essayer de distinguer le tireur.

— Qui est là ? cria-t-elle. Si tu ne sors pas tout de suite, je lui tranche la gorge.

— Monte dans cette voiture, connasse, lui cria Chuck.

Elle l'ignora.

— Qu'elle aille se faire foutre. Si elle veut rester là, grand bien lui fasse. On y va.

Le moteur de la Cadillac se mit en marche, et quelques secondes plus tard, la voiture eut disparu en laissant une traînée de poussière dans son sillage. Blake, imperturbable, se servit de la distraction pour se décaler et se rapprocher des deux femmes sans trahir sa position.

Il se fichait que les hommes aient pris la fuite. Nathan pisterait la Cadillac, puisque le téléphone d'Alexis y était très certainement encore, et indiquerait à Logan et la police où se trouvaient exactement les voyous. Ils n'iraient pas loin... surtout pas en sachant que deux d'entre eux saignaient et que sa voiture leur barrait l'accès à la nationale. Tout cela les ralentirait à coup sûr.

Toute son attention était concentrée sur Kelly et Alexis à présent.

Kelly attrapa une pleine poignée de cheveux de Lex et lui tira la tête en arrière pour poser son couteau sur la zone vulnérable. Alexis était aussi sans défense qu'un nouveau-né. Blake se rapprocha tandis que Kelly continuait sa diatribe.

— Je vais le faire. Je vais lui trancher la peau d'une oreille à l'autre. Crois pas que j'en suis incapable. Montre-toi, qui que tu sois. Tu penses pouvoir la sortir de là ? Pas moi, non. Elle est rien. Elle est personne. Juste une riche pétasse qui croit pouvoir tout se payer. Pas cette fois. Pas. Cette. Fois ! Dominic et Damian vont faire sortir leur frère de taule, et après, il retrouvera cette salope de Bailey. Personne a le droit de le quitter. Pas même elle. Si elle croit pouvoir se barrer comme ça du gang, elle se trompe.

Blake ne savait pas de quoi parlait Kelly, mais il s'en fichait. Seule Alexis lui importait. Elle était la seule chose qui comptait à présent. Il visa avec soin, inspira profondément, se concentra.

Kelly appuya plus fort le couteau sur la peau d'Alexis, faisant couler une goutte de sang. Il distingua à peine celui-ci tant son corps était recouvert de boue.

— Les Inca Boyz vont diriger Denver. Cette sale gosse de riche et l'autre ex-copine foutront pas ça en l'air. Hors de question. On les laissera pas faire. On va...

Ce qu'elle s'apprêtait à dire fut interrompu par la balle de calibre.45 qui jaillit du pistolet de Blake pour lui transpercer le front et ressortir de l'autre côté, répandant sa cervelle dans la poussière. Elle s'écroula sous la force du projectile, et le bras qui tenait le couteau retomba mollement à son côté, loin de la gorge d'Alexis.

Blake bougea avant même que l'écho du coup de feu ne se soit dissipé dans l'atmosphère. Il se mit à genoux à côté de la tête d'Alexis et commença à creuser avec frénésie à mains nues. Ne voir que sa tête avait quelque chose de surréaliste. C'était comme si elle n'était pas reliée au reste de son corps.

Elle cligna plusieurs fois des paupières comme pour s'assurer qu'elle ne rêvait pas.

— Tiens bon, ma puce. Je vais te sortir de là.

— Blake ?

— Oui, Lex. C'est moi.

— Tu es enfin arrivé ?

C'était bien plus une question qu'un constat.

Blake arrêta un instant de creuser furieusement pour pouvoir lui caresser la tête et l'embrasser sur le front. Elle avait les deux yeux gonflés et des marques sur le visage. Une de ses mèches de cheveux lui avait été arrachée et gisait à côté de l'endroit où elle était retenue prisonnière, et une goutte de sang perlait là où Kelly avait posé sa lame. Jamais il n'avait été aussi heureux de revoir quelqu'un de toute sa vie.

— Oui, mon amour, je suis enfin arrivé et tu es en sécurité.

Elle ferma les yeux, puis souleva à peine les paupières.

— Il était temps, plaisanta-t-elle d'une voix rauque.

— Bon sang, Lex. Je t'aime tellement. Il n'y a que toi pour faire une blague dans un moment pareil.

— Je crois que je suis de nouveau bourrée, commenta-t-elle sèchement. Mais je n'y suis pour rien cette fois-ci.

— As-tu mal quelque part ? demanda-t-il, avant de s'exclamer. Merde, c'est évident. Ça se voit.

— Étonnamment, pas tellement. Damian m'a fait une faveur, en fait. Grâce à la vodka, ça m'a pas fait si mal que ça quand ils m'ont frappée.

Elle mangeait ses mots ; il craignit que l'alcool ne masque de blessures plus graves que celles qu'il pouvait distinguer.

— Mais j'ai donné quelques coups aussi. J'ai fait ce que Logan et toi vous m'avez appris. J'ai visé les yeux et les articulations. J'ai essayé de m'enfuir, mais Chuck, ce connard, m'a attrapée avant que je puisse aller trop loin.

Elle tourna la tête comme si elle cherchait quelqu'un.

— Où est Kelly ? Tu l'as eue, hein ? Elle est bien morte ? Elle fait pas semblant ? demanda-t-elle, sans lui laisser le temps de réagir à son commentaire précédent.

— Kelly ? Aucun doute, elle est morte.

— Bien. Sale garce. Elle m'a bien eue. Elle a fait en sorte que j'aie de la compassion pour elle. Et j'y ai cru bêtement.

Blake reprit son excavation sans un mot. En cet instant, il avait bien plus envie de la libérer que de découvrir tout ce qui s'était passé.

— Tu es comment, là ? Debout ? Allongée ? Je dois déblayer jusqu'où ? Tu arrives à bouger ? Tu pourrais m'aider à te sortir de là ?

Elle déglutit bruyamment.

— Je suis assise. Ils ont menotté mes poignets à mes chevilles pour que je ne puisse pas creuser après leur départ. Vu comme je me suis débattue, ils ne voulaient pas prendre le risque que je parvienne à m'échapper.

— Connards, marmonna-t-il sur un ton empli de haine. J'aurais dû leur tirer une balle dans la tête quand j'en ai eu l'occasion.

— Tu as tiré où ? demanda-t-elle sur le ton de la conversation, comme si elle se renseignait sur ce qu'il y avait pour le petit déjeuner ou l'heure qu'il était.

— Dans la jambe et l'épaule. Mais je n'ai pas réussi à toucher Damian.

Il souffla, épuisé de ses efforts pour retirer le plus de terre possible. Elle s'entassait derrière lui.

— Cet enfoiré a couru comme un lâche.

— Ils ont fui ?

Elle tourna la tête dans la direction prise par la Cadillac.

— Non.

— J'ai comme l'impression que si, moi. Tu es tout seul

alors qu'ils étaient quatre.

Il arrêta de creuser un instant pour la regarder droit dans les yeux.

— D'une, tu étais et tu seras toujours ma première préoccupation. Je me fous de tout le reste. De deux, je ferai tout ce qui est en mon pouvoir pour faire tomber ces connards afin qu'ils ne puissent plus te faire de mal. Et je ne parle pas seulement de quelques années en prison pour agression et enlèvement. De trois, comme je te l'ai dit, nous avons pisté ton portable, ce qui nous a menés jusqu'ici. Nathan sait donc où ils sont grâce à ton téléphone, que tu as laissé dans la voiture. En plus, Logan n'était pas loin derrière moi, tout comme le SWAT de Denver. Ces connards ne pourront pas faire plus de cinq kilomètres avant de se faire chopper.

— D'accord.

— Tu as d'autres questions, ou bien je peux continuer ? demanda-t-il en ressentant enfin une étincelle d'humour.

Il n'y avait rien d'amusant dans cette situation, mais Alexis avait besoin qu'il allège l'atmosphère, alors il le ferait. Il suivrait son exemple. Il lui donnerait tout ce dont elle avait besoin. Mais tout d'abord, il devait la sortir de ce fichu trou pour s'assurer qu'elle n'était qu'en un seul morceau.

— Tout à fait. Tu peux continuer. Je te remercie, répliqua-t-elle comme si elle était la Reine d'Angleterre lui faisant une faveur.

Alors, il poursuivit. Il creusa de toutes ses forces en ignorant la terre qui se coinçait sous ses ongles et recouvrait ses vêtements, et sans tenir compte de ses bras qui commençaient à lui faire mal. Au moment où il eut dégagé la terre jusqu'à sa taille, il entendit une voiture arriver à toute allure.

Il se leva et pivota si vite qu'il aurait sans doute gagné un duel au pistolet au Far West, et brandit son arme en une seconde vers la route. Plus personne ne s'approcherait d'Alexis. Hors de question.

Dès qu'il reconnut le pick-up, il se détendit et remit son flingue dans son étui, accroché à la ceinture de son jean. Logan sortit de la voiture et se précipita vers lui, sans même couper le moteur.

— Putain, c'est quoi ce bordel ? s'exclama-t-il quand il vit ce que faisait Blake.

— Salut, Logan, chantonna Alexis. Contente que tu aies pu te joindre à notre petite sauterie.

Sans un mot, Logan se mit immédiatement à genoux pour aider son frère à creuser. Il haussa un sourcil à l'intention de Blake, qui hocha la tête en serrant les dents.

Cette communication silencieuse entre frères n'avait aucun sens pour les autres, mais comme ils avaient été proches en grandissant, et de nouveau ces derniers mois, ils comprenaient sans peine ce que l'autre suggérait.

— Le SWAT a choppé les trois autres à l'entrée de la Route 6. Ta voiture est fichue, par contre. Ils l'ont percutée en prenant le virage.

— Oh, pauvre Mustang, s'écria Alexis. On avait même pas encore fait l'amour sur la banquette arrière.

Logan parut surpris, autant par ses paroles que par le fait qu'elles soient un peu pâteuses... une nouvelle fois. Il se tourna vers Blake pour obtenir une explication.

— Ces connards l'ont forcée à boire, dit-il en indiquant la bouteille de vodka désormais vide.

Logan hocha la tête, puis reprit le récit de ce qui s'était passé entre les voyous et la police.

— Chuck est dans un sale état. Entre la balle dans son épaule et le fait qu'il soit allé s'écraser à travers le pare-brise sur ton pare-chocs...

— Et les deux autres ? demanda Blake.

— Damian a décidé de tirer sur tout ce qui bouge pour pouvoir s'enfuir.

— Et ? insista-t-il.

— Ça n'a pas marché, rétorqua Logan, impassible. Il ne causera plus le moindre problème. Il a deux douzaines de trous dans le corps, et son frère, ce n'est pas mieux, puisqu'il était assis juste à côté de lui quand les balles ont commencé à pleuvoir. J'imagine que Kelly menaçait Alexis ? ajouta-t-il avec un signe de tête vers la femme morte.

— Oui, confirma Blake sans préciser.

— Eh bien, ça fait quatre membres du gang en moins, conclut Logan, énonçant une évidence.

— Tu as des clés de menottes sur toi, par hasard ? lui demanda Blake, toujours occupé à creuser ce qui avait failli devenir la tombe d'Alexis.

Bien qu'il soit conscient du regard perçant de son frère, il resta concentré sur sa tâche.

— Non, mais le SWAT sera bientôt là.

Blake hocha la tête et retira un gros tas de terre, découvrant ainsi les chevilles d'Alexis… et ses poignets attachés avec elles.

— Je ne sens plus mes mains ni mes pieds. Dominic a serré les menottes le plus possible, déclara-t-elle d'une voix endormie. Ils sont encore là ?

Blake prit immédiatement son visage en coupe et la regarda bien en face.

— Ne t'évanouis pas, Lex. Reste avec moi.

Elle acquiesça imperceptiblement.

— Les secours arrivent bientôt. Tu veux bien me raconter ce qu'ils t'ont fait ?

Elle secoua la tête et leva des yeux suppliants vers lui.

— Oui. Mais pas ici. Pas maintenant. S'il te plaît, ramène-moi à la maison.

— Je te ramènerai à ton appartement dès que possible, ma puce, mais d'abord tu vas devoir faire un tour à l'hôpital pour qu'on s'assure que tu vas bien, la réconforta Blake.

Elle secoua la tête avec plus de force cette fois-ci.

— Non. Je veux aller à la *maison*. À *ta* maison. Je veux pas vomir dans les toilettes d'un hôpital. C'était déjà assez horrible comme ça de le faire dans les miennes.

Le cœur de Blake s'emplit d'amour pour la femme épatante qu'il avait sous les yeux. Elle était couverte de terre et de boue… de la tête aux pieds, littéralement. Elle avait été frappée, torturée mentalement et ensevelie. Blake ne savait pas ce qu'elle avait traversé en plus, mais elle n'avait pas abandonné. Elle s'était battue jusqu'au bout contre ses agresseurs, au point qu'ils soient contraints de l'enterrer quasi entièrement. Et la voilà maintenant, assise à plaisanter sur son sauvetage, les mains engourdies, les pieds aussi, à ne demander qu'une seule chose : rentrer à la *maison*. Avec lui.

— Je te ramènerai chez nous dès que possible, ma puce, la rassura-t-il.

— D'acc. Logan ?

— Oui, Alexis ? répliqua-t-il, d'une voix absente, trop occupé à essayer de déterminer comment la sortir de là.

Ils l'avaient déterrée, mais comme elle avait les poignets attachés aux chevilles, ce ne serait pas évident de la déplacer. Elle ne pourrait pas vraiment s'allonger sur le dos, et il n'y avait rien pour s'asseoir. Bien qu'il répugne à cette idée, c'était sans doute dans son trou qu'elle était le mieux à l'heure actuelle en attendant qu'ils puissent lui retirer les menottes.

— Tu crois que Grace voudra aller faire du shopping avec moi un de ces jours ?

— Quoi ? s'exclama-t-il en la fixant, stupéfait par cette question saugrenue.

— Elle a bon goût, et je me dis que ça sera amusant.

— Ça lui fera très plaisir, j'en suis sûr, lui répondit-il honnêtement. Ça pourra certainement attendre que tu tiennes debout et ne sois plus saoule.

— OK. Oh, tu peux me faire une faveur ?

— Tout ce que tu veux, accepta-t-il immédiatement.

À chaque seconde qui s'écoulait, il était de plus en plus admiratif du calme de cette femme qu'aimait son frère.

— Dis à Nathan qu'elle s'appelle Bailey.

— Qui ça ? répliqua-t-il en regardant Blake pour plus de précision.

Il répondit à la place d'Alexis.

— L'ex-copine de Donovan. Alexis et lui essaient de la trouver. Kelly a perdu les pédales et déblatéré sur une nana appelée Bailey que Donovan cherchait à récupérer.

Logan se tourna vers Alexis.

— Je lui dirai, promit-il. Mais, Alexis, tu pourras lui raconter toi-même tout ce que Kelly a dit, quand il viendra te voir à l'hôpital.

Elle fronça le nez, puis gémit tout bas.

— J'aime pas les hôpitaux.

— Personne ne les aime, ma puce, la rassura Blake en lui caressant gentiment la tête.

Il aurait sans doute mieux fait de s'abstenir, puisqu'il était surtout en train d'étaler davantage la boue sur ses pauvres cheveux, mais il avait besoin de la toucher. De l'apaiser.

— Est-ce que je vais encore me réveiller en vomissant ? Ça m'a pas plu la dernière fois. Je pense que je vais encore moins aimer ça vu que j'ai mal partout.

Il lui effleura délicatement la joue et essaya de se montrer rassurant.

— Ils vont faire leur possible pour t'aider à éviter le pire de la gueule de bois, ma puce. Ne t'en fais pas.

— Blake ?

— Oui, Lex ?

— Tu peux dire à mes parents que je vais bien ?

— Oui, bien sûr.

— Blake ?

Il ravala son rire.

— Je suis toujours là, ma puce.

— Je savais que tu allais arriver. J'ai fait ce que vous m'avez appris avec Logan. Ça aurait marché s'ils avaient pas été trois.

Seigneur, elle le tuait. Il ignorait ce qu'elle avait vécu, mais il avait l'absolue certitude qu'elle avait fait son possible pour gagner du temps pour lui.

— J'en suis sûr. Je parie qu'ils ont été très surpris quand tu as essayé de leur arracher les yeux.

Elle sourit à ce souvenir.

— Oui. Ils s'attendaient pas à ce que je me batte, avoua-t-elle d'une voix basse, confiante.

Des véhicules remontant le chemin interrompirent ce qu'il s'apprêtait à dire.

— La cavalerie arrive, murmura Alexis. Il était temps. J'ai envie d'un cheeseburger.

Les hommes pouffèrent, mais surveillèrent attentivement la route pour le cas où ce ne serait pas le SWAT qui se pointerait.

Heureusement, c'était eux. En moins de dix minutes, Alexis se vit retirer ses menottes, sortie de ce trou et ramenée à Denver. Elle perdit sa lutte contre l'inconscience dès qu'elle fut allongée sur la civière.

Logan était resté dans la montagne avec les équipes de police et avait promis de faire remorquer la voiture de Blake.

Il se tint aux côtés d'Alexis, une main sur son front, incapable de ne pas la toucher. Ils étaient dans un état lamentable tous les deux, mais il s'en fichait. Il était soulagé qu'elle soit inconsciente, parce que le retour à l'arrière du Humwee du SWAT n'était pas franchement agréable.

Deux membres de l'équipe étant secouristes, ils firent de leur mieux pour lui retirer un maximum de poussière et lui poser une perfusion. Comme Blake leur avait expliqué pourquoi elle sentait comme une distillerie, ils refusaient de lui donner des antidouleurs à cause de la réaction avec l'alcool qu'elle avait été obligée d'avaler.

Ils ajoutèrent que les médecins voudraient sans doute lui faire un lavage d'estomac pour la débarrasser de toute trace d'alcool avant qu'il ne lui arrive dans le sang. Blake fit la grimace en comprenant que les heures à venir ne seraient pas agréables pour sa femme.

À mi-chemin de la descente, le portable de Blake lui annonça l'arrivée d'un texto... de la part d'Alexis, bizarrement. C'était le dernier message qu'elle lui avait envoyé avant de perdre le réseau un peu plus tôt. Comme ils étaient de nouveau à proximité d'une antenne, le SMS était enfin arrivé.

Alexis : *« ferai cquil faut pr tenir jusquà ton arrivée jtm »*

Blake se mit à pleurer, mais il ne le réalisa que lorsqu'un membre de l'équipe d'intervention lui tendit un mouchoir sans un mot. Alexis avait une telle confiance en lui que c'en était presque effrayant. Il se fit le serment de tout faire pour qu'elle ne doute jamais de son amour et de sa dévotion pour elle. Jamais. Il passerait le reste de sa vie à lui faire comprendre combien elle comptait pour lui.

CHAPITRE 17

Vingt-quatre heures plus tard, Blake était assis aux côtés d'Alexis, dans un lit d'hôpital, et lui tenait la main tandis qu'elle discutait avec ses parents. Nathan avait appelé Brian et Betty Grant pour les informer de ce qui était arrivé à leur fille. Ils savaient qu'elle travaillait pour *Ace Sécurité,* mais pas qu'elle avait œuvré sous couverture pour essayer de faire tomber le gang impliqué dans la tentative de chantage de leur fils. Au début, ils avaient été énervés, mais ils connaissaient bien leur fille manifestement, et étaient désormais surtout soulagés qu'elle se porte bien. Ils semblaient même un peu fiers du rôle qu'elle avait joué.

Blake se déconnecta de leur conversation, se concentrant à la place sur la main chaude de Lex dans la sienne, à laquelle elle s'agrippait tout en assurant à ses parents que Bradford n'avait pas besoin de revenir dans le Colorado, car elle allait bien.

On lui avait fait un lavage d'estomac pour l'empêcher de subir trop d'effets secondaires à cause de l'alcool. Elle avait quand même mal au crâne, mais c'était la moins grave de ses blessures.

Elle avait des bleus sur tout le corps et se plaignait que chaque muscle était douloureux. Ses épaules, à cause de ses bras remontés dans son dos à plusieurs reprises ; sa tête, qui avait heurté le mur en briques lors de son enlèvement ; ses côtes, où ils l'avaient frappée ; ses bras et ses jambes, pour s'être battue contre trois hommes ; et bien sûr ses poignets et ses chevilles, où les menottes lui avaient mordu la peau.

Son visage était bouffi et gonflé à cause des coups qu'elle avait pris et elle avait une mine effroyable, mais elle était en vie. C'était une bénédiction, pour Blake. Même s'il avait envie de traquer Dominic, Damian, Chuck et Kelly et les tuer une nouvelle fois pour ce qu'ils avaient fait subir à Alexis, il était content pour l'instant qu'elle soit revenue relativement saine et sauve. Il savait que cela aurait pu être bien pire.

Ross et la police étaient venus recueillir son témoignage officiel. Logan et Blake avaient déjà raconté leur version des faits à la police. Au départ, les agents avaient voulu le ramener au commissariat pour lui poser des questions sur la mort de Kelly, mais heureusement, les officiers du SWAT l'avaient soutenu en expliquant que les coupures sur le cou d'Alexis provenaient du couteau qui se trouvait toujours dans la main de Kelly. Il devrait sans doute se soumettre à un interrogatoire, mais pour l'instant, il était content que sa réputation à l'armée et les différentes missions effectuées par *Ace Sécurité* en collaboration avec la police jouent en sa faveur.

Alexis prenait des narcotiques assez puissants pour lutter contre la douleur, et Blake la surveillait de près. Il était prêt à appuyer sur le bouton pour lui en redonner un peu dès que l'effet s'atténuerait. Les Inca Boyz l'avaient assez fait souffrir comme ça. Il n'allait pas la laisser avoir mal s'il pouvait faire autrement. Même si elle essayait de se montrer forte. Elle semblait aller bien, à l'extérieur, mais il était évident qu'elle ne tenait qu'à un fil. Il rechignait à l'idée qu'elle repense à ce qui lui était arrivé, mais il avait besoin de savoir pour pouvoir l'aider à s'en remettre.

— Maman, papa, je vais *bien*. Vraiment. Blake est là, ses frères aussi. Dès que je pourrai sortir, je retournerai à Castle Rock et m'installerai chez Blake quelque temps pour qu'il prenne soin de moi.

M. Grant le dévisagea un long moment.

— Vous êtes en couple maintenant, j'imagine ? commenta-t-il sèchement.

Alexis leva les yeux au ciel, exaspérée.

— Oui, papa, nous sommes ensemble.

L'autre homme continua de l'étudier avec intensité.

— J'espère ne plus jamais être réveillé au milieu de la nuit par un appel nous demandant de nous rendre au plus vite au chevet de notre fille à l'hôpital.

Blake saisit l'allusion. Cet homme lui faisait penser à son propre père. Ace Anderson avait été un homme bourru et peu démonstratif, mais il avait toujours fait comprendre à ses fils à sa manière qu'il les aimait.

— Non, monsieur. Pas si j'ai mon mot à dire. Lex ne sera plus jamais en contact avec les gangs de Denver. Je vous promets de veiller à sa sécurité à partir de maintenant.

— Hé, protesta l'intéressée. On est où, là ? Dans l'Amérique coloniale ? Papa, je vais bien. Vraiment.

Brian Grant soutint encore un peu le regard de Blake, ignorant sa fille, puis il lui tendit la main.

— Bienvenue dans la famille, mon garçon.

Blake serra la main du père d'Alexis sans lâcher cette dernière et hocha la tête. Brian Grant observa les mains jointes du couple, puis releva les yeux, fit un mouvement du menton et sourit enfin.

— Viens, Betty. Nous sommes restés suffisamment longtemps.

— Mais, Brian, nous venons à peine d'arriver.

Il eut un petit rire.

— Ma chérie, nous sommes là depuis plus d'une heure. Tu dois téléphoner à Bradford pour le rassurer sur l'état de sa sœur et lui dire qu'il n'a pas besoin de revenir, et je dois aller au travail.

— Bon, très bien, marmonna Betty en se levant, avant de se pencher vers sa fille pour l'embrasser sur la joue. Appelle-moi quand tu seras à Castle Rock.

— Promis, maman. Merci.

Quand les parents d'Alexis partirent enfin, il perçut son immense soupir de soulagement. Elle se rallongea sur les oreillers et le regarda.

— Merci d'être resté à mes côtés pendant leur visite. Ils sont un peu surprotecteurs, mais c'est parce qu'ils m'aiment beaucoup.

Il l'embrassa sur le front.

— Je sais, ma puce. Leur inquiétude était évidente. Tu t'en es bien sortie avec eux. Tu leur en as raconté juste assez pour qu'ils sachent ce qui s'était passé, sans en dire trop pour qu'ils ne se fassent pas du souci inutilement.

Elle hocha la tête, puis le quitta des yeux pour observer la porte en se mordant nerveusement la lèvre.

— Tu es prête ? lui demanda-t-il tout bas en lui caressant le dos de la main.

— Honnêtement ? Non. Mais il faut le faire. Plus vite j'en aurai fini avec ça, plus vite je pourrai partir d'ici et rentrer à la maison.

Il adorait le fait qu'elle parle ainsi de la maison qu'il avait rénovée.

— Ça ne te gêne pas que Logan et Nathan soient présents pendant ta déposition ?

Elle secoua la tête et le regarda dans les yeux.

— Non, répondit-elle sans hésiter. Ces enfoirés ne m'ont rien fait d'embarrassant... en soi. Je ne suis pas enchantée de me remémorer tout ça, mais si ce qui s'est passé peut aider à faire tomber le reste des Inca Boyz, alors je suis partante. Je préfère faire tout d'un coup plutôt que de raconter tout ça à la police d'abord, puis à tes frères, tu vois ?

— Totalement, la rassura-t-il en souriant. Est-ce que je t'ai dit aujourd'hui combien je suis fier de toi ?

Elle lui rendit son sourire.

— Oui, à peu près trois fois déjà.

— Combien je te trouve formidable et magnifique et que je suis l'homme le plus chanceux de la Terre ?

Elle éclata de rire.

— Ah non, ça, tu ne me l'avais pas dit aujourd'hui.

— Eh bien, sache que je te trouve formidable et magnifique, et que je suis l'homme le plus chanceux de la Terre.

— Pfff, répliqua-t-elle en soufflant un rire et en levant les yeux au ciel.

Il était content de voir que leur badinage l'aidait à oublier un peu de sa douleur. C'était un miracle, mais Damian et les autres ne l'avaient visiblement pas brisée. Lex était toujours la jeune femme innocente et passionnée qu'il avait découverte et qu'il aimait éperdument.

— Tu as mal ? Tu veux un peu d'antidouleurs avant qu'ils arrivent ?

Elle refusa d'un signe.

— Non, ça va. Je suis contente de ne pas avoir vomi tripes et boyaux au réveil, ce coup-ci.

Cela ne fit pas sourire Blake. Lex savait que les médecins lui avaient fait un lavage d'estomac, toutefois, elle était restée inconsciente la plupart du temps et ne s'en souvenait pas vraiment. Blake, en revanche, était incapable d'oublier. On l'avait autorisé à rester à ses côtés aux urgences pendant tous les examens, sauf celui où les médecins avaient vérifié qu'elle n'avait pas été agressée sexuellement. Elle avait bu une grande quantité d'alcool, mais heureusement, ils avaient réussi à en retirer assez pour qu'elle ne coure aucun danger. Ils lui avaient également donné des médicaments pour éviter qu'elle ait la nausée à son réveil.

Elle avait souffert un tel martyre quand elle avait finalement ouvert les yeux que cela avait été très dur à supporter pour lui aussi. Cependant, une fois son taux d'alcool dans le sang plus faible, les médecins avaient pu lui injecter des antidouleurs en toute sécurité.

— Moi aussi, j'en suis content, ma puce. Même si ça ne m'a pas dérangé de te tenir les cheveux pendant que tu vomissais l'autre jour, j'aimerais autant ne pas en faire une habitude, ajouta-t-il avec un sourire taquin, mais quand il la regarda, il fut surpris de son sérieux.

— Merci d'être resté avec moi, Blake. Je sais que tu as sans doute une tonne de travail à faire à cause de tout ça, en plus de devoir rencontrer la police. Je suis désolée que tu aies eu à tirer sur Kelly. Je ne suis pas triste qu'elle soit morte, mais je suis navrée que *tu* aies eu à le faire. Ça ne doit pas être facile.

Blake changea de position pour s'asseoir sur le matelas près d'elle. Il s'appuya des coudes de chaque côté de sa tête et se pencha vers sa bouche, la regardant droit dans ses yeux boursouflés.

— J'aimerais pouvoir te dire que je ressens du remords après avoir ôté la vie de quelqu'un, mais non. Sais-tu pourquoi ? Parce qu'elle avait l'intention de te tuer, ajouta-t-il sans lui laisser l'occasion de répondre. Alors tout ce qui importait pour moi, c'était de te sauver la vie. N'y pense plus, Lex, d'accord ? Parce que je compte bien ne pas y repenser non plus, d'accord ?

— Merci, Blake.

— Ne me remercie pas de t'avoir sauvé la vie, ma puce. Je serais prêt à tuer des centaines de personnes afin de te savoir en vie et de pouvoir revoir tes magnifiques yeux bruns et d'embrasser tes jolies lèvres roses.

Elle sourit et lui caressa les bras, les yeux rivés aux siens.

— J'espère que tu n'auras plus jamais à faire du mal à quelqu'un pour moi, mais si jamais c'est le cas, je te remercie par avance de tuer des centaines de personnes pour moi. Je t'apprécie beaucoup, Blake Anderson, et tu m'as trop gâtée. Je ne suis peut-être pas en état tout de suite, mais dès que je serai assez en forme, je te montrerai ma reconnaissance.

Il l'embrassa délicatement sur les lèvres. L'une d'elles étant fendue, le baiser devait être douloureux, mais Alexis ne semblait pas s'en soucier. Elle ouvrit la bouche pour lui et vint caresser sa lèvre inférieure. Il recula avant de lui faire mal, mais la garda entre ses bras.

— Si tu veux faire une pause, serre ma main et je ferai en sorte qu'il te laisse du temps, d'accord ?

Elle hocha la tête.

— D'accord. Mais je vais essayer d'en finir le plus vite et le plus minutieusement possible.

— Quand même. Si tu as besoin d'un moment, dis-le-moi et tu l'auras.

— Tu crois que je pourrais m'asseoir sur une chaise ? Je serais plus à l'aise pour parler.

— Je ne vois pas pourquoi tu ne pourrais pas. Tant que tu n'as pas mal, ça ne doit pas poser de problème.

Blake s'assit sur le grand fauteuil dans un coin de la pièce, celui sur lequel il avait passé la nuit précédente à regarder dormir la femme qu'il aimait, et plaça Lex sur lui.

Trente minutes plus tard, Alexis racontait aux quatre hommes debout ou assis autour d'elle ce qu'elle avait vécu précisément entre les mains des Inca Boyz. Logan était appuyé contre le mur de la chambre, les bras croisés, se renfrognant à mesure qu'elle parlait, pas content de ce qu'il entendait.

Nathan était assis sur le lit, à prendre des notes au rythme du débit de Lex, et alors même qu'il y avait un dictaphone devant la jeune femme. Il passerait sans doute en revue chaque mot qu'elle avait prononcé pour être certain de n'avoir rien raté. L'inspecteur Ross avait opté pour une chaise inconfortable, griffonnant certains commentaires dans un petit calepin.

Blake avait envie d'être le plus près possible d'elle, et il espérait pouvoir rendre la déposition un peu moins difficile grâce à sa chaleur et ses légères caresses.

— Je ne comptais pas monter en voiture avec Kelly ; ça aurait été une erreur, était-elle en train de raconter. Mais quand elle m'a dit qu'elle voulait juste s'éloigner un peu de chez moi pour parler, elle avait l'air si sincère que j'ai eu pitié d'elle. Elle a très bien joué son rôle. C'était idiot de ma part. Je le sais maintenant, mais vous n'étiez pas là. Vous ne l'avez pas entendue.

Ce fut Nathan qui la rassura.

— Elle a compris que, pour t'atteindre, il fallait faire appel à ton bon cœur. Ne t'avise pas de t'excuser pour ça.

Elle lui sourit avant de poursuivre son histoire.

— Mais dès qu'on a tourné dans la dernière rue, les autres étaient là, et ils m'ont fourrée dans le coffre avant que j'aie pu dire ou faire quoi que ce soit. Heureusement, mon portable était dans ma poche et non dans mon sac à main.

Elle frémit à l'idée de ce qui se serait passé sinon, et Blake se retint de jurer à voix haute. Cela avait été un *énorme* coup de chance. Ils savaient tous que la situation aurait pu devenir bien différente si elle n'avait pas réussi à le contacter.

— Nous récupérerons les transcriptions de vos SMS plus tard, mais vous informiez Blake de l'endroit où vous pensiez être à chaque pause, c'est bien ça ? demanda l'inspecteur. Combien d'argent vous ont-ils fait retirer ?

— Voyons, nous nous sommes arrêtés à six reprises, et je ne pouvais prendre que cinq cents dollars chaque fois. La dernière, en revanche, ça n'a pas fonctionné, je ne sais pas pourquoi. Mais ils voulaient plus d'argent, alors je crois qu'ils comptaient me garder en vie dans cette montagne jusqu'à avoir obtenu autant qu'ils désiraient.

Ross hocha la tête.

— Que s'est-il passé lorsque vous êtes arrivés sur le lieu de l'enterrement ?

Alexis inspira vivement à ce choix de termes. Cela aurait en effet très bien pu être le lieu de son enterrement si les choses avaient mal tourné. Ils n'auraient jamais retrouvé son corps si le gang l'avait tuée et laissée là. Blake posa les mains sur les bras glacés d'Alexis, mais la laissa poursuivre sans l'interrompre.

— Quand nous avons pris le virage, j'ai deviné immédiatement qu'on était sur une petite route. J'étais bousculée dans tous les sens, et j'avais peur qu'ils me tuent dès l'instant où nous nous arrêterions. Chuck a ouvert le coffre et m'a fait sortir. Il voulait me violer tout de suite, mais Damian l'en a empêché.

— Comment ? Qu'ont-ils dit exactement ? voulut savoir le policier.

Alexis prit une grande inspiration avant de continuer.

— Après avoir refermé le coffre, Chuck m'a fait me pencher dessus, me plaquant violemment la tête contre le métal, si fort que ça m'a assommée une seconde. Il avait fourré la main sous mon tee-shirt et il tentait d'ouvrir mon pantalon quand Damian l'a écarté brusquement. Je suis tombée par terre à quatre pattes et j'ai essayé de reprendre mes esprits.

» Ils se hurlaient dessus en parlant du plan, et Damian a dit à Chuck que son tour viendrait quand ils en auraient fini avec moi. Je ne comptais pas vraiment m'attarder pour qu'ils puissent le faire, alors je me suis barrée. Chuck m'a rattrapée et ramenée sur place. J'ai réussi à lui donner un coup de coude dans le visage, ce qui lui a ouvert la lèvre, mais il ne m'a pas lâchée et m'a frappée. Il était énervé que je l'aie fait saigner et il pensait que je me soumettrais une fois qu'il m'aurait cognée. Il m'a traînée devant Dominic, mais avant qu'ils ne puissent m'attacher, je leur ai filé un coup de pied latéral, comme vous me l'avez montré, les garçons.

» J'ai touché Dominic au genou et, vous aviez raison, il s'est penché tout de suite. Mais ça n'a fait qu'enrager son frère. Il m'a prise des mains de Chuck et m'a secouée comme un prunier, alors je lui ai mis un coup de boule. Ça ne lui a vraiment pas fait plaisir, alors que moi j'étais contente de l'avoir fait saigner. Mais il m'a jetée au sol ensuite et ils m'ont filé des coups de pied pendant que Kelly les encourageait.

» Puis, Dominic m'a relevée par les cheveux en veillant

bien à rester loin de mes pieds et de ma tête, et Damian m'a demandé pour quelle raison exactement je traînais avec les Inca Boyz. Je ne savais pas trop si je devais leur dire la vérité ou non, alors j'ai tenté de coller à l'histoire de base… et prétendu que j'aimais juste les mauvais garçons.

Elle s'interrompit quelques instants. Blake posa la main sur sa cuisse pour la serrer doucement. Elle lui donna un petit sourire comme pour le rassurer. Puis elle poursuivit son récit qui lui déchirait le cœur.

— Damian ne m'a pas cru une seconde et a attrapé la bouteille de vodka. Il m'a ordonné de boire. J'ai refusé. Il m'a frappée quelques fois, mais j'ai encore refusé. Il a demandé à Chuck de me donner un coup dans les genoux par-derrière, jusqu'à ce que je me retrouve à quatre pattes. Là, il a posé la bouteille contre mes lèvres tandis que Chuck me tirait les cheveux et me pinçait le nez. Ils m'ont forcée à boire jusqu'à ce que je m'étouffe. Puis Damian m'a redemandé pourquoi je m'intéressais tellement à leur gang.

» Ils ont continué à me forcer à boire de la vodka, et j'en avais des haut-le-cœur. Comme je savais qu'ils n'arrêteraient pas tant que je ne leur aurais pas dit *quelque chose*, n'importe quoi, j'ai cédé et raconté que je leur en voulais pour ce qu'ils avaient fait à mon frère. Visiblement, ça les a amusés. Ils ont cessé d'essayer de me saouler et ont changé de jeu.

Comme elle s'interrompit, l'inspecteur intervint.

— Qu'ont-ils fait ensuite ? Comment vous êtes-vous retrouvée dans ce trou ?

— À ce stade, j'avais des vertiges. L'alcool m'était tout de suite monté à la tête, je ne sais pas pourquoi. Peut-être parce que j'avais si peur que mon cœur battait très vite. Toujours est-il qu'ils m'ont lancé une pelle et m'ont demandé de creuser. Il était hors de question que je creuse ma propre tombe. J'ai vu bien trop de séries policières, alors j'ai fait semblant d'être plus bourrée que je ne l'étais en réalité, et je me suis affalée par terre comme si j'étais incapable de me relever. Ça les a sacrément énervés, surtout Kelly. Elle s'est approchée et s'est mise à me frapper avec ses pieds et ses poings. J'ai essayé de me servir de la pelle comme d'une arme, mais mes bras ne m'obéissaient plus vraiment à ce moment-là. Les hommes ont simplement ri et l'ont laissée faire ce qu'elle voulait pendant qu'*ils* commençaient à creuser.

» Ça avait l'air plus dur qu'ils ne l'avaient cru et ils se sont vite fatigués. C'est pour ça qu'ils ne sont pas allés très profond. Il me semble que c'est Dominic qui a eu l'idée d'attacher mes mains à mes pieds et de me faire asseoir dans le trou. Vu comme je m'étais débattue, il s'est dit que s'ils ne faisaient rien, j'allais me sortir de là en un rien de temps... Ce qui était plutôt malin, car c'était clairement mon intention. Je commençais à m'inquiéter que personne ne soit encore venu m'aider, et comme je ne voulais pas du tout finir enterrée vivante, j'ai fait une nouvelle tentative de fuite, mais j'ai trébuché et Chuck m'a encore rattrapée sans peine. Il m'a traînée jusqu'au trou par les cheveux et m'a tenue pendant que Kelly me filait quelques coups de plus. Puis Dominic et Damian s'y sont remis à leur tour, avec leurs poings et leurs pieds. Dans le ventre, le visage, le dos. Chuck a même pris mes seins pour les tordre le plus fort possible. Ils voulaient savoir pour qui je bossais exactement et quelles informations j'avais données.

Alexis se tourna vers lui, l'air si honteuse qu'il faillit en pleurer.

— Je leur ai tout déballé, Blake. Que je travaillais pour *Ace Sécurité* et qu'on cherchait à obtenir des renseignements sur le gang pour les transmettre à la brigade antigang afin qu'elle les fasse tomber. Je leur ai même donné mes codes de carte bancaire et leur ai dit d'y retourner chaque jour pour prendre tout l'argent qu'ils voulaient sur mes comptes. Je suis désolée. J'ai essayé de me montrer forte, mais ça faisait si mal. Je n'avais pas envie qu'ils m'enterrent. J'avais tellement peur.

— Chhhht, Lex, tout va bien. Tu ne leur as révélé aucun grand secret.

Les larmes lui montèrent aux yeux et coulèrent sur ses joues meurtries.

— J'avais mal, Blake. J'avais si mal que je voulais que ça s'arrête.

Logan s'approcha d'elle et lui fit doucement tourner la tête.

— Tu n'as rien fait de mal, Alexis, dit-il en fixant ses yeux noyés de larmes. Lorsque j'étais dans l'armée, je me suis un jour fait capturer par des talibans. Ils ont réussi à attraper ma section par surprise, et ils ont été tout aussi stupéfaits que nous. Ils ne savaient pas vraiment ce qu'ils faisaient, mais ils ont quand même pris un grand plaisir à nous battre. Je peux t'affirmer sans hésiter que tu as tenu plus longtemps avec ces connards que certains soldats entraînés avec qui j'étais. Certains ont craqué en quelques minutes à peine aux mains des terroristes. Alors non, ne te sens pas mal. Pas une seule seconde. Tu m'entends ?

— Tu t'es fait capturer ? répéta-t-elle avec un sanglot étouffé en posant sa paume sur la main de Logan, sur sa joue. Tu as été blessé ?

L'expression féroce de Logan s'adoucit.

— Tu me rappelles Grace, dit-il, avec tendresse. Plus inquiète pour les autres que pour toi-même. Oui, Alexis, j'ai été blessé, mais ils ne nous ont gardés que quelques heures avant qu'un groupe de soldats de la Delta Force viennent botter quelques culs de talibans pendant la nuit. Ils ont tué tous les terroristes sans faire un bruit. Ce que je voulais te dire, c'est que tu as tenu plus longtemps sous la torture que certains soldats entraînés avec lesquels j'ai servi. Et en plus, tu ne détenais pas de secrets d'État contrairement à eux. Je parie que ces connards savaient déjà tout concernant *Ace Sécurité* à cause de ma relation avec Grace. Alors, sois un peu indulgente envers toi-même... d'accord ?

Blake regarda son frère avec circonspection. Il ignorait que Logan s'était fait capturer et torturer par des terroristes. Ils n'en avaient jamais parlé, mais manifestement, ils devraient avoir tôt ou tard une sérieuse discussion au sujet des dix années écoulées après le lycée. Pendant cette période, ils n'avaient pas été proches tous les trois, néanmoins, il détestait le fait d'avoir ignoré cette histoire concernant son propre frère.

Il se tourna vers Nathan et remarqua la même perplexité et inquiétude dans ses yeux. Oui, il allait vraiment falloir qu'ils aient une conversation à cœur ouvert tous les trois.

Alexis hocha la tête à l'intention de Logan pour lui indiquer qu'elle avait bien compris. Il l'embrassa doucement sur le front avant de se relever pour reprendre sa place contre le mur.

Elle lança un regard plein de larmes à Blake.

— Tu as besoin d'une pause, ma puce ?

Elle secoua la tête.

— J'aurais bien besoin d'un mouchoir, par contre.

Il sourit et accepta celui que l'inspecteur leur tendait. Il essuya délicatement les larmes qui coulaient sur les joues meurtries et sous les yeux d'Alexis, avant de le lui donner pour qu'elle puisse se moucher. Elle le froissa dans sa main, inspira profondément puis poursuivit son horrible histoire.

— Bref... J'ai pleuré toutes les larmes de mon corps, alors ils ont bien voulu croire que je leur avais dit la vérité. Damian et Chuck m'ont forcée à m'asseoir et à rester immobile tandis que Kelly et Dominic me mettaient les menottes. Ils ont serré si fort que je savais que je serais incapable de les enlever. Puis ils m'ont soulevée et jetée dans le trou. J'ai eu si mal que j'ai cru que je m'étais cassé le coccyx. Mais j'ai refusé de crier, car je ne voulais pas leur montrer ma peur. Pendant qu'ils remettaient la terre, ils n'ont pas arrêté de me dire qu'ils allaient me laisser là et que les animaux viendraient me manger.

» Chuck parlait de me fourrer sa queue dans la bouche, mais Dominic l'en a empêché, heureusement, mais pas parce qu'il se souciait de moi. Ils savaient tous que Chuck reviendrait le faire quand même dès qu'ils seraient tous rentrés en ville. Ils m'ont lancé de la terre au visage et ont essayé de me faire avaler encore plus de vodka. Ils comptaient me laisser là et ne remonter que dans quelques jours, lorsque je serais assoiffée, et c'est là que tu leur as tiré dessus, Blake. Ça a été le plus beau son de ma vie.

— Qu'ont-ils dit au sujet de Bailey ? intervint Nathan, depuis le lit.

Alexis se mordilla le côté non fendillé de sa lèvre et essaya de se souvenir.

— Kelly était vraiment énervée que Dominic soit toujours entiché de cette Bailey. Elle déblatérait sur le fait que quand il sortirait de prison, il irait la chercher. J'ai l'impression que cette femme a fui le gang et qu'il était furieux de son départ.

— Est-ce qu'elle a mentionné le nom de famille de Bailey ? demanda-t-il avec un regard intense.

Elle secoua la tête.

— Je n'ai pas le souvenir que quelqu'un l'ait dit, non. Désolée.

— Kelly n'a pas prononcé son nom, confirma Blake.

Désolé. Mais avoir son prénom permettra déjà de la pister plus facilement, non ?

Nathan plongea le nez sur son écran et fit quelques annotations supplémentaires.

— Peut-être, peut-être pas. Si cette femme est maligne et qu'elle voulait fuir Donovan, alors elle s'est enfuie le plus loin possible de Denver. Elle a sans doute disparu depuis longtemps.

— Souhaitez-vous ajouter quelque chose ? intervint l'inspecteur.

Elle secoua lentement la tête avant de le fixer dans les yeux, les lèvres pincées.

— À part que je sais sans l'ombre d'un doute que Blake, Logan et le SWAT m'ont sauvé la vie. Si Blake n'avait pas tiré sur Kelly, elle m'aurait coupé la gorge sans hésiter. Elle me détestait. Même si j'étais plutôt saoule à ce moment-là, si vous cherchez à inculper Blake ou Logan de meurtre, je vais faire jouer mes relations et engager le meilleur avocat de Denver pour contester les chefs d'accusation. Il m'a *sauvée*.

Blake lui serra la main en guise de soutien, touché qu'elle le défende avec tant de loyauté. Ce n'était pas la peine, mais cela renforça son amour pour elle.

Comme Ross ne répondait rien, elle poursuivit sur un ton un peu moins féroce.

— Tout ce qui intéressait Damian et Dominic, c'était me soutirer du fric pour régler la caution de Donovan et me faire du mal.

— Nous avons récupéré l'argent qu'ils vous ont fait retirer, lui dit le policier. Il était dans la poche de Damian. Nous vous le rendrons, mais cela va prendre un moment, puisqu'il s'agit de preuves.

— Est-ce que Donovan va réussir à payer sa caution ? intervint Blake.

Cette fois-ci, Ross évita leurs regards.

— C'est possible. Il n'a ni kidnappé ni blessé personnellement Alexis. Il n'y a pas non plus la moindre preuve indiquant qu'il a ordonné à quelqu'un de le faire. Son avocat prétendra que ses frères agissaient par amour pour lui. Alors, oui, malheureusement, si ses amis arrivent à rassembler assez d'argent, il parviendra à sortir sous caution.

— Merde, jura Logan, contre le mur. Ce qui veut dire que non seulement Alexis devra surveiller ses arrières, mais Grace aussi. C'est formidable, putain.

— Pas nécessairement, contra l'inspecteur. Les frères de Donovan sont morts et il y a des dissensions dans leurs rangs. Il va être occupé à remettre le gang sur les rails. Il sait qu'on le suivra de près, alors il est peu probable qu'il tente quoi que ce soit contre Mlle Grant ou votre femme. Je pense qu'il y a plus de « chances » qu'il cherche à s'en prendre à cette Bailey.

— Je ne compte pas courir le moindre risque, grogna Logan. À partir de maintenant, vous me transmettrez toutes les informations que vous aurez concernant les Inca Boyz. Je me charge de protéger ma famille et celle de mes frères de la moindre menace. Grande ou petite.

— Je comprends, confirma le policier, la mine sombre. Et je ne peux pas vous le reprocher. Je vais parler à mon chef pour qu'il ait bien conscience du sérieux de la situation. Et si jamais Donovan sort de prison, je vous en informerai directement. Nous allons conserver un œil sur les derniers membres des Inca Boyz, et je vous dirai s'ils semblent se reformer et vouloir s'en prendre à vos femmes.

— Nous pisterons aussi de notre côté, commenta Logan.

— Mais plus de travail sous couverture, ordonna l'inspecteur.

— Non, c'est fini, lui assura Logan. Nous nous servirons

des technologies pour trouver ce que l'on cherche, cette fois-ci.

Puis Logan s'écarta du mur et tendit la main à Ross.

— Merci d'être venu jusqu'à l'hôpital pour interroger Alexis. Si vous voulez la contacter, elle sera chez mon frère. Et vous pouvez toujours nous joindre chez *Ace Sécurité*.

Ils se serrèrent la main. L'inspecteur se tourna ensuite vers Alexis.

— Merci de m'avoir consacré un peu de temps, mademoiselle Grant. J'espère que vous irez vite mieux.

Elle hocha la tête, mais ne décrocha pas un mot.

Blake était ravi de laisser son frère raccompagner le policier. Lex s'affala contre lui avec un gros soupir.

— Tu as besoin d'antidouleur ? lui demanda-t-il tout bas.

— Je crois bien que oui, répondit-elle sur le même ton.

Blake se leva prudemment pour ne pas la secouer dans ses bras, puis il la porta sur le lit. Nathan se décala pour qu'il puisse la poser.

— Tu restes ? s'inquiéta-t-elle en l'attrapant avec une fermeté étonnante.

— Bien sûr que oui. Je ne vais nulle part, la rassura-t-il. Détends-toi, ma puce.

— Désolée... J'ai juste pensé... Peu importe.

Blake l'embrassa doucement sur les lèvres et la sentit se calmer, ce qui l'apaisa à son tour.

— Nathan va te tenir compagnie le temps que je trouve la doctoresse pour savoir si tu peux sortir aujourd'hui, d'après elle.

— D'accord. Merci, Blake, d'avoir été là aujourd'hui, de m'avoir aidée et de ne pas m'en vouloir pour ce que j'ai fait.

— Je ne t'en voudrai jamais d'avoir survécu, ma puce. Oublie ce genre d'idées. Je reviens très vite.

Elle avait refermé les yeux avant même qu'il n'ait quitté la pièce. Blake voulait ramener Lex chez eux, où elle pourrait récupérer entourée des gens qui l'aimaient. Cette histoire avec les Inca Boyz n'était peut-être pas terminée, mais son rôle à *elle*, si, clairement.

CHAPITRE 18

Alexis, allongée dans le lit de Blake, soupira.

— Tu deviens ridicule.

— Lex, il y a une semaine et demie à peine, tu étais à l'hôpital. On a toute la vie devant nous. Inutile de nous précipiter.

— Mais tu me rends folle, Blake. Je n'en peux plus.

— Tu n'es pas la seule à souffrir. Mais il est hors de question que je te fasse mal, pour rien au monde. Nous pouvons attendre une semaine de plus, quand tu iras mieux.

— Si tu crois que je vais poireauter une semaine de plus avant d'avoir un orgasme, tu es timbré, déclara-t-elle sans ambages. Je me sens bien. Oui, je ressemble peut-être à une publicité pour femmes battues, mais je sens à peine les hématomes. Je ne pense qu'à toi. J'ai besoin de toi, Blake. Besoin de savoir que tu me désires toujours. Que ce que j'ai fait et dit à ces connards n'a rien changé à notre relation.

Blake roula immédiatement sur le côté pour l'emprisonner dans ses bras et lui prendre la tête à deux mains. Son regard intense fut plus éloquent que n'importe quelle parole.

— Je t'aime, Alexis. Rien de ce qui s'est passé l'autre jour n'y a changé quoi que ce soit. Oh, non, attends. Je crois que ça m'a même fait t'aimer encore plus. Mais je ne veux pas te faire mal.

— Tout ira bien, affirma-t-elle avec confiance. Je ne prétends pas être d'attaque pour de la gym acrobatique au lit, mais j'ai besoin que tu me fasses l'amour. S'il te plaît. J'ai cru ne jamais te revoir. J'ai *besoin* de ça, Blake. J'ai besoin de tes bras autour de moi, de te sentir si loin en moi qu'il sera impossible de nous distinguer l'un et l'autre. Je t'en supplie.

— Tu dois me dire dès l'instant où ça te fait mal, ordonna-t-il gentiment en cédant.

Alexis se détendit, consciente qu'elle allait enfin obtenir ce qu'elle voulait. Ce dont ils avaient besoin tous les deux.

— Promis.

Sans un mot, Blake roula sur le côté pour enlever son boxer et son tee-shirt. Il l'aida ensuite à retirer le sous-vêtement d'hommes avec lequel elle dormait, et à défaire tendrement les six ou sept boutons à l'avant de l'immense chemise de nuit qu'il lui avait achetée à sa sortie d'hôpital. C'était une bonne idée, puisque lever les bras au-dessus de sa tête était douloureux.

Il fit glisser le vêtement sur ses épaules, puis embrassa chaque bleu sur son corps meurtri. Ils étaient désormais plutôt jaunes et verts, mais il n'en manqua pas un seul. Les côtés de ses seins, que Chuck avait serrés fort entre ses mains cruelles ; l'empreinte de chaussure que Damian avait laissée sur son flanc ; l'entaille que le couteau de Kelly avait faite sur son cou.

Lorsqu'il les eut tous trouvés, Alexis se tortillait de désir. Il remonta vers ses lèvres, dont la coupure avait par chance guéri. Si bien que quand il chercha à se montrer doux, elle ignora ses efforts et plongea la langue dans sa bouche avec agressivité.

Ses gestes firent heureusement perdre un peu de maîtrise à Blake, qui commença à onduler des hanches contre elle. Elle sentit son membre raide se frotter à son ventre, contre sa peau. Elle écarta les jambes et releva les genoux pour le rapprocher davantage. Puis elle recula un instant.

— Maintenant, Blake. Je suis prête pour toi.

Elle inclina le bassin vers lui.

Une main légère comme une plume effleura son flanc puis entre eux pour chercher son intimité. Il passa une première fois les doigts sur la fente humide, puis une deuxième, s'assurant qu'elle était effectivement prête, puis il retourna s'appuyer sur un bras.

— Tu es trempée, ma puce, commenta-t-il en décalant ses hanches.

Il était si dur qu'il n'avait pas besoin de se guider avec la main pour s'installer à l'entrée de son corps. Le bout spongieux du sexe était pile à la bonne place, et il commença très lentement à s'insérer en elle, jusqu'à atteindre le fond.

Enfin, il lui fit l'amour. Avec langueur, calme, sans jamais la lâcher des yeux.

Elle savait qu'il traquait le moindre signe d'inconfort pour elle, mais il n'en trouverait aucun. Elle était encore raide et endolorie par endroits, mais rien qui ne rendrait leur étreinte désagréable. Ils firent l'amour avec paresse, délicatement, tandis que Blake prenait son temps pour les mener aux portes du plaisir.

— Blake, s'il te plaît. J'ai besoin...

Ses mots moururent sur ses lèvres lorsqu'il posa la main entre eux, soulevant les hanches juste assez pour se donner de l'espace, et toucha son clitoris. Fort.

Alexis tressauta et gémit, explosant presque instantanément sous sa caresse.

Dès que ses muscles intimes se resserrèrent autour du sexe de Blake, il poussa un grognement et s'enfonça le plus possible avant de se laisser aller.

Alexis avait à peine eu le temps de se remettre que Blake la changea de position, afin de ne pas surcharger son corps encore en rémission. Elle resta allongée sans force sur lui. Elle se sentait enfin entière pour la première fois depuis près de deux semaines.

— Est-ce que ça te tenterait de devenir associée d'*Ace Sécurité* ? demanda tout à coup Blake d'une voix tendre. J'en ai parlé avec Logan et Nathan, et nous sommes tous d'accord pour dire que nous avons besoin d'aide au bureau. Je travaille de plus en plus à l'extérieur, et même si Nathan est excellent avec les chiffres, il n'est pas à l'aise pour répondre aux coups de téléphone et e-mails. Et aucun de nous n'est très doué pour la gestion des stocks. En plus, tu n'as pas ton pareil pour fouiller les réseaux sociaux et Internet pour déterrer toutes les informations que des agresseurs pensaient avoir bien cachées.

Alexis ouvrit les yeux et redressa la tête pour pouvoir le regarder. Il était toujours à moitié dur en elle, elle venait de connaître le meilleur orgasme depuis son calvaire, et lui, il parlait boulot ?

— Tu veux que j'investisse dans l'entreprise ?

— Non, pas investir, non. Ce serait plutôt un cadeau. Tel que je vois les choses, comme tu es ma femme, tu auras de toute façon accès aux mêmes choses que moi. Mais nous avons tous bien remarqué que tu aimes faire des recherches. Nous pourrions te payer des cours si tu le souhaites, et nous connaissons un excellent informaticien, consultant pour la

Navy et l'armée, qui pourrait te donner des astuces... si ça t'intéresse.

— Euh..., balbutia-t-elle, pas certaine d'avoir bien entendu.

Il le prit pour du doute et poursuivit.

— Je ne crois pas que tu veuilles vraiment te trouver sur terrain, et après ce qui t'est arrivé avec les Inca Boyz, je n'ai aucune envie de te remettre dans ce genre de situation. Alors, ça me semble un bon compromis. J'adore travailler avec toi, et comme ça, nous pourrions nous voir tout le temps. À ceci près que tu serais en sécurité.

— Comme je suis ta femme, j'aurai accès aux mêmes choses que toi ? répéta-t-elle tout bas.

Blake sourit, et son visage s'adoucit.

— Oui, ma puce. Je sais que ce n'est pas grand-chose. L'essentiel de mon argent part dans cette maison et l'entreprise, mais je ferai tout mon possible pour te donner tout ce que tu désires.

— J'ai de l'argent, Blake.

— Et je n'en veux pas un centime. Je souhaite subvenir à tes besoins, pas vivre à tes crochets. Fais-en don à des œuvres de charité, économise-le pour nos enfants ou nos neveux et nièces... peu importe, mais je n'en veux pas et je n'en ai pas besoin. En fait, j'insiste même pour signer un contrat de mariage stipulant que je refuse tout argent de ta part si tu me quittes.

— Si je te quitte ? demanda-t-elle, confuse.

Elle en avait la tête qui tournait.

— Oui, Lex. Car il est impensable que *moi* je renonce à toi. J'espère que tu ne concluras pas un jour que tu as épousé un clochard. Je sais que je ne te mériterai jamais, mais je suis assez égoïste pour accepter tout ce que tu voudras bien me donner.

Elle sourit, le cœur envahi d'amour pour cet homme.

— Tu es coincé avec moi, Blake Anderson. Tu n'auras jamais à t'inquiéter du fait que je te quitte ou désire un autre homme. Tu m'as dit beaucoup de choses merveilleuses, sauf une seule, le taquina-t-elle.

— Quoi ? Laquelle ? répliqua-t-il, la prenant au sérieux.

Elle se pencha vers son oreille.

— Tu ne m'as pas demandée en mariage.

En un instant, elle se retrouva allongée sur le dos, manipulée avec toujours autant de précautions par Blake. Pendant leur conversation, son sexe était sorti d'elle, mais elle le sentit durcir à nouveau, et il se décala pour retourner dans son corps. Puis il se redressa sur les mains, elle s'agrippa à ses avant-bras, et ils échangèrent un regard empli d'amour.

— Alexis Grant, veux-tu m'épouser ? Veux-tu passer le reste de ta vie dans mon lit, dans mon cœur, avoir des enfants avec moi avec un peu de chance, et travailler à mes côtés pour faire de ce monde un endroit plus sûr ?

— Oui, je le veux, répondit-elle sans la moindre hésitation.

— J'ai une bague, ajouta-t-il sérieusement. Elle est dans une autre pièce. C'était celle de ma grand-mère. De ma grand-mère *paternelle*, précisa-t-il. Elle n'a jamais aimé ma mère et a refusé que mon père la lui offre pour faire sa demande. Mes frères ont toujours été d'accord pour que je la donne un jour à la femme que je souhaiterais épouser. Elle est vieille, donc elle ne sera peut-être pas ton genre, mais je me suis dit que je pourrais toujours faire ma demande avec, et que tu pourrais ensuite choisir ce que tu veux si tu dis oui.

— *Si* je dis oui ? s'écria-t-elle, incrédule en fronçant les sourcils. Blake, je t'ai aimé à la seconde où j'ai posé les yeux sur toi. Je vais adorer la bague de ta grand-mère, je te le promets. Mais nous avons un nouveau problème, là.

— Lequel ? s'inquiéta-t-il, l'air à la fois fou de joie et stressé. Quoi ?

— Il est hors de question qu'on dise à nos enfants, nos frères ou mes parents que tu m'as demandée en mariage alors qu'on était nus dans un lit. Ton sexe est dur et au fond de mon vagin, bon Dieu. On va devoir inventer quelque chose.

Quand il pouffa, elle sentit le mouvement au fond d'elle. Elle se trémoussa pour pouvoir frotter son clitoris contre lui au passage. Puis recommença, tant c'était agréable.

— Qu'est-ce que tu dis de ça ? Je mettrai un genou à terre demain au bureau en présence de Logan et Nathan, et peut-être que Grace sera là aussi. On fera comme si c'était la première fois que je te fais ma demande. Est-ce que ça t'irait ?

Alexis le poussa à l'épaule.

— Je veux être dessus.

Dans un mouvement digne d'un athlète olympique, Blake roula sans jamais rompre le contact, jusqu'à ce qu'elle se retrouve une nouvelle fois au-dessus de lui.

— Oui, ce sera parfait, confirma-t-elle en s'asseyant.

Blake vint immédiatement la tenir par la taille pour la soutenir.

— La vache, que c'est bon.

— Et alors, concernant *Ace Sécurité*, qu'est-ce que tu en dis ? Tu veux être notre cheffe de bureau et experte en réseaux sociaux ? demanda-t-il en la maintenant immobile.

— Oui. Bien sûr que c'est oui. S'il te plaît, Blake, laisse-moi bouger, le supplia-t-elle.

— Doucement, ma puce. Ne te fais pas mal.

— Je ne ressens aucune douleur, je te le promets.

Elle détailla son torse musclé, puis posa les yeux sur ses avant-bras et se lécha les lèvres. Ils étaient fléchis pour pouvoir la tenir.

— Alexis Anderson, tu n'imagines pas combien je suis heureux d'entendre ça, dit-il avec une moue excitée.

— Moi aussi.

— Fais-moi l'amour, ma magnifique fiancée.

— Avec plaisir.

Et elle se perdit dans l'amour qu'elle lisait dans ses yeux.

Frustré, Nathan fixa l'écran de l'ordinateur. Il pouvait transformer les nombres en n'importe quoi, mais il n'était pas doué pour dénicher des informations sur Internet. Et pour une raison qu'il ne saurait définir, il avait besoin de trouver la mystérieuse Bailey. Il ignorait pourquoi, sauf qu'il avait le pressentiment qu'elle courait un grand danger.

Elle était peut-être la pute dure à cuir d'un gang, et était sans doute impliquée dans un autre gang dans une autre ville, mais Nathan n'y croyait pas. Si ce n'est qu'il ne dénichait rien à son sujet. Aucun nom de famille, aucune photo et aucune idée de sa localisation ou des raisons de son départ des Inca Boyz.

C'était frustrant. Après encore trente minutes de recherches, il éteignit enfin son ordinateur et quitta les locaux au volant de sa Ford Focus pourrie. Elle était vieille, mais il l'adorait... Il l'avait même appelée Marilyn, comme la star de cinéma. Ces derniers temps, elle était de plus en plus difficile, et ce soir-là, il lui fallut s'y reprendre à deux fois pour que le moteur veuille bien démarrer et le ramener vers son petit appartement près de l'autoroute.

Maintenant que l'enquête sur les Inca Boyz était terminée, *Ace Sécurité* devait se concentrer sur d'autres sujets, mais Bailey était toujours dans un coin de la tête de Nathan. Il espérait qu'une fois qu'Alexis aurait suivi quelques cours et travaillerait pour l'entreprise à plein temps, elle serait plus efficace pour glaner des informations et dénicherait Bailey. Si Donovan était vraiment à la recherche de son ex, il vaudrait mieux pour elle qu'*Ace Sécurité* la trouve avant lui.

* * *

À huit kilomètres de là, dans le coin le plus tranquille de Castle Rock, dans un petit chalet délabré, Bailey Hampton était assise à une table bancale à essayer d'équilibrer ses comptes. Après une nouvelle heure dessus, elle ferma les yeux, soulagée. Elle y arrivait. Toute seule. Sans utiliser l'argent que son copain leader de gang lui avait donné et qu'il avait obtenu Dieu sait comment. Elle ne s'en tirait pas très bien encore, mais son travail dans un atelier de carrosserie lui permettait d'avoir un toit au-dessus de la tête et à manger sur la table. Cela lui suffisait pour l'instant.

Reculant sa chaise, elle marcha doucement jusqu'à la pièce attenante et resta dans l'embrasure à observer la petite silhouette dans le lit contre le mur. Joel dormait, l'air détendu, enfin dépourvu de la tension qui s'y affichait à cause d'elle et des choix qu'elle avait faits par le passé. Il commençait enfin à ressembler et à se comporter comme un enfant de neuf ans, au lieu d'être l'esclave de Donovan. Frottant distraitement les tatouages qui recouvraient ses bras, Bailey se jura de faire tout ce qui était en son pouvoir pour garder son petit frère à l'abri des gens comme Donovan et les Inca Boyz. Elle refusait qu'il se fasse à nouveau aspirer par ce monde. Bien qu'il lui ait fallu du temps pour s'en rendre compte, elle-même avait fini par découvrir combien il était diabolique... et elle avait bien failli y laisser son frère et son âme dans le processus.

Le soir où, en entrant chez Donovan, elle l'avait vu montrer à son frère un film porno écœurant en lui tendant un joint, elle avait ouvert les yeux. Elle avait réalisé que si elle ne faisait rien tout de suite, elle allait perdre Joel au profit des Inca Boyz et de Donovan, et qu'il deviendrait un grand voyou et un raté, peut-être même plus grand que les hommes qu'elle avait connus toute sa vie.

Ce n'était pas ce qu'elle voulait pour lui. Elle était responsable de lui et ferait tout ce qu'il faudrait pour qu'il s'épanouisse en toute sécurité et heureux, et non entouré de drogues, de femmes aux mœurs légères et d'armes à feu.

Elle avait planifié leur fuite pendant des semaines, et ils l'avaient échappé belle. Bailey ne se sentait toujours pas en sécurité – elle n'aurait plus jamais ce sentiment, certaine-ment –, mais toute journée passée loin de Denver et de ses gangs était une bonne journée, à ses yeux. Plus jamais elle ne compterait sur un homme pour prendre soin d'elle ou de son petit frère.

Les hommes n'apportaient que des ennuis, et elle n'en avait jamais rencontré aucun qui s'intéresse à autre chose qu'aux chattes, au fric et à lui-même. Un tel homme n'exis-tait pas. Joel et elle étaient très bien tout seuls.

Chapitre 2

1. Aux États-Unis, le collège dure 3 ans (l'équivalent de la 6e à la 4e en France) et le lycée 4 ans, contrairement à la France, où c'est l'inverse.

DU MÊME AUTEUR

Autres livres de Susan Stoker

Ace Sécurité

Au Secours de Grace

Au Secours de Alexis

Au Secours de Bailey

Au Secours de Felicity

Au Secours de Sarah

Mercenaires Rebelles

Un Défenseur pour Allye

Un Défenseur pour Chloé

Un Défenseur pour Morgan

Un Défenseur pour Harlow

Un Défenseur pour Everly

Un Défenseur pour Zara

Un Défenseur pour Raven

Forces Très Spéciales Series

Un Protecteur Pour Caroline

Un Protecteur Pour Alabama

Un Protecteur Pour Fiona

Un Mâri Pour Caroline

Un Protecteur Pour Summer

Un Protecteur Pour Cheyenne

Un Protecteur Pour Jessyka

Un Protecteur Pour Julie

Un Protecteur Pour Melody

Un Protecteur Pour the Future

Un Protecteur Pour Kiera

Un Protecteur Pour Les Enfants de Alabama

Un Protecteur Pour Dakota

Delta Force Heroes Series

Un héros pour Rayne

Un héros pour Emily

Un héros pour Harley

Un mari pour Emily

Un héros pour Kassie

Un héros pour Bryn

Un héros pour Casey

Un héros pour Wendy

Un héros pour Mary

Un héros pour Macie

Un héros pour Sadie

* * *

En Anglai

Delta Force Heroes Series

Rescuing Rayne

Rescuing Emily

Rescuing Harley

Marrying Emily (novella)

Rescuing Kassie

Rescuing Bryn

Rescuing Casey

Rescuing Sadie (novella)

Rescuing Wendy

Rescuing Mary

Rescuing Macie (novella)

Delta Team Two Series

Shielding Gillian

Shielding Kinley

Shielding Aspen (Oct 2020)

Shielding Riley (Jan 2021)

Shielding Devyn (May 2021)

Shielding Ember (TBA)

Shielding Sierra (TBA)

SEAL of Protection: Legacy Series

Securing Caite

Securing Brenae (novella)

Securing Sidney

Securing Piper

Securing Zoey

Securing Avery

Securing Kalee (Sept 2020)

Securing Jane (Feb 2021)

<u>**SEAL Team Hawaii Series**</u>

Finding Elodie (Apr 2021)

Finding Lexie (Aug 2021)

Finding Kenna (Oct 2021)

Finding Monica (TBA)

Finding Carly (TBA)

Finding Ashlyn (TBA)

<u>**Ace Security Series**</u>

Claiming Grace

Claiming Alexis

Claiming Bailey

Claiming Felicity

Claiming Sarah

<u>***Mountain Mercenaries Series***</u>

Defending Allye

Defending Chloe

Defending Morgan

Defending Harlow

Defending Everly

Defending Zara

Defending Raven

<u>**Silverstone Series**</u>

Trusting Skylar (Dec 2020)

Trusting Taylor (Mar 2021)

Trusting Molly (July 2021)

Trusting Cassidy (Dec 2021)

SEAL of Protection Series

Protecting Caroline

Protecting Alabama

Protecting Fiona

Marrying Caroline (novella)

Protecting Summer

Protecting Cheyenne

Protecting Jessyka

Protecting Julie (novella)

Protecting Melody

Protecting the Future

Protecting Kiera (novella)

Protecting Alabama's Kids (novella)

Protecting Dakota

Badge of Honor: Texas Heroes Series

Justice for Mackenzie

Justice for Mickie

Justice for Corrie

Justice for Laine (novella)

Shelter for Elizabeth

Justice for Boone

Shelter for Adeline

Shelter for Sophie

Justice for Erin

Justice for Milena

Shelter for Blythe

Justice for Hope

Shelter for Quinn

Shelter for Koren

Shelter for Penelope

À PROPOS DE L'AUTEUR

Susan Stoker est une auteure de best-sellers aux classements du New York Times, de USA Today et du Wall Street Journal. Elle a notamment écrit les séries Badge of Honor: Texas Heroes, SEAL of Protection et Delta Force Heroes. Mariée à un sous-officier de l'armée américaine à la retraite, Susan a vécu dans tous les États-Unis, du Missouri jusqu'en Californie en passant par le Colorado, et elle habite actuellement sous le vaste ciel du Tennessee. Fervente adepte des fins heureuses, Susan aime écrire des romans où les sentiments laissent place au grand amour.

http://www.StokerAces.com

facebook.com/authorsusanstoker

twitter.com/Susan_Stoker

instagram.com/authorsusanstoker

goodreads.com/SusanStoker